KB080152

내 인생의 책들

그곳으로부터 30센티

내 인생의 책들 - 그곳으로부터 30센티

초판 1쇄 인쇄 2019년 11월 30일
초판 1쇄 발행 2019년 12월 5일

지은이 이재천
펴낸이 김채민
펴낸곳 힘찬북스
북디자인 IRO
출판등록 제410-2017-000143호

주소 서울특별시 마포구 망원로 94, 301호
전화 (02)2272-2554
팩스 (02)2272-2555
이메일 hcbooks17@naver.com

ISBN 979-11-90227-02-5 (03800)
정가 15,000원

내 인생의 책들

그곳으로부터 30센티

이재천 지음

HC books

프롤로그

책 읽는 아침

새로운,

설레는 마음.

내일은 더욱 아득해지며

오늘을 돋움 발로 종종대게 만드는.

행복의 처음에

그리고 마지막 기쁨에

머무는 순간 같은.

처음처럼

또 마지막처럼 나는

내 자리를 돌아보고 있다.

내 독서의 본류에는 네 사람의 작가가 있다. 니코스 카잔차키스와 보리스 파스테르나크와 생텍쥐페리, 그리고 헤르만 헤세.

"카잔차키스는 나에게 행동하는 이상주의자의 표상이었다. 그가 추구했던 것은 영혼의 자유. 자유를 위해서라면 죽음도 두렵지 않다. 헤르만 헤세, 인간의 정신이 얼마나 고귀하고 의식이 어떻게 치밀할 수 있는지를 보여주었다. 파스테르나크, 세상에서 가장 교양 있는 인간상을 그려주었다. 교양, 그것은 손짓 하나, 말 한마디에도 스며들어 있는 휴머니즘이다. 그리고 생텍쥐페리는? 진정한 사치는 오로지 하나, 인간관계의 사치라는데, 그리고 우리 사람들은 9층 깊이의 심연에서 만나야 된다는데…"

97년 여름, 한국여성단체연합(한국여연)에서 출간하는 책에 쓴 글의 일부다.* 오래된 글이지만, 지금도 그들의 책을 읽고 있는 나로서는 변함없는 감상이다.

작가가 된다는 것은 자신의 표현의 욕구가 인간관계를 넘어서는 것이라는 생각을 한다. 누군가와의 경험이 작가의식으로 전환될 때, 작가는 모든 것을 해부하고 부정하고 객관화시키고 드러냄으로써 자유를 구현한다. 그렇다고 작가들이 세상이나 인간과 동떨어진 존재는 아니다. 오히려 우리들이 책을 통해 느낄 수 있는 것은 휴머니즘, 세상의 비극에 대한 최초의 외침이었지 않은가. 훌륭한 작가들은 진실을 왜곡하지 않고 세상과 인간의 모습을 그려낸다.

---

* 나는 2기 지방선거에 한국여연의 후보로 지방의회에 출마하여 당선되었고, 한국여연은 소속 여성의원들의 활동 수기를 모아 출간하였다.

나는 그러한 책들을 읽으면서 감동에 복받친 글 한 편씩을 써내곤 했다. 메리 올리버*가 한 말은 참 적절하다.

"시인들도 읽고 공부해야 하지만 자신의 방식으로 몸을 기울여 속삭이고, 소리치고, 춤추는 법을 배워야 한다. 아니면 옛날 책들을 그대로 베끼는 게 낫다."

나는 시인은 아니지만 베끼고 쓰는 일을 잘한다.

2

나는 책장 정리를 종종 한다. 몇 달 동안 책상, 거실탁자, 침대 옆 협탁 등에 있던 책장에 넣고 앞으로 읽을 것 같지 않은 책 몇 권을 뽑아 내다 버린다. 책을 버리기 시작한 초기에는 말 그대로 한 수레씩을 버렸다. 내가 계속 책을 사고, 또 우리 집 책장이 눈높이 정도 크기로 많은 책을 꽂을 수는 없음에도 책장이 넘치지 않을 뿐만 아니라, 칸마다 여백까지 있는 것은 내가 책을 솔솔 버리기 때문이다. 책장 속의 여백을 보는 것이 꽂아진 책을 보는 것보다 더 좋아서 나는 여백 만들기에 상당히 주력한다.

책장 정리를 하고 나면 오랫동안 손을 대지 않았던 몇몇 책들이 탁자 위에 새로이 놓이곤 한다. 다시 읽고 싶은 책들인데 그책들을 읽는 기분은 새 책을 읽는 것 이상이다. 의미 있던 것이 무의미해지는 것도 성장이

---

* 미국 시인. 그녀의 책으로 시집도 아니고 조그마한 산문집 두 권만이 번역되어 있는 현실이 많이 놀랍다.

지만, 오랜 세월 동안 삶의 한 진실에서 벗어나지 아니한 평이한 나를 확인하는 것도 기쁜 일이다.

얼마 전, 책을 종이백 가득 사다 놓고 새 책보다 많은 숫자의 책들을 버리려고 뽑으면서 한 생각이 들었다. '내가 과거에 읽었던 책들에 대한 기억도 필요하지 않을까?' 버려지는 그책들과 함께 어느 시절까지의 나의 인식과 사고를 잡아주었던 어떤 지식과 사상의 존재들도 사라질 것이다. 그러나 그런 고민은 잠시, 나는 여느 때처럼 책들을 내다 버렸다. 지금의 나의 의식, 앞으로의 나의 시간에 '잊힐' 것들은 별로 중요하지 않다. 나는 장차 더욱 많은 것들을 잊어버리고 살겠지만, 잊는 것은 자연스러우며, 잊히는 것들은 다 그럴만하다. 3주도 안 된 지금, 내가 그때 어떤 책들을 버렸는지, 그래도 분명 20년 정도는 내 서가에 꽂혀 있었던 그책들이 별로 떠오르지 않는다.

책을 버리기도 하지만 같은 책을 사는 것 또한 내 책 읽기의 한 습성이다. 보리스 파스테르나크의 『의사 지바고』는 30년에 걸쳐 세 세트를 샀다. 니코스 카잔차키스의 책들도 이십여 년이 지나 다시 읽고 싶어졌을 때 새 책을 샀고, 헤르만 헤세와 생텍쥐페리의 책도 매번 새로 산다. 작은 활자, 먼지와 습기로 누렇게 바랜 종이들 때문에 오래된 책을 읽고 싶지 않기도 하지만 수없는 밑줄, 페이지 가득한 깨알 같은 메모들과 상관없이 깨끗하게 읽고 싶어서다. 조금 더 나이가 들면 그책들을 전부 다시 읽을 것이다. 나는 마지막으로는 소설을 읽고 싶다.

3

나의 글쓰기는 대화다. 사람이 사람한테 말을 들으면 대답을 하는 것이 당연한데, 책을 읽고서 내 말을 하는 것, 그게 나의 책 읽기이자 글쓰기다. 내가 만나는 사람, 내가 읽는 책, 내가 보는 영화, 내가 가는 곳들, 그 모든 일과 순간들에 솟아나는 이야기, 나는 그 대화를 글로써 마름 짓는다. '대답하는 일을 잘 완수하고 싶은 것', 그게 나의 욕망이다. 이 책은 작가 한 사람 한 사람이 자신의 책에 해놓은 말에 대한 나의 대답이다. 그게 다른 평론과 나의 책 이야기의 차이일 것이다.

이 책에는 한권의 주제나 사상이라고 할 만한 지식들이 정리되어 있지도 않고, 작가나 시대에 대한 정보도 없다. 책 속에서 가슴 속 이야기를 읽은 나는 내 가슴 속 이야기를 말한다. 영혼의 소리에는 내 영혼이 대답을 한다. 책 이야기라기보다는 영혼과 의식, 가슴의 이야기, 책과 글쓰기와 연결된 내 삶과 생각들의 기록이다. 낱말 하나, 문장 한 줄에서 실마리를 잡아 그 한 오라기 실낱이 당신들 가슴 속의 실타래에 이어지기를 바라면서 줄줄 풀어놓는 한 사람이 당신들 주변에 살고 있다.

『편지 속의 책들』을 내고 10년 만에 책 에세이를 낸다. 그 사이에 쓴 글들이어서 '몇 년 전', '최근', '지난봄' 등의 시점을 현재 시점에 맞춰 따져보는 것은 나도 어렵다. 조금 더 어려운 문제는 글 속의 감정과 의식들이 다소 변하거나 사라졌다는 점이다. 지금의 나는 그렇지 아니한 것이 돌아봐지지만, '고유한 나'와 '보편적인 나'가 혼재되어 살아가고 있기에 그대로

내 인생의 책들 - 그 곳으로부터 30센티

싣는다. 그때의 나의 감정과 의식이 누군가의 지금에 닿을 일이 있을 것이다. 나 또한 살아가면서 그러한 감정에 다시 파묻히고 그 당시의 의식에 다시 물드는 일이 있으리라.

출간 마음을 먹고 나서 제일 큰일인 프롤로그를 남겨두고 어느 하루, 서울 가는 버스에서 메리 올리버의 산문집을 읽다가 한 구절을 보았다.

"세상은 아침마다 우리에게 거창한 질문을 던졌다. 너는 여기에 이렇게 살아있다, 하고 싶은 말이 있는가? 이 책은 내가 하고 싶은 말이다."

그때 이 책의 프롤로그가 마음속에 시작되었다. 이게 책의 힘이다. 나는 어떤 사람인가 돌아보고, 나는 이런 사람이다라고 멋있게 혹은 고통스럽게 자각하는 힘. 그리고 그것을 부끄럼 없이 다른 사람 앞에서 드러낼 수 있는 힘, 그것이 글쓰기다. 내가 읽은 책들은 다 그러한 드러냄이며, 그것은 용기이기만 한 것이 아니라 오히려 겸손함-나를 보시오, 나를 밟으시오, 나를 지나치시오 하는 그것으로 느끼며, 나 또한 그 일을 하고 있다.

추천사와 서평을 쓴 임철완 교수님과 이신구 교수님은 지난 세월 내가 책을 출간할 때마다 내 긴 글 읽으랴, 추천 글 쓰랴 막바지에 함께 고생을 하신 분들이다. 임철완 교수님은 뛰어난 수필가이기도 한데, 해학이 깃든 기묘한 매력의 문체 때문에 나는 그분께 다른 것 하지 마시고, 글 쓰시라고 졸라대곤 하였다. 이신구 교수님은 독문학자이면서 클래식 음악 분석가로 정신적인 것, 추상적인 아름다움에 매혹된 영혼이라는 것을 그의 독일 문학과 음악 해설을 듣는 사람이라면 곧바로 알 수 있다. 또 다른 추천사를 써 준 국립국어원의 김주미 박사님은 단연 우리말 쓰기의 대가다.

그가 하는 작업과 활동은 그것을 증명하고도 남는다. 나의 졸고를 날밤을 새워 읽고 하나하나 짚어주었으니, 그런 일이 없었으면 이 책이 어떻게 되었을지 모골이 송연해진다.

실로 이 책에서 참으로 값진 것은 이 세 사람의 글이다. 사람이 사람에게 얼마나 다정하며 헌신할 수 있는가를 이 세 사람은 자연스럽게 우리들에게 보여준다. 그 무엇보다 나에게 힘이 되었기에, 나는 또 힘차게 살아갈 것이다.

나는 "영적인 고향"인 "하늘을 동경하는 사람"으로 크게 인식되었다. 내가 맨 글로 써댄 말이 그것이서일 것이다. 세 아들 아래 난 여식에게 在天이라는 이름을 지어준 것은 내 아버지이고, 살면서 하늘 일을 생각하도록 나를 키운 것은 엄마다. 내 아버지와 엄마가 물려 준 것의 결실인 이 책을 두 분께 바치지 않을 수 없다.

이 책의 출간은 아주 수월하게 시작되었다. 처음부터 흔쾌히 출간을 받아주고 일사천리로 진행시킨 북솔루션 박종석 대표님 덕분에 출간에 따른 소소한 고민거리가 전혀 없었다. 내 책 출간 때마다 발 벗고 도와준 원당희 박사님(세창출판사 편집위원)과 함께 큰 감사를 드린다. 수차례의 편집과 디자인을 해준 김현수 실장님의 노고를 어찌할까, 교정 작업을 거치면서 유일한 고민이라면 그것이었다. 온 마음으로 감사드린다.

단계[*]

모든 꽃이 시들고 청춘이 나이에 굴하듯이,

삶의 모든 단계도, 모든 지혜도, 모든 미덕도

그때에 따라 꽃이 피어날 뿐 영원히 계속되지는 못한다.

삶에 부름이 있을 때마다

마음은 슬퍼하지 않고 용감히

다른 새로운 구속을 위하여

이별과 새로운 시작을 준비해야만 한다.

모든 출발에는 마법이 깃들어 있어

우리를 보호하고 우리가 사는 것을 도와준다.

우리는 명랑하게 공간과 공간을 지나가야만 한다.

어디 곳에서도 고향처럼 매달려서는 안 된다.

세계정신은 우리를 구속하거나 제약하지 않으려 하며

우리를 한 단계 한 단계 높여 주고 넓혀주려 한다.

우리는 어느 한 삶의 테두리에 고향처럼 아늑하게 안주하자마자,

무기력함이 위협한다.

오로지 여행을 시작할 준비가 되어 있는 사람만이

---

[*] 헤르만 헤세의 소설 『유리알 유희』에서 크네히트가 소명을 받고 카스탈리엔으로 들어가기 전에 쓴 시.

우리를 마비시키고 있는 일상에서 벗어날 수 있다.

아마도 죽음의 시간에도 우리를 새로운 공간으로

젊게 보낼 것이니,

우리에게 삶의 부름은 결코 끝이 없으리…

그러니, 마음이여, 이별하라, 그리고 건강하여라!

추천의 글

이재천李在天을 읽는다.

이 책의 제목은 『내 인생의 책들 - 그곳으로부터 30센티』이다. 한권의 책 안에 열 손가락으로 셀 수 없을 만큼 많은 저자들이 등장하고 있다. 조연은 없다. 모두 주연이다. 그런데 이들을 전부 관통하여 소개하고 있는 사람이 이재천 한 사람뿐이다. 모두가 이재천을 통하여 우리 앞에 나타나고 있다

임철완 *
(전북대학교 명예교수. 피부과학)

내 지인 중에서 남자 재천이 있고 여자 재천이 있다. 전자는 완전히 땅에서 살고 있고 후자는 통상 구름 속에서 살고 있다. 전자를 만나면 주로 몸무게, 식단, 재테크 이야기인데 후자는 이미 세상에는 있지도 않는 사람들 이야기만 한다. 아마도 세월은 가도 인간은 변하지 않으니까 그러는

---

* 임철완 교수님의 큰 취미는 그림 그리기다. 자신이 그린 부인 김혜진 씨 그림 아래서.

가 보다.

  그 구름 속에 살고 있는 듯한 지인이 오늘의 저자 여인 이재천이다. 사실 이재천 씨가 살고 있는 아파트 이름도 산의 정상이라는 뜻을 갖는 써미트^{summit}다. 그래서 이 책을 읽는 독자는 우선 자신의 몸무게, 식단, 재테크 등을 떠나서 산의 정상에 홀로 서서, 저 아래 시장바닥을 내려다보면서, 또 하늘을 쳐다보면서 자기 성찰을 시작하여야 한다. 독자가 자기 성찰에 익숙하지 않으면 이재천 씨의 자기 성찰 모습을 관람하기만 하여도 좋을 것이다.

  책의 내용을 보면 28편으로 구성되어 있고 각 편마다 그 편의 주인공과 저자 이재천과의 대화를 엿볼 수 있다. 첫 번째 등장하는 사람이 조선 후기 최대 최고의 문인 연암 박지원(1737-1805. 『허생전』, 『양반전』, 『열하일기』의 저자)인데 이재천 씨는 그와의 대화를 깊은 만족이라고 하였다. 그러니까 보통 수준의 만족을 바라는 사람은 그 깊은 뜻에 이르지 못할성싶다. 그런데 이재천 씨는 연암을 너무나 좋아하는지 중간에 또 두 편을 연암과의 대화에 지면을 바친다.

  나에게 석가모니(싯달타) 부처를 소개하여 준 헤르만 헤세도 연암 박지원만큼이나 많은 지면을 배당하면서 토론하고 있다. 그리고 마지막 장에 등장하는 사람이 19세기 미국 문학을 대표하는 소로우(1812-1862. 『월든』 저자)다. 이재천 씨가 소로우와의 대화에 누구보다도 가장 많은 지면을 배당한 것을 보면 미국 동북부의 어느 호숫가에서 혼자서 집을 짓고 살면서 정치인이나 대 농장을 운영하는 갑부들을 안타까운 심정으로 보았다는 그 사람을 퍽이나 개인적으로 만나보고 싶은 것 같다. 시간과 공간을 초월하여 헨리 소로우와 이재천 씨의 대화를 들어보는 것이 재미있다. 그 외에도 이재천 씨가 초대하고 있는 세계적인 인사들이 책의 무게를 더하고 있다.

책 안에서 저자 이재천은 시공간을 자유롭게 넘나들면서, 종교와 종교를 뛰어넘어서, 기라성 같은 지성과 문학을 파헤치면서 지속적으로 자기성찰을 하고 있다. 그런데 그 성찰이 아무리 찾아봐도 끝이 없다. 그러면서 경상도 한 산골마을 초등학교 분교의 2학년 아동의 글쓰기에서 나름대로 자기성찰의 결론을 얻고서 기뻐하고 있다. 저자가 소개하고 있는 그 동시를 아래에 그대로 옮긴다.

수양버들은 매일 바람이 불어주어서

수양버들은 그래도 할 수 없이 흔들립니다.

수양버들은 그러다가 그만 하루를 지냅니다.

두 말 할 필요 없이 수양버들 가지가 인간 이재천 씨다.

이 책은 각 편들에 소개되는 책들을 글쓴이가 여러 해에 걸쳐 읽고 생각하며 또 다시 읽고 생각하며 자신의 마음을 성찰하면서 기록으로 남긴 것이다. 저자 자신의 말을 빌리면 성찰도 부족하였는지 천착穿鑿(어떤 원인이나 내용을 따지고 파고들어 알아보다.)하였다는 것이다. 그러니까 독자들도 저자가 집필하였던 과정처럼 휴일에 이 산 저 산 등산해 보는 것처럼 목차 순서에 관계없이 한두 편씩 읽어 보는 것이 좋을성싶다.

* 이 글에서 '저자'는 이재천을, '작가'는 이재천이 읽은 책을 쓴 사람을 일컫는다.

추천의 글

밥 주는 사람, 이재천

정성스레, 본인의 말에 따르면 뚝딱! 대충!, '밥'을 짓고 그 정성이 담긴 밥을 아주 맛있게 먹으며 행복해하는 사람들을 바라보며 진정 기뻐하는 사람이 있다. 기쁨이란 외적 조건 에서 비롯되는 것이 아니라 저 깊은 속에서 솟아나는 황홀경임을 우리는 잘 안다.

김주미*
(국어학자, 국립국어원)

'밥'의 사전적 의미는 '쌀, 보리 따위의 곡 식을 씻어서 솥 따위의 용기에 넣고 물을 알맞게 부어, 낟알이 풀어지지 않고 물기가 잦아들게 끓여 익힌 음식.'이다.

그러나 등 뒤에서 들리는 어머니의 "밥 먹고 가야지!"라는 외침이나, "밥은 먹고 다녀?"라고 묻거나 "언제 밥 한번 먹자"라고 청하는 사람에게

---

* 우리말을 바로 쓰는 일에 신명을 다하는 김주미 박사. 국립국어원 강의를 마치고.

서 우리는 밥이 단순히 밥이 아니라 '사랑'이고 '관심'이자 '정'임을 느낀다. 여느 사람 같으면 해달라고 통사정을 해도 도리질을 할 그 번거로운, 밥 짓고 먹이는 일을 기꺼이 하는 사람이 이재천이다. 심지어 사람들에게 특별한 샌드위치를 먹이고 싶어 태평양 건너 미국에서 빠니니 그릴을 사 들고 오기도 한다. 그러면서 맛있게 먹어줘서 고맙단다. "무언가를 차려 사람들과 한 식탁에서 먹고 마시며 이야기하는 그 시간이 내가 제일 행복해하는 시간"이라며....

밥이 어디 이뿐이랴.

몸을 건강하게 하는 밥이 있는가 하면 정신을 살찌우는 밥도 있다. 이재천은 자신이 읽은 책의 작가와 교감하고 나아가 작가와 자신을 동일시하는 특별한 능력이 있다. 그리고 글을 쓰지 않고는 도저히 살아 있음을 느낄 수 없다는 '병통'도 있다. 그것은, 동이에 물이 차면 넘치게 되는 것처럼, 엄청난 독서량과 깊은 사색이 '글'로 형상화될 수밖에 없는 이치이지 않을까 싶다. 그 차고 넘침의 흔적 중 하나가 바로 『내 인생의 책들 - 그곳으로부터 30센티』이다.

이재천이 지은 밥이 우리를 건강하고 행복하게 하는 것처럼, 이재천이

지은 이 책은 읽는 이의 정신을 맑게 하고 살찌우는 밥이라고 단언할 수 있다. 왜냐하면 이재천이 '책 속의 작가들과 자기 나름대로 진실되게 교감한' 것이 담겨 있기에 우리는 이 책에서 내가 미처 발견하지 못한 작가의 면모와 사상을 만날 수 있기 때문이다. 러셀의 지성과 실천하는 행동, 자신 안에서 신성을 발견하는 융, 캐롤린이라는 '어린애'를 사랑하는 자코메티 등등을.... 더 나아가 제주도에 노트북을 들고 가는 저자 이재천의 의식과 통찰, 삶을 바라보는 치열한 태도에서 문득 나에게 부족한 것을 발견하기도 한다. 그렇기에 이재천은 육신과 정신의 밥을 먹여주는 사람이다.

이재천이 보고 듣고 느낀 모든 것이 그에게는 글감이 되고 종국엔 이재천이 되는 것을 목도한다. 이 책에는 이재천이 만난, 세상에서 내로라하는 작가와 책이 아주 많이 등장한다. 그중 소로우와 연암을 이재천은 특별히 더 좋아하는 듯하다. 특히, 연암의 성정과 습성, 태도가 마치 자신과 같다며 이재천은 자신을 연암과 같은 반열에 올려놓고 있다. 그런 이를 친구라고 둔 나는 그저 입을 벌리고 "음~ 맛있어."를 연발하며 이재천이 지은, 사랑이 듬뿍 담긴 밥을 먹는 것만으로, 연암과도 친구가 되는 광영을 누린다.

차례

깊은 만족

 사람은 무엇으로 사는가.

나의 내면을 바라볼 때마다 떠오르는 상념이다. 나를 살게 만드는 것은 느낌을 갖는 것일까, 느낌이 없는 것일까… 내가 마음과 의식과 정신(더 나중에는 영혼까지)의 상태에 골몰하는 것은 타고난 습성이다. 늘 무언가를 느끼던 어린아이는 그 상태를 다시 파악하려고 하였다. 지금 내가 어떤가. 슬픈가, 기쁜가, 이 기쁨은 얼마나 오래 갈 것인가, 이 행복감은 과연 진실한가… 슬픔이 찾아오면 슬픔에 잠겨버리고, 기쁨과 행복의 순간에는 이것이 오래 가지 못한다는 것을 미리 알아버렸다. 그러니 결론은 늘 슬펐다. 마음에 우수가 떠나지 않았다.

나는 인간의 길을 찾는다. 인간관계에서, 사회에서, 책에서 사람이 어떤가를 본다. 아름답고 설렘과 감동을 주는 어떤 모습, 정신과 마음을 느끼면서 고요하게 앉아있는 그 일이 내 사는 가장 큰 일이었을 것이다. 지난 삶을 귀납하여 나의 인생을 인정하고, 본성을 바라보면서 나의 존재에 안심하고, 맑은 이성으로 나 자신을 귀히 여기게 되었을 것이다.

그러면서도 감정의 사람인지라, 가끔은 존재에 대한 위기감 속에서 나를 지키고 회복시키기 위해 내적인 투쟁을 한다. 그 투쟁은 참 고되다. 무엇보다 자아가 위협을 받으면서 힘이 상실되고 마음이 쪼그라든다. 얼마나 호되게 스스로부터 내몰려지는지 다른 사람에게 털어놓지도 못한다. 그런 날들은 마치 나 자신이 바닥에 내려간 듯, 힘도 느낌도 사라지고 만족과 기쁨이란 게 무어던가, 그런 것이 나에게 있었던가… 기억과 희망까지 사라진다. 그런 나날이 흐르다가 어느 순간, 나를 채웠던 어두운 감정과 의식은 어디론가 흩어지고 그 시간들은 이미 과거가 되어 있는 것을 바라보게 된다.

이런 일들은 지금까지도 부단히 이어지고 있다. 다만 이전과 차이가 있다면 지옥의 바닥에 있는 것처럼, 또 영원히 끝나지 않을 것처럼 막막하던 고통들의 무게도 가벼워지는 것 같고, 고통을 느끼는 시간이 점차 줄어들었다는 점이다. 어떤 때는 내 안의 평화가 더 이상 흔들리지 않을 것 같기까지 한 인생 궤도에 들어선 것 같기도 하다. 그러다가 다시 불현듯 마음의 동요, 정신의 긴장을 느끼며 의식이 깨지는 순간들을 맞게 되는데, 이젠 전투태세의 긴장이 아니라 웃음이 난다. '죽을 것 같아'라고 느꼈던 날들 속에서 더 많이 웃으면서 살아왔던 날들이 비로소 실제적 힘을 지니게 된 것이다.

나는 요즘 연암의 글을 읽고 있다. 연암을 다시 손에 잡은 것은 수일 전의 일로, 침대에 들기 전에 거실 불을 끄러 나갔다가 눈에 딱 들어온 연암의 책 『그렇다면 도로 눈을 감고 가시오』를 서가에서 꺼내 들게 되었다. 그 자리에 서서 몇 장을 읽는데, 그만 놓을 수가 없어 거실 탁자에 앉아 내내 읽었다. 책을 읽는 사이, 아련히 멀어졌던 어떤 날들이 다시 시작되는 듯한 예감이 찾아왔다. 그날 적었던 글이다.

"『그렇다면…』을 들고 드문드문 읽어 가는데, 그동안 나를 엄습했던 적막감이 순식간에 다 사라져 버렸다.

나에게 가장 무서운 책이 연암의 이 책이다. 나는 걸핏하면 책 읽기가 무섭다는 소리를 했다. 공감과 동질감, 직관적 교감 등의 벅찬 감정—다 내가 이해하고 소화해낼 수 있는—때문이었는데, 이 책은 광활하고 심오하기가 나로 하여금 그저 입 꼭 다물고 공부하게 할 따름이다. 무릎을 꿇거나 의자에 앉아 아주 단정히, 한 자 한 줄 밑줄을 그으면서 읽지 않을 수 없게 만든다.』

머리로 이해하고 나서는, 그렇다면 나는 어떤 길을 가야 하는가 하는 것을 더 궁구하게 만든다.

지식인으로서, 벼슬로서, 지어미와 부모로서, 자식으로서, 또 백성으로서, 그리고 친구로서… 정말 미칠 것 같다.

놀랍게도, 오늘 밤, 외로움이 싹 가셔진다. 존재론적 외로움, 사회적 외로움. 너무도 놀라워서, 책을 가슴에 품고서 한참을 조용히 앉아 있었다. 이것이다. 연암의 힘, 독서의 힘. 내가 이 책만 열심히 잘 읽

내 인생의 책들 - 그 곳으로부터 30센티

고 살면 그 어떤 현실적 아쉬움도 인간적 미련도 없을 거라는 확신
이 다시 솟는다. 희열이다. 이 책을 읽을 때마다 이런 감정이 드는 것
은 이 책이 진실이기 때문이다.

이 책을, 지금 소원으로는, 그냥 읽고 싶다. 어떤 토도 달지 않고, 소
소한 느낌도 쓰지 않고, 학동들이 명심보감이나 사자소학 등을 눈으
로 보고 입으로 외듯 나도 그냥 읽어 내려가고만 싶다."

연암의 글을 읽으며 많이 힘을 얻고 외로움, 허전함을 달랬다. 인간의
길이 빤히 바라보아지고, 세상사에 초연해지지 않을 수 없는 정신을 연암
이 밝히 보여주고 있다. 나는 연암의 말을 너무도 잘 이해하고 알아들을
뿐 아니라, 이미 그런 희열과 감동을 안고 살아간 경험이 적지 않으니 이
번에도 그렇게 될 것이다.

오늘 아침, 글귀 하나 찾다가 뒷장의 글 한 편을 읽었다. 〈혼자만의 즐
김〉이다.

천하를 가지고 즐거워할 적에는 여유가 있다가도 정작 자신의 문제
를 놓고 즐거워할 적에는 오히려 부족해지는 경우가 있다.

첫 문장에서 눈을 뗄 수가 없었다. 내가 말한 '외로움', '허전함'이란 것
을 연암이 제대로 말했다. 일 각 일 초를 나의 자유의사로 꾸리면서 아침
저녁 침대에 들고날 때마다 회심의 웃음을 만면에 짓곤 하는 나는 아홉

마리 소의 털처럼 많은 날들의 햇살 아래 '외로움'과 '고독'의 차이를 천착하고 있기도 하다.

> 제 심리에 꼭 들어맞아 그 외에는 더 바랄 것이 없기는 거의 드물 것이다.

바로 이것이다. 바라는 게 없고, 얻고 싶은 게 없는 나의 궁극적 상태에 안심하면서도, 의식하는 모든 순간마다 온전한 기쁨과 충만함을 갈구하는 이게 바로 "제 심리에 꼭 들어맞아 그 외에는 더 바랄 것이 없는" 상태이다. 깊은 만족, 혼자만의 즐김이다. 눈물 날 이상일 뿐, 연암이 봐도 어렵다는 일이다. 연암은 빈천한 필부들로서 그 빈천의 근심을 덜지 못하여 절대 혼자 즐기기가 어렵다고 말하면서 어떻게 하면 그것을 얻을 수 있는지 가르쳐준다.

> 마음속에 자득을 하여 외물에 기대함이 없는 이후라야 비로소 즐거움을 이야기할 수 있다. (…) 요컨대 본래의 순수한 기운을 머금고 천지의 운행과 마찬가지로 쉬지 않으면서도 어떤 행동에도 부끄러울 것이 없으며 비록 세속을 벗어나도 두려울 것이 없어야 한다. 그 이치가 반드시 그렇다는 것을 알게 되고 또한 지극한 자기 수양에서 비로소 얻을 수 있는 것이다.

내 인생의 책들 - 그곳으로부터 30센티

"외물에 기대함이 없는 이후"라는 말이 나를 바라보게 한다. 우리 인간 세상에서 산다는 것은 결국 외물에 기대는 삶이지만 물리를 알고 자신의 중심을 잘 잡으면 모든 외물의 움직임을 순리로 받아들일 수 있다.

나는 의회를 그만두기 1년 전(내 나이 마흔이었다), 세상에서 떨어질까 봐 죽을 것 같았다. '세속을 벗어나니 두려워지는' 바로 그런 심리였다. 그러더니 해를 넘긴 어느 하루, 두려움도 사라지고 세상의 짐을 다 벗은 마음이 찾아왔다. 그런 상태에서 훌훌 의회를 털고 나와 혼자 강 같은 평화의 날들을 누렸다. 아침마다 책을 읽으면서 어떤 순간에는 이대로 죽어도 좋다라는 감동에 사무쳐 앉아있기도 했다. 융과 연암이었다, 그때 읽은 책이.

십수 년의 세월이 지난 지금, 나는 또 한번의 떠나옴의 시간을 맞았다. 연암의 글을 읽으면서 그때의 감동이 되살아온다. 거기다가 연암은 가르침까지 준다. "창문을 밝게 하고 궤석을 고요케 하여 밤낮 글만 읽고 게으르지 않은 사람"이라면 혼자 일평생을 즐겁게 보낼 수 있을 것이다라고. 내가 지금 지녀야 하는 지혜는 일신의 문제만을 해결하고 잘 즐거워하는 것인데, 그게 나한테는 하루하루의 시간을 독서와 나눔으로 잘 활용하는 일이니 아주 잘 될 것 같다.

수양버들 같은 내 인생

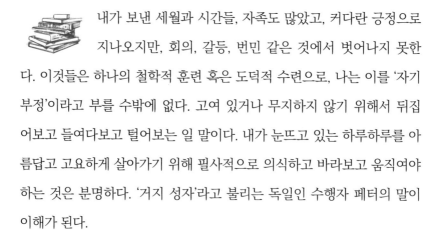내가 보낸 세월과 시간들, 자족도 많았고, 커다란 긍정으로 지나오지만, 회의, 갈등, 번민 같은 것에서 벗어나지 못한다. 이것들은 하나의 철학적 훈련 혹은 도덕적 수련으로, 나는 이를 '자기부정'이라고 부를 수밖에 없다. 고여 있거나 무지하지 않기 위해서 뒤집어보고 들여다보고 털어보는 일 말이다. 내가 눈뜨고 있는 하루하루를 아름답고 고요하게 살아가기 위해 필사적으로 의식하고 바라보고 움직여야 하는 것은 분명하다. '거지 성자'라고 불리는 독일인 수행자 페터의 말이 이해가 된다.

"나는 늘 북풍이 몰아치고 거대한 해일이 이는 백척간두에 놓인 난파선에서 전쟁을 하듯 수행에 임한다."

이상하게 여겨질 수도 있는 말이다. 속세에서 벗어나 그 어떤 사회적인 일도 하지 않으면서 한 벌의 옷으로, 음식은 쓰레기통을 뒤져 얻고, 잠은

내 인생의 책들 - 그곳으로부터 30센티

숲에서 자는 사람이 무슨 전쟁을 한다는 말이냐고. 전쟁은 인간 세상 속에서 사는 사람들이 하는 것인데. 생계를 꾸리기 위해, 자식을 양육하고 누군가를 부양하기 위해, 조직에서 살아남기 위해, 자아실현을 위해, 그리고 원하는 것을 얻기 위해 목숨을 걸고 사는 일이 전쟁 같을 것인데… 페터는 지성과 욕망을 가진 인간으로 자기의 사는 모습이 바로 해일과 풍랑이 이는 바다의 난파선이라고 말하고 있다. 자기 한 몸을 좋은 뜻과 정신, 영혼에 맞춰 하루하루 사는 것이 전쟁을 치르는 것과 같다는 말이었다.

"나는 매일 저지르고 있는 잘못을 내 스승으로 삼고 있다."

세상 일이 없는 사람이 하많은 시간 바라보는 것은 '자기'이다. 어쩔 수 없다. 그게 그 사람의 길이요 수련으로 하루의 일이 되어버렸으니 보통 부랑인처럼 정신줄을 놓고 살 수는 없다.

거지성자 페터의 책, 『그물에 걸리지 않는 바람 같이』는 정덕영* 안과 원장실에 있던 책이다. 정 원장님이 보이차를 우려 놓고 나간 후, 나는 여느 때처럼 그 안에서 잠시 읽을 책을 찾았다. 책에 대한 최소한의 정보와 느낌, 인식을 가지고 있는 나는 책 한권 고르는 것이 보통 일이 아니다. 베스트셀러로 소문난 책이라고 하더라도 읽고 싶기보다는 피하고 싶은 마음이 더 일어나는 것이 나의 책 읽기다. 원장실에서, 내 눈에 가장 크게 들어온 그책을 한동안 바라보다가 마침내 팔을 뻗쳐 집은 것은 책이라는 것이 그 안에 어떻게든 좋은 것이 있어서다.

---

* 안과 전문의로 보이차 명인이기도 하다. 그의 보이차 보시는 그의 의술만큼이나 강한 치유효과가 있다.

정 원장님이 돌아오기까지 두세 장 읽고서 결국 빌려가지고 왔는데, 제일 앞에 기독교에 대해 씌어있는 페터의 말 한 줄 때문이었다. "오늘날의 기독교가 성경의 말씀대로 실천하지 않는다는 것을 알았다."라는 단순한 내용이다. 기독교와 교회에 분노하다가, 그것마저도 무의미해진 지 오래인 지금 페터의 말이 아주 담백하게 들어와서 그 책을 한번 읽어보자 하는 생각이 들었다. 집으로 가져와서는 습관대로 이 책 저 책과 함께 아침마다 조금씩 읽었다.

이 사람은 기인이요, 현대의 삶과는 맞지 않는 극단적인 수행법을 실천하고 있다라고 한국의 승려들은 말하는 것 같다. 물론 페터가 한 명이니 이 세상에 그런 사람은 한 사람밖에 없다. 절이나 선원에서 기거하는 승려들은 페터가 불편했을지도 모른다. 같은 구도자로서 자기들과 페터의 차이를 들어 그의 문제를 짚어내고 자신들의 수행법이 불가피하다는 정리가 필요했을 것이다. 페터와 다른 수행자, 혹은 종교인과의 차이를 나는 알았다. 그는 누구도 가르치려 하지 않는다는 것이었다. 맑은 눈으로 철저히 파악한 자신과, 책을 통해 배우고 깨달은 것을 대입시켜 하나하나 고치고 살아가려고 필사적으로 노력하는 사람일 뿐이지 세상을 비난하거나 사람을 답답해하지 않는다.

도서관에서 여러 종교, 특히 불교와 철학 등을 공부하는 페터는 자신이 공부한 대로 살아야 된다고 믿는 사람이다. 그는 이 시대에도 본질은 다르지 않다고 생각한다. 시대가 바뀌고 복잡해져서 원래의 수행법은 맞지 않는다고 말하는 사람들 사이에서 그는 성인의 가르침을 그대로 실천할 수 있다는 것을 보여주는 한 사람이었다. 간단한 가르침-청정한 삶을 사는 것, 본성을 찾는 것, 욕망을 버리고 쾌락을 털어내는 것을 실천하려다 보니 걸식 수행자가 되었다. 자신이 좋다고 여긴 것을 실천하지 않는 것은 비단 페터 같은 사람뿐만이 아니라 정신을 가진 인간이라면 참 고통스러울 노릇일 것이다. 법구경의 말은 페터에게는 간단하다.

"아무리 좋고 아름다운 말도 행하지 않으면 얻는 것이 없다."

추구의 정신은 페터로 하여금 수많은 책을 읽게 만들었을 것이다. 한순간 한 순간이 전쟁인 이 사람은 하나를 이겨냈는가 싶으면 또 다른 싸움을 직면하고 있거나 싸움에 휘말려 들어가는 자신을 발견하기 때문에 전쟁에서 살아남기 위한 전략과 군량이 절실히 필요했을 것이다. 그래서 그는 책을 읽어야 했을 것이다. 누가 그를 제자 삼고 그의 스승이 될 수가 있겠으며, 어느 명사가 그와 더불어 대화를 나누고 싶어 할까. 그 역시도 세상과 사람, 특히 구도자나 종교인, 절, 선원, 학문, 그 내적 외적 구조에 대해서는 알고도 남았을 것이다.

탐구하고 지식을 얻는 수단으로도 책을 읽었을 것이지만 번민과 고통에 사무칠 때 책은 더욱 특별했을 것이다. 의구심이 일고 중심이 흐트러질 때, 의식이 선명하지 않으며 마음이 오락가락 할 때 책이 더욱 절실했을 것이다. 사람이 그립고 외로울 때, 그들과 섞이고 싶을 때, 그러면서도 마음이 그들에게 물들지 못하여 더 괴로울 때, 이게 뭐냐, 이게 왜냐, 내가 유별나냐, 저들이 이상하냐, 굉장히 괴로웠을 것이다. 그럴 때 그는 책을 찾았을 것이고 한 말씀을 얻어 간신히 마음을 진정하였을 것이다. 혹은 이미 읽은 것들이 그때 떠올랐거나 한 책을 펼치니 그 대목이 대문짝만 하게 자기를 기다리고 있었을 것이다.

"훌륭한 도반이 있으면 함께 가되 그렇지 않으면 그물에 걸리지 않는 바람같이 무소의 뿔처럼 혼자서 가라."

자신이 보는 사람들 속에서는 진실한 무엇을 찾을 수 없어 혼란스러울 때 그는 결국 자신을 의지할 수밖에 없는 힘을, "스스로를 등불로 삼고, 법을 등불로 삼아라"는 부처님의 말씀에서 얻었을 것이다. 그래서 그런 결론을 냈을 것이다.

"찾지 마라. 세상에 그런 이도 없고 그런 곳도 없다. 홀로 깨닫는 것이야말로 최선의 경지이다. 외로움에 젖으면 그 수행도 거짓이 된다. 세상의 도량이 타락했다 한들, 도반들이 성인의 가르침을 저버렸다 한들, 그것을 저어하여 머물지 못하는 것 역시 집착이다."

자신의 고행이 이 시대와는 맞지 않는다는 은근한 비난을 접할 때, 혹은 걸인의 생활로 들어선 이래 자신을 파고드는 회의에 부딪칠 때, 그는 『바가바드 기타』를 열심히 읽으면서 아름다운 정신을 새기고 또 새겼을 것이다. 공경, 청정, 정직함, 금욕, 남을 해치지 않는 일, 이게 몸의 고행인데 이게 뭐가 이 시대와 맞지 않고 어렵느냐라고 되묻고 싶었을 것이다. 진실하고 유쾌하고 유익한 말만 하라, 그리고 열심히 독송하는 것, 그것이 말의 고행인데 이 시대의 도리와 뭐가 다르다는 것이냐. 평정의 마음으로 친절하라, 침묵하여 자기를 제어하고 정결함을 유지하는 것이 마음의 고행인데 마음을 이렇게 먹고 몸으로 따라보는 것이 그렇게 불가능하냐. 결국 안팎으로 하는 수행이 이것이련만 보다 본질적으로 깨끗하고 욕심 없이 사는 것이 무에 그리 비현실적이라는 말이냐… 페터는 이렇게 반문하고 싶었을 것이다.

페터가 세상을 등져 외골수적 심성을 가진 사람이라는 세속적인 시선은 별 의미가 없다. 그 사람은 자신의 지성이 좋은 말이라고 여겨 흠모하는 것을 살리려고 몸부림친다. 그가 그러한 자신의 삶에 초연하여 평화로운 일처럼 말하지 않고 '전쟁'이라고 말하니 나는 참 다행스러워 마음이 놓인다. 페터가, "그런 일은 아무렇지 않은 쉽고 단순한 일이다. 그러니 수행자라면 이렇게 할 수 있다"라고 주장하지 않아서 말이다.

그의 내면의 전쟁은 치열하지만 삶의 외양은 단순하다. 그렇게 단순한 삶(흔히 말하는 무소유의 삶)을 살아나가는 것을 '전쟁'이라고 자각하면서 그는, "성인들의 말씀을 실천하고 전달하며 그 가르침에 따라 하루하루 잘못을 고쳐나갈 뿐"인 사람이다. 그에게 언제부터인가 붙은 '성자'라는 말을 그도 아는가 보다. "나는 노력하는 사람이지 성자는 아니다"라고 말한 것을 보면.

분명히 욕심을 버렸을 것이기에 소유한 것도 없이 사는 사람이 무슨 잘못을 저지르겠나라고 생각하겠지만, 그는 멍하고 무기력한 보통의 부랑인이 아니라 극도로 맑은 의식과 날카로운 지성을 가진 인간이다. 하루 24시간 자신을 대상으로 자신을 숙제하며 살고 있는데, 자신이 자신의 거울에 반추되어 비치기 때문에 그 '잘못'을 하루하루 깨닫고 고치려고 분투한다. 나는 그를 교사라고 생각한다. 불처럼 환히 정리를 할 줄 아는 명석함과 논리를 가졌기 때문이다. 그는 단순히 추구하고 깨닫고 실천하는 사람이 아니라 세상의 문제를 꿰뚫어보고 해답까지 알고 있다. 그 해답은, "실천하는 일"이고, 누가 그의 옆에 붙어 물어보면 명쾌히 대답을 해준다.

그가 한국에 와서 부드럽게 지적한 것 하나는 절에 도서관이 없다는 것이었다. 수도자가 머무는 곳에 책이 없다니… 그것도 도서관 정도 되는 책을 읽어야 한다는 말이었다. 나는 이 말이 참으로 반가웠다. 자기부정의 하나로 나는, "책이 뭐라고…" 하면서 책 읽는 것을 문제시 한 적이 있다. 어쩌면 나는 나를 잘 모르는 사람으로부터 진즉 그런 시선을 받으며 살고 있는지도 모른다. "책 읽는 것도 일종의 병증인데…"라는.

출가까지 하여 자기수양에 전력하는 스님들에게 책을 읽으라고 하는 페터의 말을 들으니, "그럼 그렇지"하는 안도가 밀려온다. 다 놓고 버리고 욕심을 갖지 않으려고 전쟁을 치르듯 사는 사람이 책 말을 하다니. 그것도 수천 수만 권의 책이 필요하다고. 그렇다, 책은 물질도 아니고 습도 아니고, 집착의 대상이 아니다. 표적을 찾아 떠나는 길의 방편이면서 등불이다. 들어 가리킬 손가락이 필요한 것이다. 찾지 않을 바에는 책조차도 필요 없지만 이왕 찾으려고 길을 나선 사람에게 책은 더 없는 교사임에 분명하다.

페터는 혼자 치열하게 나날을 살고 있었을 뿐인데 거지 성자라는 이름을 얻고서는 아주 유명해져버렸다. 그의 독특한 삶과 한국 만행이 많은 사람들에게 혼란을 주었음은 자명하지만 그가 다채로웠던 자신의 만행에 흔들릴 것 같지는 않다. 그것처럼, 나 역시 래디컬한 그로 인해 조금도 괴로움이 없다. 그의 자유함과 평화가 나에게까지 전달되었음이라고 믿으니 고마운 마음이 솟는다, 이 순간.

그는, "깨달음에 이르는 길은 감관을 잘 다스리는 것이다. 모든 것을 버리는 것 외에 더 나은 삶을 나는 보지 못했다."라는 부처의 가르침을 실천하지 않으면 괴로운 사람이거나, 부처만 한 욕심(발원)을 가진 사람, 그런 운명과 업을 가지고 태어나 그런 환경을 창조하면서 사는 사람이고, 나는 의식 속에서 나를 바라보면서 오감을 만족시키면서 사는 사람이다. 내 눈에 보이는 세상의 본연, 사람의 본성을 온전히 이해해보고 싶어 노력하면서. 그러나 나는 그물에 걸리지 않는 바람처럼 코뿔소의 외뿔처럼 혼자서 가고 싶지는 않다. 나는 사람들과 더불어 갈 것이다. 내 눈에 보이는 모든 것, 나에게 다가오는 모든 일에 거슬림 없이 사랑으로 만나거나 연민으로 스치는 것, 내가 간절히 원하는 것은 그것이다.

오늘 아침, 이오덕 선생님의 『일하는 아이들』을 읽는데 어떤 시 하나가 내 가슴을 크게 흔들었다. 『일하는 아이들』은 1977년, 이오덕 선생님이 안동 분교의 교사 시절 초등학생들 시를 엮어 만든 문집이다.

지난 며칠, 이 책을 놓고 나는 시 한 편 한 편에 밑줄 긋고 또 내 감탄과 느낌, 생각을 짤막짤막 적어가며 읽어왔다. 아이들이 소재와 시상을 집어 시를 썼듯 나도 아이들의 시에 나의 마음을 놓치지 않고 싶었다. 그러다가 만난 〈수양버들과 바람〉, 그 시를 읽는 순간 그만 모든 감상과 생각이 멈추어 버렸다. 얼래, 야 봐라, 하! 그런 감탄사만 맴돌았다. 그 순간에 이어 한 가지 일이 나에게 일어났는데 다시 긴 글로 들어갈 수 있을 것 같은

수양버들 같은 내 인생

힘이 솟아난 것이다.

나는 석 달 만에 미국에서 돌아온 뒤 거의 글을 쓰지 못했다. 처음 몇 주는 아예 아무 생각 없이 움직였다. 밥하고 청소하고 식구들 사진 골라 액자 맞추고 필요한 물건들 사러 다녔다. 살림을 수십 년 해온 사람이 이 나이에 이렇게 살 것이 많은 사실에 놀라기도 했지만 거의가 주방 물건들로 친구들을 멋있게 대접할 것을 생각하면 필요한 것들이었다. 많은 밥 손님들이 오갔다. 무언가를 차려 사람들과 한 식탁에서 먹고 마시며 이야기하는 그 시간이 내가 제일 행복해하는 시간이었음을 새삼 확인하면서 즐겁게 나날을 보냈다.

글에 대해서는 언젠가 모아지면 저절로 터지는 날이 있을 것이라는 느낌만 묻어두었는데, 얼마 전부터는 집 앞 학산에 들어가면 자꾸 문장이 맺혔다. 어떤 이야기들이 머릿속에서 자꾸 솟아나와, 그 기운에 가슴이 환해져 산을 씩씩 내려오곤 했다. 그럼에도 글이 쉽게 나오지 않았다. 저녁 챙겨 먹고 나서 두어 시간 거문고 타다가 책상 앞에 앉게 되면 '메르스' 기사 찾아 읽다가 지쳐서 컴퓨터를 끄곤 했다. 그렇게 나날을 보냈다. 오늘 아침, 한 아이의 시를 읽다가 여기까지 쓰게 되었다.

수양버들은 매일 바람이 불어주어서
수양버들은 그래도 할 수 없이 흔들립니다.
수양버들은 그러다가 그만 하루를 지냅니다.

(1959. 3. 17.)

8살 아이가 바라보고 있는 이 수양버들이 나 같다는 생각이 훅 밀려들었다. 바람에 실려 "할 수 없이" 흔들리면서 하루를 살고 또 사는 수양버들. 그 모습을 "그만"이라고 아이는 말했는데, 나는 무슨 일에도 '그냥'이라는 생각을 하면서 산다. 나만 그러는 것이 아니라 수양버들도 그러하고, 산골의 어린 소녀도 그렇게 바라보고 있으니 이게 바로 인생, 천지만물의 시간이라는 생각이 들었다. 피할 수 없는 삶. 그래서 어찌할 수 없이 흔들리고 마는 내 인생을 지금 이 순간 다시 바라보고 정리하고 사랑해보자 하는 생각이 들어서 이 마음을 쓰려고 책상으로 달려왔다. 이렇게 자꾸 흔들리면서, 또 그것을 보려고 애를 쓰는 것을 '자기부정'이라고 여기다가, 한 달 전에 읽은 페터 이야기를 불현듯 쓰게 되었다.

신비로운 한 마디 말

나는 정녕 책을 잘 읽는 사람인지, 아님 그 반대인지 모르겠다는 심사가 드는 때가 종종 있다. 책 읽기가 무섭기만 하는 때다. 내가 읽는 책의 단어, 문장, 사상들이 나를 가만히 내버려두질 않아서 그렇다. 책의 낱장들은 거울이 되어 나를 비추고, 또 세상을 반영한다. 어리석고 혼란스럽고 갈등하고 아슬아슬할 뿐만 아니라 외로워하고 추구하는 영혼, 비어 있다가 채워지기를 반복하는 가슴, 고독하다가 자유롭고, 어떤 때는 이미 거기 가 있는 것도 같다. 책은 변화무쌍한 나를 보여주는 만화경이다.

내가 책을 읽는 것인지 사람을 생각하는 것인지, 이 시간에 내가 선택할 것이 무엇인지, 이대로 가만히 있어야 하는지, 아님 나의 샘물처럼 솟아난 '그들 생각'을 표현해야 하는지, 그러한 상념들 끝에 나는 책상으로 달려가지 않을 수가 없었다. 단어 하나, 개념과 관념 하나에서마다 사람들이 연결된다. 내가 아는 그들, 그들이 해 준 말, 그들의 성품과 기질, 내 가슴에 떠오르는 그것들에 사랑 아닌 것이 없다. 내가 과연 이 의식적인 삶에서 벗어나서 얼마나 더 자유롭게 평안할 수가 있는지, 나의 인생이 이런 식으로 얼마나 버틸 수가 있을지, 긴장이 끊어지지 않는다. 그러니 어떤 때는 문장 한 줄을 놓고 망연해지고, 단어 하나에 가슴 복받치는 눈물이 터지기도 한다. 또 어떤 단어들은 시공간을 초월한 하나의 세계에 내가 존재하는 희열을 맛보게 한다.

며칠 전, 거문고 연주자 이혜정 선생님*과 거문고 동아리 〈무현〉 회원들이 집에 와서 함께 밥을 먹었다. 늦은 시간까지 담소를 나누는데, 양유경 씨**가 해 준 말은 어디서 듣지 못할 말이었다. 내가 스토리에 갈 때마다 즐겨 앉는 2층 자리의 창밖으로 보였던 나무 무성한 터의 한옥은 달마 할아버지가 살고 있는 집이었다. 부인이 오래전에 요양병원에 들어갔을 만큼 연세가 드신 분으로, 자기 집의 담벼락에 달마도를 그리고 한시를 써넣는다고 해서 동네 사람들은 그 분을 '달마 할아버지'라고 불렀다. 교동이 관광지가 되어 외지인들에게 묵은 땅들과 오래된 집들이 팔려나가는 세태에, 달마 할아버지 자녀들 또한 그 집을 팔기로 결정한 듯 지금 그 집은 허물리고 있다. 달마 할아버지는 언젠가부터 보이지

---

* 국가무형문화재 향제 줄풍류 이수자로 나의 거문고 스승이다. 오래전, 나는 선생님이 우리를 가르치는 혼신의 정성에 감복하면서 나날이 거문고와 함께하는 감회를 「나의 거문고 이야기」로 엮어 선생님께 드렸다.

** 언어교육원에서 한국어를 강의하는 한국학 재원. 교동에서 스토리라는 오래된 커피숍을 공동운영하고 있다. 이 뒤 〈우리 시대의 현자들〉은 그와 나눈 내용이다.

않았다.

그 터에서 구렁이가 나왔다는 것이다. 그 집 세간들이 들려내어지고 집 채의 기둥과 벽들을 허물어내는 와중에 어마어마하게 큰 노란 구렁이가 그 터에서 나와 담 옆에 주차해놓은 유경 씨 차 아래로 기어 들어가 버렸다. 경찰과 사람들이 몰려와 법석을 떠는 속에서 구렁이는 다시 유유히 움직여 살던 집터로 들어가고 마침내 119를 동원하여 구렁이를 포획해 갔다는 이야기이다.

구렁이 이야기만이 신비로운 것은 아니었다. 내가 그날 아침에 책에서 읽은 구절이다.

혀는 영혼을 가린 커튼이다.

바람이 불 때 우리는

그 집 안에 무엇이 있는지 들여다본다.

진주나 곡식자루?

아니면, 뱀이나 전갈?

아니면, '지킴'* 없이 황금을 두는 법이 없으니

구렁이가 지키는 보물 상자?

다음 날에 이루어진 동시성들도 그럴듯하다. 김주미 박사가 전주에 와,

* 지킴 : 민간에서 집을 지켜준다고 믿어온 구렁이

임철완 교수님과 이신구 교수님을 초대해 함께 저녁을 먹었다. 임철완 교수님은 늘상 최고의 게스트이다. 최고의 게스트는 호스트 같은 게스트다. 주인과 주인집에 대한 이해와 아량이 크고, 또 주인집에 오는 모든 손님을 주인처럼 기쁘게 해주는 손님. 아침에 임 교수님께 전화를 드려 김주미 박사가 오는데 저녁을 같이 하자고 말씀드렸다. 임 교수님은 흔쾌히 수락하면서도 한 마디를 잊지 않는다.

"그래도 김주미 박사가 나를 만나고 싶지 않다고 말할지 몰라요. 미리 확인하여, 그렇다고 해도 나는 아무렇지도 않으니까 문자를 주세요."

나는 언제나처럼 크게 웃지만, 그 말은 농담만이 아니고 민감한 성품과 의사의 섬세함으로 하는 말씀이다. 나는 임 교수님께, 김주미 박사가 전주에 가면 혹 교수님을 만날 수 있지 않을까 기대했다는 말을 전하지 않을 수 없었다.

그날의 화제에는 부부 사이의 오해와 질투도 있었다.

"질투는 자격지심에서 비롯되는 것이며, 또 오해는 설명의 부족에서 비롯된다."

임 교수님이 하신 말씀이다. 거기에 또 덧 붙이셨다.

"우리 몸의 여러 근육은 쓰게 되면 피곤해지는데, 유일하게 피곤함을 느끼지 않는 근육이 있어요. 혀에요. 하루 종일 말한다고 해서 혀가 피곤해지는 법은 없잖아요. 그러니까 오해가 없도록 말을 해야 되는 거예요."

그날 아침에 내가 읽은 구절은 이거였다..

들어라, 혀.

너는 써도 써도 닳지 않는 보물이구나.

들어라, 혀.

너는 고쳐도 고쳐도 낫지 않는 고질이구나.

『루미의 지혜』에 있는 시다. 이 책은 13세기 시리아에서 살았던 이슬람 수피 루미가 쓴 시문들을 모아 엮은 조그마한 책이다. 이현주 목사님이 참여하는 〈드림〉이라는 출판 공동체에서 나온 책을 간간 군산 이정희 선생님이 주는데 그중 한권이다.

제목이 『루미의 지혜』고, '觀玉이 옮겼다'라고만 간신히 알아볼 수 있게 씌어있으니 우주 의식이 고스란히 묻어나는 아름다운 문장에 생생한 말투, 멋진 표현들로 보아 『바가바드 기타』를 번역한 이현주 목사님인가 보다 하고 유추해볼 따름이다. 우리 혀가 "고쳐도 고쳐도 낫지 않는 고질"이기도 하지만 또 "써도 써도 닳지 않는 보물"이라니… 늘 세 치 혀를 조심하라는 경계만 듣고, 그것이 제대로 되지를 않아 그저 애물로만 여겨온 혀가 닳지도 않는 보물이라니, 이런 반전이 어디 있나.

8년 전 처음 읽은 이 책을 며칠 전부터 다시 읽기 시작했다. 오늘 아침, 어제 청소한 베란다의 창틀을 이리저리 살펴본 후(그 맑은 즐거움!), 보이차를 준비하고 탁자에 앉아 『루미의 지혜』를 읽다가 "우리 아이들은 자신들이 받은 친절에 대해 얼마나 감동으로 말하였던가."라고 쓴 글귀를 보았다. "누군가 너에게 친절을 베풀 때 언제나 깨어있으라"는 구절 옆 여백에 내가 적은 메모다. 이 안에는 얼마나 많은 이야기가 들어있는지 모른다.

우리 아이들은 사람들로부터 받은 친절을 엄마인 나에게 그대로 전달해주었고 나는 누군가 아이들에게 베푼 친절을 지금도 잊지 않고 기억하고 있다. 인하가 일곱 살 때, 집에 오다 넘어져 무릎이 찢어진 인하를 데리고 들어가 피를 닦아주고 약을 발라 준 동네 세탁소 사장님. 비 오는 날 우리 아이들을 아파트 정문에 떨어뜨리지 않고 현관까지 태워다 준 택시 기사님. 뻥밥 기계 앞에서 구경하는 우리 아이들의 웃옷에 뻥밥을 가득 담아 보낸 뻥밥 장수 아저씨. 유경이가 급식실에 물 먹으러 갔을 때 유경이 양손에 닭튀김을 쥐어준 급식 조리원 아주머니, 인하의 언 발을 난로가에서 두 손으로 싹싹 부벼 주었던 방방 아주머니, 우리 한길이에게 공책뿐만 아니라 과자까지 거저 주셨다는 문방구점 아저씨와, 미안해하는 한길이 어깨를 두드려주며 '괜찮아' 하고 웃으셨다는 그의 부인…

친절, 연민, 동정이라는 말을 만날 때마다 우리 아이들이 세상에서 만난 고마운 사람들이 떠오른다. 아이들은 깨어 있어 저희들이 받은 친절을 놓치지 않았다. 아이들은 집에 들어와서 누군가에 대해 이야기 할 때 '불쌍하다'라는 말이 퍽 따라붙었는데, 아이들 내면에 연민이 있다는 것을 느낀 이후부터 나는 아이들이 살아갈 세상에 대해 걱정을 놓았다. 저런 마음으로는 어떤 세상도 잘 살아갈 수 있으리라고 믿었다.

책들이 나에게 뭔가를 주는 것은 어쩌면 더 이상 없는지도 모른다. 나는 지식과 정보를 필요로 하지 않으며 대단히 여기지 않는다. '지식? 그것은 저 책만 읽으면 돼', 하는 생각으로 대학 때 강의를 곧잘 빼먹었고, 시민운동과 의원활동을 하면서도 신문과 티브이 뉴스를 보지 않았다. 만나는 사람들 입에서 나오는 것은 다 그 전날 밤의 뉴스, 아침에 읽은 신문이었기 때문이다.

판에 박힌 지식은 네가 언제든지 살 수 있는 편리한 상품으로, 자신을 선전한다. 신비스런 지식은 그렇게 포장된 상자에 담겨서 오지 않고 값도 훨씬 비싸다. 그러나 그것을 산 자는 방금 이루어진 거래에 황홀하여 입을 다문다.

700년 전 사람 루미의 지식에 대한 일갈이다. 시대마다 지식은 언제나 특급 대우를 받았지만 지식의 실체란 결국 같다. 책을 읽는 것은 이젠 다른 의미가 있는 것도 같다. 사랑하는 친구들로부터 그들의 일상과 고민들을 듣다보면, 그들이 보지 못하는 그들의 보물됨과 빛이 나에게는 더욱 뚜렷이 보이곤 한다. 나의 설명이나 지혜로는 그것을 그들에게 확인시켜주기에 역부족인데, 그 즈음 읽는 책에서 그 해답을 곧잘 찾곤 한다. 나는 그것을 그대로 들어 그들에게 전해주고, 그런 일들을 보며 즐긴다. 오늘 아침, 나에게 보인 대목은 이것이었다.

네가 행복할 때,
다른 사람들의 여행을 도와주는 일 말고는,
행복해지는 방법을 궁리할 필요가 없다.

그리고 나에 대해서는, 바로 이것이다.

이 육신이 그 어떤 곤경에 빠지든 간에
나는 창문에서 그것을 지켜보는 목격자이다.

여행자와 목격자의 역할을 잘 수행해나가는 것이 내 일이다. 그러다보
면 내 옆의 여행자들을 도와줄 수 있는 무언가가 조금씩 더 생길 것이다.

우리 시대의 현자들

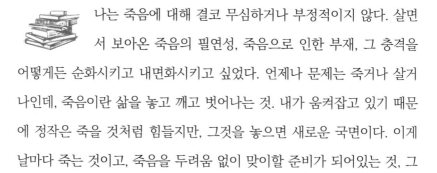나는 죽음에 대해 결코 무심하거나 부정적이지 않다. 살면서 보아온 죽음의 필연성, 죽음으로 인한 부재, 그 충격을 어떻게든 순화시키고 내면화시키고 싶었다. 언제나 문제는 죽거나 살거나인데, 죽음이란 삶을 놓고 깨고 벗어나는 것. 내가 움켜잡고 있기 때문에 정작은 죽을 것처럼 힘들지만, 그것을 놓으면 새로운 국면이다. 이게 날마다 죽는 것이고, 죽음을 두려움 없이 맞이할 준비가 되어있는 것, 그게 자유다.

나는 죽지 않고 떠듬떠듬, 기진맥진한 속에서도 터덕터덕 걸어온 나의 삶을 진화의 과정이라고 본다. 이게 나에 대한 최고의 긍정이다. 나는 이렇듯 끝없이 진화하는데, 그 과정에서 절망하고 꺾이지 않기만을 바랄 따름이다. '진화'라는 말은 크리슈나무르티와 융의 책에도 나오는 말이다. 그들은 '향상'이라고도 한다. '성숙', '성장'이라는 말과 같다. 소크라테스

　　　　　　　　　　　　　내 인생의 책들 - 그 곳으로부터 30센티

도 말하고, 오쇼도 말하고, 데이비드 호킨스도 말한다. 데이비드 호킨스는 '도약'이라는 말도 함께 쓴다. 그러니 "누가 말했다"가 중요하고, "누가 말해서" 그렇게 되는 그게 아니라, 인간의 어떤 과정은 다 그 표현들 안에 있다.

사회와 인류의 역사, 인간의 모습들은 우리 인간들에게 얼마나 충격과 혼란을 주었는가. 사람의 성장 과정은 괴로움과 실망, 배반의 연속이기도 하다. 부모에게, 교사에게, 종교인에게, 정치인에게, 친구에게, 자식에게, 그리고 자기 자신에게. 우리는 자라면서 좋은 일을 하라고 배우지만 우리가 만나는 현실은 그게 아니다. 기적은 초자연적인 현상이 아니라 바로 그 모순, 그 불일치라고 나는 느낄 따름이었다.

'정치인들을 인간의 부류에 넣기는 힘든데, 그들은 인간 모두를 파멸시킬 권력을 가졌기 때문이야', '그토록 민주적이고 평등한 예수 사상을 저 지경으로 만들어버린 기독교라니…', '인간과 원숭이의 유전자가 98% 같다는구만' 등으로, 나는 이런 인식과 더불어 헛된 기대나 자책, 공포심 같은 감정들로부터 상당히 자유롭게 되었다. 또한 나의 자유와 행복에 대한 감각, 진실이나 옳은 것을 추구하는 내적 기질들을 신뢰하여, 외부적인 갈등과 긴장을 과히 두려워하지 않게도 되었다. 거기에서 더 나아가 내 마음을 지배하는 이 기쁨의 실체, 사그라지지 않는 사랑과 끝 모를 듯 깊어지는 이해심, 그 근원적인 에너지에 대해 자신을 갖는다.

나는 내가 거부감을 느끼는 어떤 사고, 의아한 어떤 행동, 어색하고 쑥스럽고 무렴함을 느끼는 어떤 상황을 어영구영 넘어가거나 피하지 않고 진실을 찾을 때까지 좀 서 있는다. 나와 한 조직에 속했던 사람들의 눈으로 보면 나는 고집스럽고 거만하기까지 한 사람이었는지도 모른다. 나도 소속감을 필요로 하는 사람으로 그런 시선들이 편치는 않았지만 결코 동화될 수 없는 내면의 소리가 있었다.

'나는 사람을 싫어하는구나'라는 자각까지 얻으면서, 그럼에도 너무도 사람을 사랑하는 그 모순조차도 분석하거나 해결해야 했고, 이젠 그런 일도 과히 어렵지 않게 해나갈 수 있을 것 같다는 용기까지 생긴다. 우린 세상의 어두운 면도 잘 파악해내고 사람의 이기성과 야수성, 무지스러운 양상도 아주 잘 안다. 오리떼 같은 군집성, 애완견 같은 유치함, 들짐승 같은 잔인성, 교활하고 어리석고… 나는 짐승으로 비유했지만 기실 가장 무서운 포식동물인 인간의 본성이다. 원숭이로부터 진화한 인간 안에 있는 폭력성이 어디 갈까. 특히 이런 본능들을 그대로 드러내는 사람들이 정치인인데, 우린 그들을 통해 인간 구경을 제대로 하고 있다. 그러니 우리가 싫어하는 것도 사람이고 우리가 사랑하는 것도 사람인 이것을 외면해버리거나 모순이라고만 돌릴 것이 아니라 그 구조를 좀 알아야 할 것이다.

나에게 그것을 다시금 말해주는 책이 크리슈나무르티의 『관심의 불꽃』이다. 오래전에는 이 책을 통해 세상을 거부하고 부정할 수 있는 힘을 얻었는데, 이제 다시 읽으면서 내가 힘들게 붙들고 왔던 주제가 정말 중요한 문제이며, 나는 인간의 중요한 문제를 놓지 않고 살아왔다는 것을 알겠다. 우리 사람들에게 중요한 일, 필요한 일에 대해 그가 잘 말하고 있어서 얼마나 좋고 안심이 되는지… 내가 늘 원해왔던 태도, 관계가 바로 그런 것이었다.

> 우리는 두 친구처럼 우리의 슬픔, 우리가 받은 상처들, 우리의 근심
> 과 불확실성, 불안에 대해 서로 이야기를 나누고 있습니다. 또한 어
> 떻게 안전해질 수 있으며 불안으로부터 어떻게 자유로워질 수 있으
> 며, 우리가 지닌 슬픔이 언제나 끝날 수 있는가에 대해 이야기를 나
> 누고 있습니다. 우리의 관심은 바로 그점에 있습니다.

슬픔, 근심, 불확실성, 불안, 이 말이 아주 고차원적인 것에 대한 것이라
고는 생각하지 말자. 그의 말대로 아주 현실적인 것, 소소하고도 사소하
고도 "천박"하기까지 한 것에서부터 철학적이며 신앙적인, 정신적이며 영
적인 고뇌까지 포괄하고 있다. 그 내용이 중요한 것이 아니라 영혼의 느
낌, 지금 내 영혼이 어디에 있는가가 중요하다. 신이 계신다면 신은 한 사
람의 영혼의 상처를 보고 있지, 그의 행위를 따지지 않을 것이다. 내 아이
들이 고통을 당하고 있을 때, 나는 내 아이들이 무엇으로 왜 그렇게 되었
는가 하는 것보다, 얼마나 아픈가 하는 것에만 매달릴 것이기 때문이다.
나는 크리슈나무르티의 이 말에 다른 어떤 말보다 희망을 걸었다. 그
는 대답을 해줄 것 같았다. 그리고 그책의 여기저기서 아주 명확히 자기
는 그 대답을 하겠다고 말한다. 모호하게 말을 흐리지 않는다. 자유의지
로 돌리거나 불가지, 상대주의로 끝내지 않는다. 자신을 분명히 본 사람,
크리슈나무르티는 자신이 알고 확신을 갖게 된 것을 사람들에게 말한다.

예언자처럼. 너무너무 고맙고 기뻤다. 무엇보다 나는 그 메시지를 이해할 수 있었다. 나의 느낌들을 인정할 수 있었는데, 나의 혼란과 의구심들, 문제의식들이 가치 있었다는 것. 그리고 궁극적으로 내가 선택할 의식과 행동에 대해 믿음이 생겼다.

나의 암흑과 같은 날들도 그의 말 속에서 잘 풀어진다.

문제란 도대체 무엇입니까? 문제라는 것은 당신에게 던져진, 크든 작든 당신이 부딪쳐야 될 도전들입니다. 해결되지 않은 문제는 당신이 그것에 부딪쳐서 이해하고 해결하고 행동하도록 만듭니다. 문제란 당신이 의식적으로든 무의식적으로든 기대하지 않았던 당신 앞에 던져진 것이며, 그 내용이 천박하든 심오하든 그것들은 엄연한 도전입니다.

나의 인생은 이런 문제와 도전들로 점철되어 있었다. 의식과 정신, 영혼의 문제이지만 결국은 현실에서 겪는 문제들이었다. 온갖 문제들, "천박하기도 하고 심오하기도 한". 그는 나 같은 사람들의 고뇌를 이해함과 동시에 해결의 길을 보여주었다. 내가 책을 읽어가면서 간절히 찾기를 바랐던 무엇은 그가 말한 그대로다. "인생의 참된 의미"가 무엇인가 하는 것. 고대 그리스 철학자들이 탐구했던 것. 인간은 무엇이냐, 무엇이 행복이냐, 그리고 인생의 목적은?

나는 한동안, 집에 있는 책을 전혀 읽지 못했다. 책들을 익히 잘 알고

내 인생의 책들 - 그 곳으로부터 30센티

있는 나로서는 지금의 나의 문제를 절실히 짚어주는 책으로 집을 것이 없었다. 헨리 나우엔의 영성이 넘치는 책들, 중국 선종 조사들의 화두집인 『벽암록』, 현실적인 수행의 길을 잘 풀어준 『금강경』… 다 눈 앞 탁자 위에 쌓여 있는데도 그런 책들에는 손이 가지 않을 정도로 나의 가슴은 허무함으로 가득 차 있었다.

시간이 흘러 그 허무함이 다 스러졌을 때 서가에서 내 눈에 확 뜨인 것이 조그마한 이 책 『관심의 불꽃』이었다. 내가 궁금했던 것, 알고 싶었던 것을 크리슈나무르티는 질문한다. "권력이나 지위, 명예나 권위, 그리고 수치 같은 것들은 우리의 인생을 잘못 다룬 것들입니다. 그렇다면 인생의 참된 의미는 어디서 찾을 수 있을까요?" 라고.

이 말, 참 뻔한 말이다. 누구나 할 수 있는 말. 동네 노인에서부터 찜질방의 여인들, 인생을 겪어본 사람들은 다 한다. 소셜 미디어를 통해 전달되는 온갖 좋은 일화와 시들. 문자적으로는 알지만 자기 자신의 몸에는 가져다 붙이지 못한 것들… 크리슈나무르티는 자기를 뒤집어서 자기의 사고를 비추고 혁명을 시켜 온몸으로 털고 일어나 이미지로 가득찬 세계로부터 벗어나기를 간절히 바랐다.

제발 진지한 자세로(…)
제발 내가 하는 말을 되풀이 하지 말고 여러분 스스로 그것을 깨닫도록 하십시오. (…)
제발 주의 깊게 들으시고 그것이 당신의 관찰이 되게 하십시오. (…)

우리 시대의 현자들

강연자의 말에 도취되지 마십시오. (…)

이 말에 쉽게 동의하거나 무턱대고 거부반응을 나타내진 마십시오.

크리슈나무르티는 처음부터 끝까지 이런 말로 사람들이 자신의 딱딱한 의식의 껍질을 깨고 진짜 문제로 들어가기를 원한다.

당신은 왜 강연자의 말을 듣고 있습니까? 무엇이 당신으로 하여금 강연자의 말을 듣게 하는 것일까요? 강연자의 말을 듣게 된 동기는 무엇입니까? 무엇을 원합니까? 당신의 욕망은 무엇입니까? 그 욕망 뒤에는 반드시 동기가 있게 마련입니다. 그렇다면 욕망이란 무엇입니까?

지식을 쌓기 위해서, 감성을 키우기 위해서, 마음 편한 시간을 찾아서, 시간을 의미 있게 보냈다는 충족감을 얻기 위해서, 누군가에게 자랑하기 위해서 이 강연장에 온 것이 아니라, 뭘 원해서, 정말 무슨 갈급함이 있기에, 당신은 어떤 것을 선택할 수 있는데? 그렇게 물어보는 말이었다.

내가 파묻히곤 했던 문제, 나의 관심과 나의 위기의식을 그는 아주 잘 말해주었다. 나의 문제, 위기의식은 내 안에서 독자적으로 나온 것이 아닌, 이 세상과 사람과의 문제였다. 그것은 어쩌면 우리가 늘 갖는 그런 문제의식과 같다. 우리의 의식, 희망과 추구, 그런 것들과 자신의 실존이 부딪치는 곳, 그게 위기 상황이다.

정치와 종교가, 그리고 언론이, 학계가, 기업이 우리 자신의 삶과 너무 밀접하니까 우리는 그들의 문제(이기심, 탐욕, 기만, 권위주의, 위선, 착취)에 상처를 받거나 극심한 피해의식을 갖게 된다. 우리는 서민, 약자의 위치에서 인간적인 고뇌까지 겪으면서 그것을 벗어날 길을 찾지 않을 수 없다. 정말 인간이란, 인간세상이란… 그러니 어떻게 이런 세상에서 나의 사고를 뒤바꾸고 본질을 찾아야 할까 하며 고민하는 우린 크리슈나무르티의 말대로 "진지한 사람"들이다.

> 그러므로 진지한 사람들, 이렇게 극에 달한 위기를 제대로 인식할 수 있는 사람들은 스스로 자신의 의식을 찾아내어 그 의식의 내용물로부터 자유롭게 되는 것이 더욱 더 긴급하게 되었으며, 그 때 비로소 우리는 진정한 종교적인 사람이 될 수 있을 것입니다. 경건한 종교적 삶의 자세로 살아가지 않기 때문에 우리는 더 물질적으로 되어가고 있습니다.

크리슈나무르티는 65년 동안 세상을 돌아다니면서 강연하고 글 쓰고 토의해본 결과 사람들로부터 그런 결론은 얻었다. 크리슈나무르티의 책을 읽고 그의 강연을 들으러 모이고, 거기에 그와 토론까지 하는 사람이라면 정신세계를 추구하는 진지한 사람들일 것이다. 그런데 크리슈나무르티는 진지한 사람은 극소수다라고 말했다. 신기한 사실이지만 인간을 잘 보면 그 말이 맞다는 것을 알 수 있다. 그 말은 사람을 이해하는 데 커다란 도움이 된다. 사람들은 참 그럴듯하지만 정말은 그렇지 않다.

크리슈나무르티는 예수나 부처나 소크라테스가 세상과 사람에 대해 했던 말을 할 수 있는(말 할 자격이 있는) 20세기의 대표적인 현자였다고 나는 생각한다. 아주 간단한 동일점들이 그들에게 있다. 너무 물질적인 것, 아주 세속적인 것을 버렸다는 것. 그들에게 부여된 부와 명예와 권위. 그런 것들이 없는 우리들의 눈으로는 그 버리는 일이 참으로 간단할 것 같은데 (왜, 학교나 종교나 도덕은 모두 명예와 부와 권력은 행복과 거리가 멀다고 사람들을 가르쳐왔으니까) 사실은 불가능하다. 그것을 갖기 위해서 생을 바치고 그것을 놓지 않기 위해 온갖 행위를 저지르는 기득권자들을 보면 알 수 있다.

내가 말한 '말할 자격이 있는' 성자의 기준은 자신의 소유를 버렸다는 점이다. 크리슈나무르티는 인류를 구원해줄 수 있는 메시아로 선택되어 교육을 받았지만, 그에게 부여될 권위와 명예를 헌신짝처럼 버리고 그를 교주로 만들어줄 집단에서 벗어나 홀로 사람들을 대면했다. 그는 자기와 세상의 인과성을 잘 보았고, 자신을 혁명시켰기 때문에 그런 말을 할 수가 있다. (자기처럼) 진지한 사람은 드물다고. 정말 진지한 것이 무엇인지를 알기 때문에. 진지함, 그것은 본질로 들어가서 허위를 지각할 수 있는 지성, 그리고 그것을 버릴 수 있는 용기다.

딱 보면 알 수 있지 않을까? 자기 앞에 조아리는 사람들, 자기로부터 무슨 말인가를 듣고 싶어 하는 사람들. 회의하는 지식인, 정신적인 면모의 권력자들, 선하고 정신적인 수련자들, 이들은 사실은 자신을 뒤바꾸지는 못한다는 것을. 예수는 영생을 얻고 싶어 하는 부자청년에게 말했다. "너에게 있는 재산을 다 가난한 사람들에게 나누어주고 와서 나를 따르라."
그는 뒤돌아보지 않고 도망갔다.

예수, 소크라테스, 또 크리소스토무스라는 4세기경에 살았던 이슬람 성자 (『단순하게 살기』라는 책이 있다) 등 이들은 같은 말을 함으로써 죽임을 당했는데, 그들은 정치적이었고 본질적이었기 때문이다. 권력자들을 건들었다. 그들에게 대놓고 탐욕과 가식을 버리라고 말함으로써 말이다. 크리슈나무르티는 그렇게까지는 하지 않았다. 인간과 세상 구조의 모순과 한계를 다 꿰뚫은 그로서는 그럴 필요를 느끼지 못했다. 세상이 사상이나 철학으로 바뀔 수 없다는 것을 아주 잘 알았다.

대신 그는 개인에 대해 말한다. 개인의 성찰, 개인의 지성이 상황을 바꿀 수 있다고. 제도는 세상을 변화시킬 수 없지만 한 인간의 성숙이, 그리고 아이들을 조금만 잘 가르치면 길이 될 수 있다고. 이런 게 바로 기질이다. 석가와 예수와 소크라테스와 크리슈나무르티, 이 정신혁명을 이룬 사람들의 기질의 차이.

욕구는 본능이다. 자신의 본능을 보는 것이 바로 '대극의 고통'이라고 칼 융은 말했다. 미칠 것을 각오하고 자기 자신의 무의식을 더 깊이 보던 끝에 융은 자신의 사상을 만들었는데 그 과정의 일부가 『레드북』으로 최근 나왔다. 나는 여기에 데이비드 호킨스의 『나의 눈』도 덧붙이고 싶다. 데이비드 호킨스는 『의식혁명』을 쓴 의식연구자다. 크리슈나무르티의 『관심의 불꽃』을 잘 읽은 뒤 융의 『레드북』을 다시 읽으면서, 『나의 눈』에 같은 메시지가 있다는 것이 상기되었다. 나의 지금의 의식들을 좀 더 확실하게 만들고 싶어 『나의 눈』을 뽑아 들었다.

인간의 문제-슬픔, 고통과 갈등의 깊은 배경은 같다. 다들 같은 말을 하고 있다. 크리슈나무르티가 우리 인간은 '중고품'이라고 말하는 거나 (인간이 획득한 지식과 사고, 전통 그런 것들은 수천 년 되풀이 되는 것이기 때문에), 융이 '시대정신'이라고 하는 것-종교, 가치, 관습 등, 그리고 데이비드 호킨스가 '프로그램화' 되었다라고 하는 것 등 이 세 사람은 같은 말을 하고 있다.

아이는 프로그램화 되지 않은 순수한 의식을 갖고 태어나지만 컴퓨터의 하드웨어처럼 사회가 주입하는 소프트웨어에 의해 조직적으로 프로그램화 된다. (…) 집단적인 무지와 그릇된 정보, 잘못된 신념체계의 먹이가 된다. (데이비드 호킨스)

제약을 받아온 인간의 두뇌는 컴퓨터처럼 그 자신의 인공적이고 기계적인 두뇌를 가지고 있습니다. 컴퓨터처럼 우리도 프로그램 되었습니다. 나는 기독교도로, 너는 불교도로… (크리슈나무르티)

너(시대정신)는 끝없이 이어지는 세상의 한 이미지야. (…) 본보기를 따라 사는 사람들에게 화 있어라! (칼 융)

이들은 세상에 대해서 사람에 대해서 통찰을 끝낸 사람들이다. 그들은 조금도 에둘러 말하지 않고 직선적으로 선명하게 말한다. 세상에 아부하고 사람들의 호감을 얻기 위해 친근하게 이해하는 척, 그런 어법을 쓰지 않는다. 그러나 사람들을 잘 안내해주고 싶은 간절한 연민의 말들이라는 것은 그 말을 들은 사람이라면 느끼지 않을 수 없을 것이다.

이 사람들 말투는 참으로 부드럽고 인자하고 심지어 호소까지 한다. 그러나 내용은 그렇지 않다. 나는 세상에 평화를 주러 온 것이 아니라 칼을 주러 왔다, 누가 네 형제고 부모냐, 원수는 바로 그들이다 라고 했던 예수의 말과 같은데, 그들은 관습과 사고, 규범, 가치 그런 것들이 인간의 참다운 본성과 자유, 사랑의 능력을 어떻게 억압하는가 하는 것에 지극히 민감하다.

내 오랜 삶을 거쳐 이들에게서 크나큰 위로와 용기를 얻으며 살아왔기에 지금은 이 사람들이 이렇게 뭉뚱그려진다. 온전하게 보고 제대로 사랑하고 싶은 간절함과 함께 본성적 약점-욕망, 이기심, 허영, 허위들으로 인한 상처와 또 세상에 대한 깊은 슬픔, 이런 것들이 서로 부딪치며 나를 고통의 나락에 던져버리곤 하던 시간들, 나의 인생…

크리슈나무르티는 "자신의 문제를 똑바로 바라보려는 사람은 아무도 없다"라고 말했지만 나는 죽든지 살든지 부딪쳐보리라 하는 심정으로 직면해온 것 같다. 완벽하지는 못하지만 어느 정도 그렇게 애를 써왔다. 최근까지도 말이다. 그리고 이제 다시 조용한 희열의 시간에 이르렀다. 앞에 말한 진화, 성숙, 성장 그런 순간들 같이 느껴진다.

데이비드 호킨스는 『나의 눈』에서, "의식의 한 단계씩 상승할 때마다 새로운 기쁨이 찾아들고 의식의 도약이 이루어진다"고 말한다. 거기에 그는 간단한 가르침을 준다.

　자신을 포함하여, 생명 자체의 표현인 모든 생명체에게 예외 없이 부
　드럽고 온화하고 따뜻하고 너그럽게, 무조건적으로 사랑하는 자세
　를 가져라. 모든 생명체에게 사심 없이 봉사하고 사랑하고 존중하고
　존경하는 일에 집중하라. 부정적인 마음가짐과 세속적인 것들에 대
　한 욕망, 쾌락의 소유물에 대한 집착을 피하라. 자기의 주장을 내세
　우거나 옳고 그름을 판별하거나 나는 옳다고 자만하기를 삼가고, 정
　의를 가장한 덫에 빠지지 않도록 하라. 비난하지 말고 이해하려고 애
　써라.

　조금은 이렇게 살 수 있다. 우리가 궁극적으로 가야 하는 삶도 이런 것
이다. 그런 마음, 힘이 있다고도 믿는다.

　쓰면서도 그렇고 쓰고 나서도 느껴지는 것이 나는 참으로 적나라하게
나의 감정과 사고, 인식을 털어놓았다는 것이다. 나의 본성에 대해서 정
체성에 대해서, 자만, 오만, 혹은 망상이라고 여겨질 수도 있을 정도로 과
감하게 드러냈다. 무엇보다 온갖 좋은 의지를 나에 대해 갖다 붙였는데,
나를 잘 보고 있을 사람들 앞에 부끄럽기도 하다. 그러나 이런 무렴함과
자괴감을 다 털어버리고 의식만으로 다가가고자 노력해서 이렇게 되었
다. 제대로 바라보고 잘 가보려고 하는 한 가닥 순정만으로…

할 수 있는 용기

나는 제주도를 좋아한다. 제주도는 나를 떠날 수 있도록 만드는 곳이다. 그리고 제주도에서 나는 찾는다. 아무 계획이 없이 떠난 길, 전혀 목적하지 않았고 그것이 무언지 감도 없었지만 분명 '이것'이라고 믿지 않을 수 없는 무언가를 나는 만나고 만다. 새롭고 강렬한 힘으로 충만히 채워주는 어떤 인식. 나는 그 순간을 놓칠 수가 없고, 얼마간을 제주도에서 있었건 그것만으로 더 바랄 것이 없게 된다.

이번에야말로 머무는 기간이 짧아서, 게다가 공직임용을 앞둔 상황에서 제주도로 온다는 것이 좀 무리도 있었지만 마음을 강하게 먹고 짐을 꾸렸다. 가방엔 책 몇 권과 함께, 손 대지 않을 것을 알면서도 교육청의 주요 업무 매뉴얼, 또 잘 썼다고 생각되는 공공 감사에 관한 논문 한 편을 챙겼다.

어제 저녁, 지금 이 순간, 아무 일이나 잘 할 수 있을 것 같은 마음 상태에서 정신이 모아지는 것 같은 힘이 조용히 차올랐다. 파커 파머의 책 『가르칠 수 있는 용기』를 집어 들었다. 이 책은 2000년도에 처음 번역출간 되었다. 나는 그동안 서가에 있던 『가르칠 수 있는 용기』를 제목만 훑고 지났다. 며칠 전 큰 아이가 다녀가면서 아빠에게 그책을 가져가도 되냐고 묻는 소리를 들었는데 챙겨 주지 않으면 놓고 가는 아이의 버릇으로 그책 이 눈에 다시 띄었다. 제주도에 오기 전에 앞 몇 장을 읽고 나서 제주도에 서 잘 읽어보려는 마음으로 챙겨왔다.

파커 파머는 이 책으로 익히 유명한 사람인데, 캐나다에 있을 때 알게 된 한 여성이 이 사람의 조그마한 책을 줘서 읽고 돌려준 것이 파커 파머 를 알게 된 시작이다. 그책의 내용이 좋아, 컴퓨터에 부분부분 입력해 놓 고 내 생각을 메모해 놓은 파일이 있어 그동안 두어 번 읽기도 했다.『삶 이 내게 말 걸어올 때』. 헨리 나우엔의 책을 읽는 것과 같은 울림을 주는 책이었다. 헨리 나우엔과 파커 파머, 내면과 자아를 돌아보게 만들며 성 찰의 힘을 깨닫게 해주는 사람들이다.

『가르칠 수 있는 용기』는 파머 박사가 교사들에게 주는 정신적 가르침 이다. 교사의 교사인 파머 박사지만 가르치는 지상의 과업을 함께 이루어 나가는 동역자들인 교사에 대한 이해심과 교직의 어려움에 대한 진솔한 고백, 교육에 대한 학자적 인식, 그리고 인간에 대한 깊은 통찰의 소리들 이 책장마다 감동적으로 넘친다.

학생들을 분명하게 이해하고 하나의 전체로 보아주고 매순간 그들에 게 현명하게 반응하려면, 프로이트와 솔로몬을 합쳐 놓은 것 같은 사람이 되어야 하는데, 우리들 중에는 그런 사람이 많지 않은 것이다.

역시, 그렇다. 인간은 인간을 이해할 수 있어야 하는 것이다. 인간의 심리를 이해하여 인간 행위의 근원을 바라볼 수 있지 않고서는 누구도 온전한 인간관계를 이룰 수가 없다. 하물며 학생들을 가르치는 교사임에랴. 가르침이란 결국 자신의 자아를 가르치는 것인데 "자신의 영혼에 거울을 들이대는 행위"인 가르침을 잘 이해하기 위해서는 자기를 알아야 한다. 파머 박사는 말한다.

"만약 내가 나 자신을 모른다면, 나는 내 학생이 누구인지 모르게 된다."

나는 나를 아는 만큼 다른 사람을 이해할 수 있다. 왕따, 부적응, 학업지진, 품행장애 등의 온갖 문제를 안고 교사들의 속을 뒤집는 아이들의 이야기를 들으면 나는 그게 특별히 취약한 아이, 해체된 가정의 아이 이야기라는 생각이 들지 않고 나의 모습, 우리 아이들의 성장기가 어김없이 오버랩 된다. 나 자신과 우리 아이들의 속을 알기에 나는 그 아이들이 그러는 이유가 이해가 된다. 그래서 나 역시 교사들에게 매달려 그들이 힘과 용기를 잃지 않고 아이들에게 전념해주기를 바라지 않을 수 없었다.

파머 박사가 교육과 교육개혁의 중요한 의제로 삼고 싶어 하는 것은 교사의 자아의식이다.

교육을 개혁하려는 성급한 마음 때문에 우리는 아주 간단한 진실마저도 망각해버렸다. 만약 우리가 소중한 교사 자원을 이처럼 낙담시키고 모욕한다면, 아무리 정부예산을 증액하고, 교과서를 새로 집필한다고 해도 교육개혁은 이루어지지 않을 것이다. 교사들이 더 나은 보수를 받고, 관료적 억압에서 해방되고, 학사 행정에서 일정한 역할을 하고, 가장 좋은 교육방법과 교육 보조재료를 제공받아야 한다. 하지만 훌륭한 가르침의 원천인 인간의 마음을 소중히 여기지 않는다면 이런 지원책들도 결국에는 교육의 모습을 바꾸어 놓지 못할 것이다.

나는 월 초에 두 편의 글을 썼다. 교사들에게 주는 글로, 하나는 군산교육지원청의 초중학교 방과후 담당 교사들 120여 명을 대상으로 한 특강 원고였고, 또 하나는 청소년 상담지원프로그램을 마치면서 제작한 평가회 자료집의 서문이었다.

영화 에세이 출간 준비와 맞물려 시간이 빠듯했지만 결코 허술히 쓸 수 없다는 부담과 각오로 밤을 새워 썼다. 교사들에게 주고 싶은 간절한 말이 있었다. 한쪽은 처음 보는 사람들이고, 한쪽은 3년을 만나온 사람들이다. 이들의 공통점은 교사들로, 청소년의 복지와 문화를 담당하는 사람들이었다.

내가 그동안 교육현장 밖에서 활동하면서 중요하게 여겼던 것은 교육청의 전통적인 기능에 이젠 복지와 문화가 결합되어야 한다는 것이었다. 경제적 양극화의 영향이 가장 크게 미치는 곳은 가정이며 아이들이기 때문이다. 가난의 대물림 현상으로 보아 이 아이들의 미래는 막막하기만 하였다. 그 교사들은 그런 아이들을 그나마 관리하고 봐주는 사람들이었다.

"여기에 모인 분들의 세계는 아이들로 가득 차 있어 그 아이들이 일의 대상이자 목적이며 또한 보람과 갈등과 고통의 원천이 되는 사람들입니다. 더욱 이상한 것은 그들에 대해 무한 책임을 가지고 있습니다. 우리는 그런 사람들을 교사라고 부릅니다. 그 가운데 더 특별한 일을 하고 계시는 분들이 이 자리에 계시는 분들 같습니다. 학생들에게 복지와 문화 차원에서 지원의 역할을 하고 있지요.

아이들의 심리적 정서적 안정과 발달을 도모하고 문화 체육활동을 지원하며 저소득층 학생에게 지역사회와 학교의 복지 지원을 이끌어 내는 일이라는 것은 간단한 일이 아닙니다. 무엇보다 아이들을 총체적으로 이해하고 도와야 되는 그 정신과 의식의 여력을 낸다는 것이 보통 일이 아닙니다. 거기에 아이들이 처한 삶의 환경을 배제시킨 채 아이들을 돕기란 불가능할 것입니다.

그래서 저는 오늘 이 시간 선생님들과 아이들에 관한 이야기를 나누어 보고자 합니다. 아이들은 어떤 사람들이며 그들은 어떤 세계에 살고 있으며 우리들은 그들을 어떻게 보고 있는가 하는 것들. 또한 우리들은 우리 자신을 어떻게 보고 있으며 인간세상을 어떻게 이해하고 있는가 하는 것을 이야기 나누고 싶습니다. 자신의 인간관과 세계관, 그리고 우주관에 따라 사람의 행동이 달라지며 결과가 달라지기 때문입니다. 더구나 다른 사람을 지도하고 가르치며 그 사람의 정신과 영혼에 깊숙이 개입해 있고 영향을 끼칠 수 있는 교사라면 이런 문제를 무시해서는 안 된다고 봅니다.

자신이 교육기관을 통해 배운 지식만을 아이들에게 가르친다고 생각하는 교사는 한 사람도 없을 것입니다. 교사들은 자신의 모든 것을 학생들에게 주는 존재입니다. 인간 대 인간의 만남이기 때문에 그렇게 되는 것 같습니다. 자신이 알고 있는 지식, 자신이 신봉하는 가치와 신념, 자신이 추구하는 이상과 행복의 기준, 교사들의 성품 안에 있는 이 모든 것들이 아이들에게 그대로 전달됩니다. 교사들이 아이들이 어떤 사람이 되었으면 하는 기준을 가지고 있듯이 역으로 아이들에게 어떤 교사가 되어야 한다는 기준도 있을 것이라고 생각합니다."

이것은 교육청 워크숍 원고의 서문이다. 본문에 나는 인간은 과연 존엄한 존재인가, 우리는 진실로, 인간의 존엄성을 자각하며 그렇게 행하고 있는가, 청소년들은 실제로 행복의 존재인가, 우리는 그들을 어떻게 보고 있는가, 아이들은 정말로 버릇이 없고 이기적인가 하는 이야기들을 썼다. 마지막 말은 이것이다.

"아이들이 늘 생각하는 것은 엄마와 선생님입니다. 아이들이 평생을 잊지 않는 존재도 그들입니다. 아이들이 비록 교사인 나에게는 말하지 않았다 하더라도 아이들에게는 나에 대한 인상과 기억과 나로부터 받은 많은 것들이 저장되어 인생의 어느 때에 되살아나곤 할 것입니다. 우리가 그렇게 살지 않았던가요? 우리를 가르치신 그분들 자신은 까마득히 잊었을 일들을 우리는 곧잘 떠올리지 않던가요? 그랬을 때 우린 어떤 감정을 갖는가요. 원망인가요, 미움과 분노인가요, 아니면 감사함과 행운의 느낌인가요.

아이들은 육체적으로 약자이며 의지가 조금 부족할 뿐, 의식과 정신은 이미 인간의 지혜와 길에 열려 있는 존재들이기에 그러한 상태로 인생을 살아갑니다. 이렇게 온전하고 소중한 한 명의 인간 앞에 나는 어떤 어른인가를 생각하지 않고서는 우리는 할 일을 다 했다고 말할 수는 없을 것 같습니다."

100분의 특강 시간에 나는 선생님들한테 인간의 존엄함을 실험할 수 있는 구체적인 사례를 들었다. 우리가 어떤 사람 앞에서 어렵고 조심스럽고 자기를 추스르는가 살펴보라, 우리는 인간 그 자체로 존중하며 조심하고 사는가, 아이들이 왜 저런 행동을 하는가 보라, 그들은 그것 밖에 몰라서 그런 것이 아니겠나… 나는 진정으로 교사들이 자신을 돌아보기를 권했다. 자신의 의식과 행동을 성찰해보라. 그러면 중심을 찾을 수 있을 것이고 소중하고 성스러운 자신을 발견할 수 있을 것이다라고. 그 말은 결코 빈말이 아니다. 얼마나 성스러운 일인가 하는 감격이 내 안에서 솟아오르곤 한다. 아이들과 함께 고생하는 선생님들을 보았을 때 말이다.

그들이 내 말을 어찌 들었는지는 정말 모를 일이다. 관념적이고 추상적인 소리였다고 생각할 교사도 있었을 것이다. 나는 사람들을 웃기는 유머도 장착되어 있지 않고, 지루하지 않게 시간 배열을 하는 치밀하고 세련된 강사도 아니다. 너무 진지하고 딱딱한 활동가일 뿐이다. 그러나 진심을 다해 말했기 때문에 후회는 없다.

아래는 청소년 상담프로그램에 참여했던 교사들에게 준 글의 일부이다.

"우리 선생님들은 그런 아이들의 눈높이에 딱 붙어 서서 학습지도에서부터 가치관, 생활태도, 품행, 언어 습관 등을 가르치기 위해 마음과 에너지를 다 모으고 있습니다. 그러면서도 자신들이 부족하다고 자책하며 부끄러워하고요. (…)

이제까지 선생님들이 해 온 일이 얼마나 중요한지 모릅니다. 아이들이 꼭 나아져서만이 아니라, 선생님들의 진심과 정성과 수고가 참으로 큽니다. 제가 확신하는 것이 있습니다. 선생님들이 만난 아이들, 불행하고 안됐고 답답하고 막힌 아이들, 어떤 인간적인 것도 끌어내어질 것 같지 않게 메말라버린 아이들, 미래가 보이지 않는 아이들에게 선생님은 '내 인생의 사람'이리라는 거요.

이 아이들은 아직 의식과 감정이 정리가 안 되어서, 의사표현이 부족해서, 또 자신감의 부족으로 선생님들께 아무런 피드백을 주지 않고 있을 따름입니다. 이 아이들이 조금 더 강한 인간으로 성장하고 스스로의 인생을 살아야 하는 시점에서 가장 많이 떠오르는 사람은 바로 선생님들일 것이라고 저는 믿습니다. 자기를 바라보고 걱정해주고 자신이 잘한 일에 함께 기뻐해주고 격려해주던 어떤 선생님이 있었다는 것입니다, 적어도 그 아이들에게는. (…)

보십시오, 사람들의 기억에는 온갖 것이 들어 있습니다. 다른 사람이 자신을 기억하지 못할 것이라고 흔히들 생각하지만 사람들은 많은 사람들을 기억하고 있고, 그 기억은 사람들의 인생에 중요한 작용을 합니다. 사람들이 가장 많이 기억하고 있는 존재는 선생님입니다. 그들하고 보낸 시간이 많아서가 아닙니다. 교사이기 때문입니다. 교사에게는 천부적으로 권위와 힘이 부여되어 있어 그 권위와 힘이 학생들로 하여금 교사들을 보다 강력한 존재로 인식하게 하고 오래도록 기억 속에 남겨 둡니다. 그럴 때, 선생님들처럼 자기에게 헌신적이고 다정하고 친절했던 선생님들은 아이들에게 더욱 깊이 남겨질 것입니다. 인생의 어느 순간, 아이들은 선생님들이 진심으로 자신을 사랑했다는 것을 깨달을 것이며 그 깨달음이 그들의 인생에서 어떤 힘을 키워줄 거라고 저는 믿습니다.

그 자체로 선생님은 사랑 받는 존재들입니다. 그러니 늘 힘과 용기를 잃지 마시길 부탁드립니다. 선생님들이 아이들의 인생을 변화시킬 수는 없습니다. 그러나 이제껏 그래 오셨듯, 앞으로도 용기를 잃지 말고 아이들에게 선하고 진실한 마음을 과감하게 나누어 주십시오."

나는 두 다른 집단의 교사들과 만난 이후 심각한 회의에 빠지기도 했다. 이런 말들이 과연 무슨 힘이 있을까. 그들은 과연 이런 말들에 귀를 기울일까? 그들이 듣고 싶은 것, 얻고 싶은 것은 다른 것 아닐까? 더 높은 대우와 복지와 나은 환경의 학교, 복잡한 행정업무에서의 해방, 교장의 변화, 다른 교사들의 수준 향상, 그리고 학습과 관계되는 정보와 지식, 점수로 반영되는 평가 자료들, 이런 것들 아닐까? 이러던 터에 파머 박사의 『가르칠 수 있는 용기』를 읽게 되었던 것이다. 나는 파머 박사의 같은 고민의 말을 읽었다.

> 많은 교사들이 살아남으려고 발버둥치는 이때에 교사의 내면 풍경을 파고드는 나의 시도는 엉뚱하고 부적절한 것으로 비쳐질지 모른다. 교실에서 살아남기 위한 조언, 요령, 기술-보통 교사들이 일상에서 간편하게 사용할 수 있는 것-을 말해주는 것이 더 실용적이지 않을까? 나는 이런 질문을 종종 받는다.

그것은 파머 교수를 당황하게 만들었다. 그러나 20년에 걸친 워크숍과 프로그램을 통해 그는 다음과 같은 결론을 냈다.

"우리가 할 수 있는 가장 실용적인 작업은, 가르치는 행위 중에 교사의 내면에서 무엇이 일어나는지 정확하게 파악하는 것이다."

그러면 그럴 수 있도록 교육기관의 각별한 지원이 필요하다. 다른 연수나 교원 지원프로그램에 드는 노력과 비용 못지않게 말이다.

학교가 교사의 내면적 생활을 도와주지 못한다면 어떻게 학생들을 교육할 수가 있겠는가? 교육은 학생들의 내면적 여행을 인도하여 이 세상을 진지하게 보는 방식과 이 세상을 진지하게 살아가는 방식을 가르치려는 것이다. 안내자들(교사들)에게 내면의 지형을 정찰하라고 권유하지 않는다면 어떻게 학교가 그 임무를 완수할 수 있는가?

내가 수년동안 교원 연수와 교사 대상 프로그램을 운영하면서 하는 말이 있었다. "교사가 행복해야 아이들이 행복하다." 그러기 위해서는 교사들이 자아를 찾아야 하고 인간성에 대한 깊은 이해가 훈련되어야 하는데 나는 그런 일들이 가능하도록 돕고 싶었다. 나의 대상은 교사이지만 나의 목표는 아이들이 행복한 삶을 누리는 것이었다. 어른인 우리가 할 수 있는 일을 조금이라도 하고 싶었다.

나는 다시금 내가 하고 싶은 일, 해야 할 일을 찾았다. 내 역할과 책임이 교육개혁을 돕는 일이라면 방법론의 일부가 설정되었다. 나의 바람에 대한 확신, 그리고 할 수 있는 용기를 이 책을 통해 갖게 되었다. 기쁘다. 이것이 바로 시간의 의미이며 떠난 곳에서 찾은 길이다.

꼭 말하고 싶은 한 사람 – 러셀 형 프랭크

자고 일어나니 홍정수 박사님[*]이 보낸 카카오톡이 와 있다. 어젯밤 보이스톡에 버트런드 러셀 자서전 일독을 권했던 말에 대한 답신이다.

"버트란드 럿셀은 세상에서 제일 유명한 사람 이름을 적어 달라 했더니 B. Russell, Bert Russell, Russell Bertrand, BR 등등 자신 이름만 썼다는, 그리고 음악이란 '정리된 소음'이라고 한 철학자 아닌지요? 재천 씨가 추천하니 언젠가 읽어 볼게요."

그런 말은 처음 듣지만 홍 박사님 말씀이니 사실일 것이다. 물론 러셀의 말도 사실이다. 러셀은 그 누구보다 유명한 학자이자 활동가였으니까 말이다. 당시 지구상 6대 주의 국가들 가운데 소위 힘깨나 있는 나라들

---

* 뉴욕 국립 재향군인 병원에서 40년 넘게 2차대전 참전 군인부터 이라크전 참전 군인들을 치료해온 정신과 의사다.

내 인생의 책들 – 그곳으로부터 30센티

중 러셀을 초청하지 않은 나라는 없었다. 대학이 있고 청년이 있고 언론 기자들이 있는 나라들에서는 러셀이 우상이었다. 그들의 초청을 다 들어 줄 정도로 러셀은 발랄하고 따뜻하고 정력이 넘쳤다. 또한 그의 유머감 각이란. 자랑도 사실도 다 유머로 표현된다. 비틀즈가 '정리된 소음'으로 전 세계의 젊은이들을 열광시켰다면 러셀은 지성과 지식, 필력, 자유사상, 휴머니즘, 언변, 그리고 실천하는 행동으로 전 세계의 지식층을 뒤흔들었다.

한 가지 좀 의아한 것은 그가 음악이나 미술 분야에는 별로 한 말이 없다는 사실이다. 수학, 과학, 철학, 역사, 교육, 윤리학, 정치학, 문학, 심리학, 정신분석, 사회학 분야에서 세계적으로 베스트셀러가 된 저서를 내고 여성, 국제정세(대표적으로 미국, 중국, 러시아, 인도), 식민지, 인권, 핵무기, 문화, 종교 등 사회개혁을 위해 전방위의 글쓰기를 해 온 사람이 말이다. 그의 자서전이나 다른 저서에서 누구네 집에서 누가 피아노로 무슨 곡을 연주했다라거나 누구네 집에 갔더니 무슨 그림이 걸려 있더라거나 자기는 바그너보다는 베토벤이 좋다라거나 하면서 예술 쪽 소양과 관심을 내보이는 말들을 읽은 기억이 없다. 네 살 때 부모를 여읜 러셀을 키운 할머니와 고모, 삼촌이 모두 독신으로 예술적인 분위기와는 먼 사람들이어서 그렇지 않았나 추측해본다.

만약 러셀이 조금이라도 예술적인 환경에서 성장하였다면 그는 철학가가 아니라 소설가가 되고도 남았을 거라고 생각한다. 헤르만 헤세나 토마스 만과 같이 위대한. 러셀도 젊었을 적부터 소설도 다수 쓰고[*] 여든이 될 무렵 헤세와 만처럼 노벨 문학상을 탔긴 하지만 헤세와 만은 가족 중에 음악가가 있었고 그들의 소설에는 음악이 빠지지 않는다.

헤세와 만이 오로지 소설을 쓰기 위해 태어난 사람들, 예술적 영혼을 소설에 다 바쳤다고 한다면 러셀은 메시지 전달에서 강의나 연설, 기고글이나 에세이가 불충분한 점을 소설에서 채우려 했던 분명한 의도가 있었다. 지구의 미래에 대한 자신의 터질 듯한 위기의식과 두려움이 과학적, 합리적인 근거가 부족하다는 생각에서 선택한 것이 소설 형식이었다. 어리석은 이야기로 여겨지기 쉬운 위험들-핵무기, 종교, 외계인, 영웅 등을 표현하기에는 소설이 제격이었다. 우화나 공상과학, 엽기적인 소재들로 러셀은 많은 소설들을 써 냈다.

수학자, 철학자라는, 그의 학위에서 온 명칭보다 러셀에게 더 맞는 표현은 '작가'라고 나는 생각한다. 명료하고 아름답고 논리적인 문장에 지혜와 유머와 일화가 가득 찬 글을 무궁무진하게 써내는 사람이었으니까. 그의 문제의식, 관점, 생각 등은 머릿속에서 단숨에 정리가 되어 그대로 책으로 뽑아져 나오곤 했다. 그에게 글쓰기는 말하기처럼 본능적인 것, 자연스러운 것이었다.

러셀이 문학 부문에서 노벨상을 받은 것은 그의 방대한 사회과학 저서

---

[*] T. S. 엘리엇은 러셀에 대해 '영어 산문을 제대로 쓸 수 있는 몇 안 되는 생존자 중의 한 사람'이라는 말까지 했는데, 그런 러셀이 어떤 장르의 글인들 쓰지 못했을까

들 가운데 하나 덕분이었다.[*] 스웨덴 한림원이 소설이 아닌 그의 수상집 하나를 특별히 지정한 것은 그책이 사회발전에 미친(혹은 미칠) 영향을 인정하지 않을 수 없어서였을 것이다. 특별히 지목된 그책 이름은 『결혼과 도덕』. 뉴욕 교계와 지역사회가 러셀을 부도덕한 사람으로 낙인찍어 뉴욕시립대와 교수 계약을 한 그를 뉴욕엔 발도 못 붙이게 만들었던 책이다. 그런 책, 그런 사람에게 노벨상을 주려고 결정한 것을 보면 한림원의 그들은 명예로운 전문가 가운데 최정상의 지성과 혜안을 가진 진보적인 사람들이라는 생각을 하게 된다.

『러셀 자서전』을 다시 읽으면서 그럴 줄 몰랐던 일이 나에게 벌어졌는데, 화려하기 그지없는 러셀의 문장에 더욱 더 압도되어 간다는 점이다. 정확한 문장과 그 안에 넘치는 유머와 기지는, 자서전의 근간이 되는 스토리라 할 수 있는 그의 지적 활약과는 별개로 여전히 찬란한 빛을 발하기만 한다. 러셀의 철학과 사상, 감수성, 인간미 등에 홀딱 반해 글 한 줄에 나의 생각, 말 한 마디에 나의 느낌, 그런 노트를 원고지 분량으로 수백 장 쓴 것이 벌써 십수 년 전 일이기도 한데, 지금도 그러고 싶은 것은 이 책이 원천이 좋다는 말일 것이다.

그 사이 내가 달라진 바가 없진 아니하였다. 현장으로부터 아주 멀어지면서 관심 영역도 정치와 사회에서 정신과 의식 쪽으로 변화되어 『러셀 자서전』을 의도적으로 집어 들지 않았다. 한창 때, 거대한 힘으로 나를 사

---

[*] 아인슈타인은 노벨상 수여 이유를 대변하듯 러셀에게 편지를 보냈다. "자신의 뛰어난 문학적 재능을 대중의 계몽과 교육에 활용해 왔다는 점에서 당신은 많은 칭찬을 받아 마땅하오."

로잡았던 책은 나이가 들었다 싶으면서 청춘처럼 과거지사가 되고, 치열함 같은 것들이 오히려 피로감을 주기도 한다. 관심사들이 달라지기 때문에 좋은 책이라고 해서 아무 때나 잘 읽혀지는 것은 아니다.

　나이와 독서의 상관관계를 무색케 하는 한 가지 경험이 있는데 니코스 카잔차키스의 자서전인 『영혼의 자서전』을 다시 읽던 때였다. 『영혼의 자서전』은 80년 대 초, 내가 카잔차키스의 책을 섭렵하던 무렵, 그의 소설들 이상으로 극적이면서 강렬하였다. 천재성, 이성, 광기를 다 타고난 소설가. 나는 90년대 초까지 그의 소설들을 세 번 이상 읽었다. 이후, 사회활동을 하면서 정신적으로도 충분히 열렬하게 살아간다는 자의식으로 그의 책을 다시 읽을 필요를 느끼지 못하고 살았다.

　수년 전, 무슨 마음으로인지 제주도에 가면서 『영혼의 자서전』 새 책을 주문해 가지고 갔다. 어느 하루, 나는 곧바로 책에 몰입되면서 가슴이 뜨거움으로 복받쳐 올랐는데, 30년 전의 나에게나 지금의 나에게나 조금도 변함없이 피어올랐던 열정과 감성은 이런 것이 나의 운명이자 기질이구나 하는 것을 확인시켜 주었다. 『영혼의 자서전』을 읽던 바닷가 카페 투윅스, 지난 제주도 행에서 거기를 찾아가보니 간판이 내려져 있었다.

　『러셀 자서전』도 어떤 내용 하나 확인하고 싶어 꺼내들었다가 여전히 매혹적인 그의 문장에 그만 사로잡혔다. 첫 장부터 정독을 하고 말았는데 내용의 재미도 재미지만, 역사적인 사건과 인물들이 다시 조망되고 러셀의 형편이나 심리들도 더욱 새롭게 다가와서 한 줄 한 줄 꼼꼼히 읽고 있다.

　러셀 자서전에는 당대의 미국과 유럽의 명사, 위인, 학자들이-다시 말하지만 예술 분야만 빼고- 러셀의 '아는 사람'으로 다 나온다. 심지어 러셀은 레닌까지 만나는데, 그에 대한 소감을 한 마디로 말한다. (저 얼빠진 케린스키보다는!) 차라리 레닌이 좋다고. 동서양을 가르며 모르는 사람이 없는 러셀이다. 펄 벅으로부터 편지를 받기도 하고, 또 중국에서 활동한 에드거 스노 같은 사람도 러셀의 그물에 다 걸린다. 역사의 한 페이지를 차지하고 있는 인물들에 대한 러셀의 화끈하고 날카로운 분석과 묘사는 그 어느 심리학 서적, 전기물보다 인간과 사회, 인간성과 비범성 등을 잘 보여준다. 『러셀 자서전』 한권으로 세상과 인간을 아주 흠뻑 경험한 것 같은 지대한 효과가 있다.

나의 첫 번째 책 에세이 『편지 속의 책들』에서도 러셀 이야기를 많이 했다. 그가 친구와 정치인 등 주변 사람들에 대해 하는 말들이 마치 내 이야기 마냥 이해되지 않는 것이 하나도 없었다. 나를 어떤 방식으로 이해하고 세상을 어떻게 다시 힘차게 살아갈 것인지 한 고비를 넘게 해준 사람이 러셀이다. 나는 그때, 가장 인상적인 인물을 러셀 할머니라고 했는데, 이번에 읽을 때는 그의 형 프랭크가 꽹장히 돋보였다. 러셀이 형 이야기 하는 대목이나 프랭크 러셀이 쓴 편지를 읽으면 느낌이 확 달라진다. 아주 '깨는' 캐릭터다. 러셀이 워낙 인물에 대한 이해력이 크고, 사람들의 기질을 즐길 줄 아는 소설가적 능력으로 인물들을 사실적으로 묘사하기도 하지만 눈곱만큼도 평범하지 않고, 인간적인 면모가 터럭만큼도 없는 사람은 대표적으로 그의 형 프랭크였다.

사람 냄새가 조금도 나지 않는 프랭크 러셀, 이 또한 소년기에 부모를 여의고 권위와 독설로 무장한 여성노인이 군림하는 외가와 친가를 오가면서 자란 영향이 아닐까 싶다. 역시 뛰어난 머리에다 악동 기질을 죽을 때까지 버리지 않은 사람이지만, 글솜씨나 말솜씨, 기행^{奇行}에서 참으로 매력적이다. 불굴의 고집과 괴팍한 성격으로 주변을 꼼짝 못하게 했던 인물이다.

백작 가문의 장자라 백작 작위가 있는 프랭크 러셀은 여자관계도 거침없어 부인도 마음대로 갈아치우던 끝에 옥고를 치르기도 한다. 다른 여자와 재혼 해놓고 이혼 수속이 제대로 안 돼 동료 귀족들로부터 중혼죄를 선고 받아서 말이다. 그 여자는 지극히 평범한 외모에다가 상당히 비만했던 모양으로 러셀은 자기 새 형수가 꽃밭에서 허리를 굽히고 일하는 뒷모습을 보고 "도대체 우리 형은 저 여자의 가치가 뭐여서…" 하는 생각까지 한다. 프랭크 러셀은 투옥까지 당하면서까지 결혼한 그 여자와 얼마 가지 않아 이혼한다.

버트런드 러셀이 젊은 여자와 세 번째 결혼을 했을 때는 집에 손님들 발걸음이 끊겼을 정도로 부도덕한 집안이라는 시선이 만연해 있어 마음고생이 컸을지도 모르지만, 그래도 할 것은 다 하고 할 말은 다 했던 씩씩하고 대단한 형제다. 프랭크 러셀도 상원의원에다가 죽기 직전에는 교통부장관까지 했다. 자동차광인 프랭크는 도로의 속도제한을 장관 직권으로 없앴는데, 그의 사망 직후 속도제한이 부활됐다는 일화도 전해진다.

러셀이 아주 어렸을 적, 일곱 살이나 더 많은 프랭크는 기숙사에서 돌아오기만 하면 러셀이 가지고 노는 종을 빼앗더니 어른이 돼서는 그 종을

내 인생의 책들 - 그곳으로부터 30센티

차지해 버렸다. 프랭크 러셀의 성격이 잡힌다. 이 일에 대해 러셀이, "그 생각만 하면 울화가 치밀어 올랐다"고 하는데 난형난제랄 밖에. 프랭크의 기록적인 행각 하나가 더 있다. 투기를 좋아하는 사람이었는지 그게 잘 못 돼 가진 재산을 다 날려버린 것. 그때 러셀은 형을 생각하여 형이 아끼는 집을 다른 사람보다 값을 더 쳐주겠다고 하여 얻었다. 형제간의 독특한 우애를 엿볼 수 있다. "그러나 형은 그 거래를 몹시 증오했고, 자신의 낙원을 차지하고 산다는 것 때문에 그 후로 나한테 원한을 품게 되었다"는 러셀의 회고도 재미있기만 하다. 러셀에게 처음으로 유클리드 기하학을 가르쳐준 사람이 프랭크다. 그때가 러셀이 열한 살 때로, 수학자가 된 러셀이기에 기하학 배운 일을 "인생에서 가장 큰 사건 중의 하나", "최초로 감미로운 경험", "첫사랑처럼 현혹적"이라고 표현하는 것에서 프랭크의 각별한 역할이 드러난다.

러셀이 자기 형을 말하는 대목에서는 경외감, 공포심, 원망, 숭배 등의 표현이 꼭 따라붙는다. 형에 대한 뿌리 감정은 사랑이고 말이다. "형을 너무 사랑한 나머지…"라고 어느 부분엔가 쓴 이 말은 세상에 하나밖에 없는 형을 향한 동생의 절대적인 감정으로 전해져 온다. 방대한 자서전에 나오는 인물들의 중요도나 숫자로 보았을 때 프랭크가 차지하는 분량이 적지 않은데, 그만큼 러셀은 형을 좋아했고 프랭크는 러셀의 마음속에서 큰 부분을 차지했던 사람 같다. 온 천지간에 혈육이라고는 그 형 하나뿐이었으니 서로 애정표현 한 마디 없었지만 누구보다 사랑하고 이해하고 편이 되어주는 존재였을 것이다.

러셀이 40대 후반에 중국의 한 협회로부터 강연 부탁을 받아 1년 정도 베이징에 머문 적이 있었다. 그때 폐렴에 걸려 죽을 뻔 했는데 일본 기자들이 러셀이 죽었다는 기사를 내버려 그 뉴스에 영국은 발칵 뒤집혔다. 그런 상황에서 프랭크가 베이징의 동생에게 친 전보는 딱 한 마디였다. "아직도 살아 있느냐." 러셀은 형의 전보를 받고서야 그 소동을 알게 되었다. 러셀 친구들이 충격에 빠지고 고통을 겪고 있을 때 프랭크는 사람들에게 자기 동생이 베이징에서 죽는 짓 따위는 절대 하지 않을 것이라고 말했다고 한다. 대담한 성격과 거침없는 말투, 그가 어떤 사람인가를 알 것 같다. 또한 그가 어떤 형인가도.

예순이 다 된 프랭크가 일흔이 넘은 고모를 놓고, "못되기 짝이 없는 늙은 고양이"라는 둥, "그 노처녀 할망구가 뒈져버렸으면"하고 러셀에게 써 보낸 편지를 읽다가 나는 한밤중에 "우하하하!" 하고 웃음보를 터뜨리고 말았다. 늙은 고모가 조카 프랭크의 말에 반박하기 위해 "나도 스물다섯 살 때가 있었다"고 큰소리 친 것에 대해, "불행하게도 내가 용기가 부족하여 '그럴 리가 없다!'고 말하지 못했구나"라고 탄식하는 프랭크 러셀. 그는 사람의 체면이나 교양, 점잖음이라는 것이 도대체 어느 정도 진실성이 있는지를 심각하게 고민하게 만드는 사람이다. 이 정도 편지를 동생에게 써 보내는 그의 심사에 악의가 느껴지지는 않으면서도, 늙은 고모에게 저런 욕을 해대는 성품을 재미있게만 보자니 그것도 조금 어렵긴 하다.

러셀 자서전에 이 두 사람이 서로 사이좋게 다정하게 함께 지낸 이야기는 없다. 러셀이 감옥에 있을 때 면회하거나, 러셀 형편이 좀 어려울 때,

그리고 형이 무지 쪼들릴 때 서로 티 나지 않게 도와준 것들이 나와 있을 뿐. 프랭크의 편지나 반응은 전부 시니컬하기 그지없지만 러셀은 그때마다 배꼽을 잡고 웃었을 것이다. 그 누구보다 형의 재기와 담대함, 유머를 사랑한 러셀이다.

러셀 부인이 시숙인 프랭크에게 보낸 편지에 러셀이 뚱뚱해졌다는 말을 살짝 집어넣었던가보다. "'네가 이제는 철학자질 하기를 멈추었구나'하고 슬그머니 기대했는데, 다시 보니 교육에 관해 집필하고 있다는 말이더구나." 이런 편지를 동생에게 써 보내는 프랭크.

러셀을 세상에서 최고로 만만하고 쉽게 대한 사람은 프랭크 한 사람이었을 것이다. 나는 그런 고집이나 대담성, 치기들-남성성으로 보이는-을 좋아하는 뭐가 있긴 하다. 남자 형제들 속에서 그들의 말투, 그들의 고집과 자존심, 패기 같은 것을 보고 자라서일 것이다. 오빠들이 잘 놀다가 "어?", "한번 해볼까" 하는 소리와 함께 느닷없이 와락 달려들어 완력으로 서로를 이겨먹으려 하고, 또 뼈가 부러지는 듯 비명을 지르면서도 자존심을 부려 '항복'이라는 말을 끝까지 하지 않고서 방 안을 난장판을 만들곤 하는 것을 나는 책상 위에 올라 앉아 구경하곤 했다.

이번에 『러셀 자서전』을 읽으면서는 사람들의 행동 특성들 또한 눈에 들어온다. 사람들은 자기의 마음을 얼마나 알까, 그들이 말하고 추구하는 진실은 자신의 본질과 얼마나 닿아 있을까, 그들에게 행동과 언어에 대한 기준이나 표준은 어느 정도일까, 과연 그런 것이 있을까… 그런 것들이 너무 궁금한 나머지 '나는 모르는 것이 너무도 많구나' 하는 괴로운 생각까지 파고들었다. 나는 많은 사람들을 만나지만, 오히려 그 사람들보다는 책 속의 사람들을 보고서 그런 종류의 궁금증과 놀라움이 확 밀려오곤 하는데, 책 속에서는 온갖 부류의 사람들이 총체적으로 묘사되어 있어서 그러는 것 같다. 내가 『러셀 자서전』을 읽으면서 사람들에 대한 궁금증과 그 기준을 알고 싶다는 생각이 더 강해지는 것은 러셀이 세상 누구보다 개성적인 사람들의 지적, 감정적, 도덕적 상태를 아주 화끈하게 묘사해주기 때문에도 그렇다.

이 책이 출간된 2003년 처음 읽을 때도 나는 비슷한 충격을 받았는데 십수 년이 지난 지금도 그때의 느낌이 그대로 되살아난다. 수학과 철학을 마스터한 분석적인 지성의 힘에 더해 인간 최상의 가치를 믿는 휴머니스트는 내가 알기로 여전히 러셀 한 사람이다. 러셀은 민주적 사고, 도덕성, 지성, 이성 등 높은 수준의 잣대들을 가지고 사람들을 바라보긴 하지만, 러셀 자서전에 나오는 사람들은 하나하나가 참으로 독보적이다. 그 캐릭터들에 빛과 생기와 인간미를 불어넣어는 사람이 바로 러셀이다.

러셀의 인물 묘사는 완벽하다. 본인들도 자각하지 못할 것 같은 면들을 러셀은 정확하게 짚어내 아주 정직하게 말한다. 단 몇 줄로 한 인물의 부정적인 면과 긍정적인 면을 대비시켜 사람들에게 이해시키는 능력은 러셀의 뛰어난 점 가운데 가장 감탄스러운 면이다. 나는 누군가 나를 혼란스럽게 하거나 충격에 빠뜨린 어떤 사건, 혹은 그의 선과 악이 나의 애증으로 뒤엉켜진 어떤 사람을 온전히 정리해내지 못해 거의 미칠 정도가 되곤 하는데 말이다. 인간은 정말 복합적이고 다중적이어서 그것을 다른 사

내 인생의 책들 - 그 곳으로부터 30센터

람들이 이해할 정도로 말이나 글로 표현하기란 참으로 어려운 일이다.

갑자기 또 『러셀 자서전』 이야기를 쓴 것은 오로지 그의 형 프랭크 때문이다. 세상에 참 별난 남자 하나 본 재미. 굉장히 논리적이고 이성적인 한편 감정과 열정을 있는 그대로 분출시키면서 사람들에 대해서는 무섭도록 냉정하고 냉소적이었던 한 남자.

일생 동안 나는 형에 대해 애정과 두려움이 뒤섞인 태도를 견지했다. 형은 너무도 열정적으로 사랑받기를 갈망했으나 난폭한 기질 탓에 누구의 사랑도 지켜낼 수 없었다. 사랑을 잃게 되면 마음의 상처를 받아 형은 더 잔인해지고 악해졌다. 그러나 형의 악한 행동은 모두 감상적인 이유들에서 나온 것이었다.

다른 위인들의 이면을 때로는 장황하게 분석해댔던 러셀이 자기 형에 대해서는 예외적으로 짧게 말했지만 그 어느 경우보다 인상 깊게 남는 구절이다. 자서전의 초입부에 나오는 이 말의 영향은 책을 읽어가면서 곧바로 사라지고 묘한 매력의 마초 프랭크만 남는다. 러셀의 기준에서 프랭크는 제대로 행복한 적이 없다. 형에 대해 따뜻하거나 여유롭거나 철학적이면서 이타적인 면모를 조금도 발견하지 않은 러셀이 프랭크를 행복과 연결시킬 수는 없었을 것이다. 프랭크의 죽음에 관해서는 러셀은 "마르세이유에서의 급작스러운 죽음"이라고만 썼다.

나에게 가장 좋은 책을 한권 고르라고 한다면 여전히 『러셀 자서전』이다. 『러셀 자서전』이라고 내가 단번에 집는 것은 러셀은 인간이 지닐 수 있는 긍정적인 자질들을 고루고루 갖춘 사람이며, 그의 자서전은 그 자신을 포함하여 사람들의 이중적이고 모순된 점까지도 선명하게 묘사하면서 읽는 사람 자신을 성찰할 수 있게 만들기 때문이다. 그는 그런 위업을 달성하는 소명을 타고난 듯, 누구보다 오래 살았다. 죽는 날까지 맑은 정신이었던 그의 머릿속에 그의 백 년의 삶, 그 이전 2천 년의 인간 역사의 거대한 파노라마가 들어있으니 그가 죽기 1년 전에 펴낸 그의 자서전만큼 휘황찬란한 스토리는 없을 것이다.

그는 위인, 천재임과 동시에 자신의 신념과 가치대로 행동하고자 하는 정직하고 밝은 사람이었다. 그런 사람에게 유형을 붙일 수는 없을 것이다. 자기의 모순과 실수를 놓치지 않고, 솔직하게 자신을 해명하곤 하였던 사람이다. 그 어떤 심리학자보다 인간을 완성시켜 놓은 사람, 버트런드 러셀이다.

천 년의 벗

사람은 무엇으로 사는가.

오늘은 다른 때와 달리 아침 독서를 폐하고 책상에 앉았지
만 해가 기울도록 아무것도 쓰지 못하고 있는 나의 모습은 마치 긴긴 방
황을 하고 있는 것 같다. 책을 읽지 않은 이유는 달인 생강차 한 잔을 들
고 모악산을 바라보던 아침 그 때, 머릿속이 차분해지면서 다른 생각에
빠져들고 싶지 않아서였다. 한참을 조용히 그 상태로 있다가 책상에 앉아
먼저 아이들에게 보낼 메일을 썼는데, 그 사이 인하가 보이스톡을 해 와
50분 남짓 이야기를 나누었다. 점심은 두 시 가까이 성찬이다 싶게 차려
놓고 먹었다.

주방과 거실 여기저기를 정리한 뒤 보통 때처럼 거문고 앞으로 가지 않
고 다시 책상에 앉았다. 내가 정말 하고 싶은 일을 마주하여 하나의 생각
으로 의식이 모아지면서 나오는 첫 말이 '사람은 무엇으로 사는가'이다.

조금 익숙하다는 느낌에 살펴보니 한 달 전에 썼던 연암 글의 첫 마디가 이것이었다. 나의 요즘의 화두는 바로 그것인가 한다. 매달려 얻고자 하는 난제라기보다, 생각하고 돌아보는 바로 그것. 그런 것들이 나에게 있었다. 오래전에는 글만 쓰려고 마음먹으면, 맨 '인생'이라는 말이 솟구쳤다. 사사건건 '이것이 인생이다'라는 인식만 하염없이 이어졌다.

나에게 일어난 일, 생각과 의식을 모으면 결국은 인생이라는 결론이라, 매번 속으로 '당연한 말을 하고 있네, 그렇게 갖다 붙일 다른 말이 없나' 하면서 주제가 될 만한 말들을 찾아봐도 남는 것은 '인생'이었다. 인생 하나가 맨 제목이고 주제겠구나 했는데 어느덧 인생이라는 총론 아래 다른 것들이 차고 들어왔다. 내가 만난 아이들은 '내 인생의 아이들'이 되었고, 세상살이에서 인간 본성의 '그림자'도 빼놓을 수 없는 주제가 되었다. 요즘엔, 나 사는 것, 바라는 것, 생각하는 것을 놓고는 '사람은 무엇으로 사는가'라고 집중하게 된다. 한 달 전에는 고독 속에 머물러 세상을 살 수 있을 것 같은 상념에 사무쳐 그 말이 터졌는데, 오늘은 사람에게 친구는 무엇인가를 바라보다가 그 말이 절로 솟았다.

어제 최치원 문집 속에서 시 한 편을 읽다가 나는 어떤 것을 아주 정리했다.

'아, 그러는 것이다. 사람이 그런 것이야. 나만 그러지 않고. 내가 아는 사람으로 연암이 너무 그러하여 연암과 나는 지독히 예민하고 까탈스럽고 어찌할 수 없이 고독한 특별한 사람인가 했는데 최치원도 그랬구나. 그러니 사람이 그러는 것이다…'

연암이 그러한데 연암을 그러하게 만드는 사람들, 최치원이 그러한데 최치원을 그러하게 만드는 사람들… 여기서 그들은 오로지 벗이다. 이 사람들이나 저 사람들이나 사람의 마음이 그렇고, 사람의 행실이 그렇다라는 것을 비로소 제대로 정리했다. 무심하고 무정하여 날고뛰는 사람들과, 다정하고 민감하여 참고 슬픈 사람들, 세상에는 두 종류의 벗이 있었다.

천재라는 말을 들었으나 관직에서 성공하지 못한 사람들이 적지 않은데 그들은 거의 다 스스로 속세에서 도피하여 초야에 은둔하거나 세상을 방랑했던 한편, 끝까지 귀족들의 텃세와 차별에 시달리며 비운의 학자로 남은 사람은 대표적으로 최치원이 아닐까 한다. 늘 궁금했던 최치원의 글을 비로소 접해 읽는 중 〈봄날, 벗을 초대했으나 오지 않아 짓다春日邀知友不至因寄絶句〉라는 시가 아프게 마음에 꽂힌다. 7언 절구의 후반 두 구를 적어본다.

오늘 아침 또 산놀이 약속 저버리니 今朝又負遊山約
뉘우치노라, 속세의 명리인 알게 된 것을. 悔識塵中名利人

명리인名利人, 권세와 이익을 쫓는 잘 난 사람들을 말하리라. 봄이 오면 산놀이 가자고 약속 한 것은 입에서 나오는 대로 한 말이었을 따름, '우리 언제 만나서 밥 한 그릇 먹세' 하는 식으로, 막상 봄이 되니 그 사람은 영양가 없는 최치원 같은 친구의 약속은 헌신짝처럼 버렸다.

연암의 글에 '천고의 고인'이라는 말이 가끔 나온다. 지금 세상에 마음에 맞는 친구가 없으니 천 년 전의 사람을 친구로 하고尙友千古, 또 천 년 후의 사람을 기다리겠노라는 말이다. 뭐, 사람들이 이런가, 예나 지금이나. 아니, 예나 지금이나 사람들이 그럴 것이다. 그것을 내가 아주 정리를 했다는 말이다. 보통 사람들은 그렇게 되나캐나 친구랍시고 처신하면서, 아무 말이나 입에서 나오는 대로 뱉어내면서, 친구의 눈이 보고 있는 줄, 친구가 마음 상해 하는 줄을 모르고 나 살기 바쁘고 나 잘난 줄만 알고 살고 있다. 그게 보통 사람이다. 사람들이 보통 그러하니 마음 상해 할 것도 탄식할 것도 없다.

연암의 친구 글은 그의 어떤 글보다 나의 마음을 울렸다. 그래서 그 많은 글 가운데 친구 부분이 제일 먼저 글로 쏟아졌을 밖에. (『편지 속의 책들』에서 나는 연암의 친구 이야기를 많이 썼더랬다.) "천고의 고인을 벗한다"라는 말에 대하여서는 연암이 "울적하다 못해 발광이 나려고 한다"면서 "벗이란 반드시 지금 현세의 세상에서 구해야 할 것이 분명하다"라고 단언하는 것 하며, 종자기가 죽었을 때 백아가 석 자가 되는 오동나무 거문고를 어떻게 끊고 부수고 자르고 지근지근 밟았을 거라고 말하는 대목은 정말 무슨 남자가 이런가, 더욱 처절하여 간장이 끊길 듯 애절하고 눈물이 절로 났던 것이다.

특히 홍덕용에게 쓴 편지 속, "형은 그런 친구를 만난 적이 없습니까? 혹시 그만 마음속으로 단념하지 않았습니까?"라는 간절한 물음에는 나는 그만 가슴이 막혀버리고 말았다. 호방한 기상의 남자로부터 슬픈 모습이 비칠 때 여자는 그를 사랑하지 않을 수 없게 될 것이다.

연암은 친구를 놓고 허전하고 화나고 슬픈 마음이 태반이었다. 글에는 한두 줄 언급되었을 뿐이지만 그 친구의 성품을 단적으로 말한 것이기에 더 알아볼 것도 없다. 친구로 맺은 사람들로부터 보게 되는 것은 오로지 명예, 이권, 권세뿐이었다고 말하는 연암. 급기야는 "친구란 것을 찾아보았더니 한 사람도 없다"라고까지 토로하니 그 심정을 나는 알 것 같다.

보리스 파스테르나크의 소설 『의사 지바고』에는 유리아틴으로 들어간 지바고가 글을 쓰면서 고심했던 한 가지 노력이 나온다. "관련된 사람들이 다치거나 상하지 않도록, 지난날의 개인적 체험이나 실제로 일어난 사건들을 지나치게 폭로하지 않으려고" 지바고는 글을 고쳐 다시 쓰곤 했다. 세상이 바뀐 살벌한 시대하에서의 심리이기도 하지만, 지바고의 그 말은 오랫동안 나에게 각인되었다. 혀의 독처럼 글이 어떻게 관련된 사람들의 마음을 괴롭힐지를 잘 아는 섬세한 휴머니스트 지바고는 사랑하는 친구들에게 조금이라도 불편함을 주는 글을 결코 쓸 수가 없었던 것이다. 그런 연유로, 나는 연암이 친구들에 대한 솔직한 심사를 돌려 읽는 글들 안에 과감히 밝힌 것에 쇼크 받는 한편, 통쾌하고 후련하기 그지없는 심정이 됐다.

연암의 이상은 상하관계가 아닌 평등한 관계에 그 초점이 있다. 조선시대 최고 규범인 충효에 관하여는 그것을 흠잡을 데 없이 실천하지만, 규범이 아닌 큰 도로서 충효사상을 이해하는 인물이 연암이다. 큰 도는 우주 의식, 신성의식과 통하는 이성의 정신일 것이다. 충효 관계 이외는 우정이다. 큰 도를 품고 가는 연암이 조직사회, 관료사회의 권위나 인습에서 벗어나 희원한 것이 있는데 그것은 평등한 관계의 우정이었다고 나는 생각한다. 우정, 이것은 군신 간에도 가능한 것이라고 연암은 믿지 않았을까. '선비란 위로는 왕공들과 벗할 수 있는 존재'라고 말한 연암이다. 연암에게 가장 중요한 것은 벗을 사귀고 벗이 되는 그 도였을것이다.

이백 년을 사이에 두고 연암에 동병상련하여 끙끙거리며 지나온 세월이 오래인데, 그 천 년 전의 인물 최치원의 시 한 구절로 사람들이 보통 그렇다라는 것을 아주 알았다. 최치원이야말로 '천고의 고인'이다, 그러고 보니. 나 또한 참, 친구에 대해 그 어떤 것보다 집착하는 사람인 듯하지 않은가? 친구란 만나면 반갑고 못 봐도 별 거 아니고, 또 보지 못하더라도 마음에서 떠나지 않고, 무슨 짓을 해도 웃음으로 봐 줄 수 있는 거련만 뭐가 저리 친구가 일생일대의 대단한 거라고 거문고를 뽓고 발광이 나고, 천 년이나 전의 사람을 아쉬워하고 마음 상하면서 정력을 허비하냐 생각하는 사람들이 많을 것이다.

다시 연암을 읽으면서 이전의 슬픔이 다 씻기어 가는 듯하다. 연암은 발광이 난다고 소리를 질렀지만, 나는 비로소 200년 전의 연암을 친구 삼아 마음을 붙이고 외로움이 달래지는 것을 바라보고 있다. 거기다가 천이백 년 전 사람 고운孤雲의 마음까지 엿보게 되니 시대와 세월을 뛰어넘어 그 사람들과 교감하면서 조용히 살 수 있을 것 같다.

연암 따라 하기

 나는 연일 연암에 빠져 있다.

아침에 일어나면 연암 책을 들고서 고개를 처박고 읽는데 어떤 장을 읽으면서도 단 한 틈이라도 지루하거나 순간이라도 맹해지거나 딴생각이 파고든 적이 없어 그 사실에 스스로 흡족하기만 하다.

나는 읽을 것이 남지 않을세라 어느 정도만 읽고 책을 덮곤 한다. 또, 가슴이 콩콩 뛰고, 생각과 감정이 복받쳐 올라 마침내는 책을 덮지만 그것을 다 옮길 수가 없어 종일토록 은근 괴로움을 당하고 있다. 마음의 정을 다 풀지 못하는 아쉬움이, 토도 달지 말고 소감도 쓰지 말고 그냥 학동처럼 눈으로 보고 입으로 외기만 하자라고 다짐했지만 그렇게 되어지지가 않는다. 글을 쓰지 않은 채 그저 있는 것을 참지 못하는 것도 연암이 곧잘 쓰는 말로 '병통'이 아닐 수 없다.

어젠, 연암의 「나의 벗들」 편을 읽다가 몇 군데에서 눈물이 터졌다. 연암은 감성과 감정을 표현하는 것도 호방하기 그지없어 오히려 처절하고, 벗들을 생각하는 대목에서는 간장이 끊어질 듯 애절하여 그것을 읽는 내 눈에서는 눈물이 절로 터지고 만다. 오래전, 연암의 친구들 편을 다른 어떤 편보다도 감상적으로 쓴 이후로도 셀 수 없이 되풀이하여 읽었지만, 어제 다시 읽으니 또 다른 대목에서 눈물이 쏟아지고 새로운 감상에 사무친다.

오늘은 거의 마지막 부분, 연암이 자신의 성정이나 습성, 고독, 혈육 친지의 죽음, 말년의 추구 등 도학자와 같은 풍모와 심상을 쓴 글을 읽다가 놀라 자빠지고 말았다. 「나의 자화상」 편이다.

하나는 이제껏 그 어디에서도 보여주지 않았던 자화자찬한 대목이고(연암은 학문적으로나 인격적으로 고매하고 겸허하기만 한 사람으로, 자세와 도리만큼은 그렇다. 연암은 어디에도 갇히지 않아 광대하고 변화무쌍하고 기발한 언행을 서슴지 않지만 그가 믿는 규범과 도리는 오히려 명료하다고 보는 나의 생각이다.), 또 한 대목은 한밤중에 주변에서 들리는 소리라고 묘사한 것으로 내가 날마다 듣고 사는 것이 그것들이어서다.

졸다가 깨서 책을 보고, 보다가 또 졸아도 아무도 깨울 사람이 없어서 어떤 때는 하루 종일 내처 자기도 하였다. 때때로 글을 지어 내 생각을 표현하기도 하고 그러다가 피로를 느끼게 될 때에는 갓 배운 구리철현금을 두어 가락 뜯기도 하였다.

뜨거운 여름 한 철, 연암이 가족도 종도 없이 셋방 사람들에게 밥을 얻어먹어가며 집 안에서만 노닥거리는 자신의 모습을 쓴 글은 마치 나의 어떤 순간의 모습, 또 어떤 습성이나 심정과 너무 흡사하였다. 어떤 시절, 어떤 순간이나 심정이라는 것은 지난 어느 한때, 한 모습을 말하는 게 아니다. 먹고 자고 일 하는 것, 사람들과 섞여, 혹은 따로 혼자 놀거나 글 쓰는 것 등 내 평생 사는 모습이다. 하여, 바로 지금 나의 꼴과 너무 같은 것이 놀랍기만 하다.

차이가 있다면 나는 다만 낮잠을 자지 않을 뿐, 책 읽다가 다른 일 하다가 또 책 읽다가 다른 일하다 그러는 것이며, 떠오르는 생각을 잡아 글을 써대는 것이며, 무엇보다 점심 먹고 나서 나른해질라치면 거문고를 타고, 다른 일에 또 조금이라도 무료해지면 거문고로 달려가 열중하여 연습하고 하는 것이 바로 연암과 같다고 말하지 않을 수 없다. 게다가 연암도 식구들 다 외갓집에 보내고 객살이처럼 홀로 있는 것이 지금 내가 한 달 넘게 집에 혼자 있는 것과 같다.

더욱이 놀란 것은 친구가 보낸 술을 퍼마시고 잔뜩 취해 스스로 예찬하는 대목이었다.

내가 내 몸만 아끼기는 양주와 같고, 모든 사람을 평등하게 사랑하기는 묵자와 같고, 자주 쌀독이 비기는 안연과 같고, 꼼짝 않고 앉아있기는 노자와 같고, 마음이 넓어 구애받지 않기는 장자와 같고, 참선을 하기는 석가모니와 같고, 이것저것 따지지 않기는 유하혜와 같고,

술을 퍼마시기는 죽림칠현의 유영과 같고, (…) 거문고를 잘 타기는
자상호와 같고, 책을 저술하기는 양웅과 같고, 스스로를 유명인물에
비유하기는 제갈량과 같으니 나는 아마도 성인일 것인저.

연암이 자신의 성정과 습성, 태도를 말하는 모든 것들이 바로 나였다.
내 몸 편하기를 징하도록 도모하고, 모든 사람을 평등하게 사랑하고, 굶
어죽을 각오도 곧 잘 하고, 하루 종일 꼼짝하지 않고 앉아 있고(아주 오래전
캐나다에서, 나의 하루하루를 본 남편이 학자인 자기보다 책상에 앉아있는 시간이 많다고 퍽 놀
라면서 나더러 학자 같은 사람이란 적도 있다.), 마음에 별 구애받는 것이 없고, 악기
도 전혀 못한다라고는 못 할 정도로 이것저것 만지고 즐길뿐더러 펴낸 책
도 수권이다. 얼마 전에는 여자로서 소로우 같은 사람이 있다면 그게 나
일 것이다라는 생각까지 했다. 연암의 지식이나 도량까지는 결코 아니더
라도 그를 이해하고 통하는 마음만으로 내가 참 연암 같다라는 생각도 퍽
이나 하였다.
　이런 나 자신에 대한 생각은 갈래갈래 드문드문 피었다가 사라졌다가,
그렇다고 어디에다가 말도 못할 내용들이었는데, 이렇게 구절구절 연암
이 술김에 자기를 풀어놓은 것을 보니 기가 막히게 내 이야기 같아 나도
그 흉내가 내진다. 연암은 술에 취해서이지만 나는 연암에 취해서라고 할
밖에. 연암에 빗댄 이 말도 진정 나의 진심이겠으나 그것은 어디에 써먹
을 수도 없고 중요하지도 않은 나의 생각 중에 하나일 따름으로, 나의 이
말을 듣는 사람들이 나를 같잖고 턱없다고 비웃고 흉보기라도 한다면 그

것이 더욱 우스울 일이다. 나는 스스로 도취해 있는, 답답한 친구를 흉보지 아니하고 타박하지 않을 줄은 아니까 말이다.

한편, 연암이 여기에서 끝날 사람인가?

다만, 키만 크고 무능하기는 조교에게 겸손해야 하고, 3일 굶어도 염치를 찾기는 오릉증자에 양보해야 하니 그게 부끄럽다. 그게 부끄럽다.

나도 그렇다. 나의 무능, 그리고 현실적인 문제에서의 어리숙함이나 나태함이 앞의 모든 그럴듯한 습성과 호기를 다 덮어버리는 것을 모르지 않는다. 내가 지금 감히 연암을 빗대고 있으니 스스로 부끄럽고 민망스러워해야 하지만 일단 통을 크게 내보는 것이다. 정말 그렇다. 술에 취하지도 않고서… 허나, 나는 나만을 진심으로 알고 위하고 사랑하고 믿고 그렇다. 연암의 깊은 마음을 나는 안다. 사람들의 욕도 비난도 칭찬도 흠모도 나에게는 아무 것도 아니다. 마음 아픈 것 마음 들뜨는 것 마음 쪼그라드는 것이 없지는 않지만 괴로울 정도는 아니고 그것조차도 그저 바라볼 따름이다.

내가 여름에 들어 날이면 날마다 듣고 사는 것이 개구리 소리, 닭소리, 매미소리이다.

'개구리 소리가 와글와글하고 그 사이 부엉인지 뻐꾸기인지의 소리가 밤의 공기를 울리고 있다', '개구리 소리가 대기를 꽉 채웠다가 다시 잦아

들었다가 하는 한밤중이다', '아침에 첫 닭소리에 깨어나야 되련만 꼭 두 번째 소리에 자리에서 일어나고 보면 앞산이 훤하다', 지금 들리는 소리는 쓰르라미다. 쓰르르르~~ 하는 것을 들으면…하고 써놓고서 그 뒤로는 귀에 들리는 소리는 전부가 매미였음을 계속 일깨우고 있다' 등등, 어떤 것을 좀 쓰고자 책상 앞에 앉으면 이런 말부터 나오는 나의 일상이다. 그런데 연암이 친구들과 한밤중에 저잣거리로 나가 술 마시며 놀다가 마지막에 걸린 것이 딱 그 세 가지였다.

> 와글거리는 개구리 소리는 마치 멍청한 원님에게 송사하는 백성들
> 이 어지러이 몰려드는 듯하고, 매미소리는 마치 공부를 엄격하게 시
> 키는 서당에서 강講을 받을 기한이 임박한 듯 시끄럽고, 들려오는 닭
> 소리는 마치 큰 선비가 우뚝 서서 임금 앞에서 바른말을 하는 것을
> 자기의 직분으로 삼는 듯하였다.

이 묘사처럼 완벽하게 '바로 그것이다'라고 공감할 비유는 어디에도 없을 것이다. 은유가 됐든 직유가 됐든 작가의 감정과 상상이 과장이 아닐 수 없는데, 개구리 소리, 매미소리, 닭소리를 잘 듣고 그것을 심상화하면 연암 말과 조금도 다르지 않다는 것에 웃음과 감탄이 절로 나온다. 정말 우리들이 어렸을 적 외우기 시험을 앞에 두고 선생님이 들어오기 전까지 옹알옹알 외우는 아주 단조로운 소리는 매미소리 그대로이지 않았던가? 또 꼿꼿하게 서서 긴 목을 빼고 우렁차게 외쳐대는 장닭을 모습을 그려보라.

내 인생의 책들 - 그 곳으로부터 30센티

놀고 쓰고 책 읽는 하루하루, 이 여름이 내 인생의 가장 행복한 순간이다라고 말할 때가 있을 것이다라는 생각을 언젠가부터 하게 되다가 오늘은 그 정점에 달했는가 보다.그런 생각만으로 눈물이 맺히다가 웃음이 나다가, 또 마침내는 '오늘처럼 이렇게 나 죽는 그 순간까지 행복하리라' 하는 결의까지 생긴다.

논어 한 줄의 단상

1

요즘 중국인 학자 남회근 선사의 『논어강의』를 밤늦도록 읽는다. 한번 빠져들면 쉽게 멈추어지지 않는 것이 남 선사님의 재미있는 이야기와 풀이가 나의 심리와 경험에 잘 들어맞아서 내륙의 산 속을 흐르는 강을 배를 타고 들어가는 기분이다. 또한 어떠어떠한 사람들이 떠오르면서 그들을 이해하게 되는 새로운 시간을 『논어강의』가 열어 준다.

오늘도 오전 내내 『논어강의』를 읽었다. (나는 어쩌다가 하권부터 읽고 상권을 읽고 있지만 불편함이 조금도 없다.) 남 선사님의 풀이는 종횡무진이다. 동양 사상을 명제만으로라도 배워온 사람으로 『논어』 독파는 일생의 숙제였는데 가장 좋은 때 가장 좋은 강의를 읽고 있다. 독서의 참맛을 시간의 요소요소에서 깨달으며 안빈낙도, 지족상락知足常樂으로 들어갔다 나왔다 한다. 살아온 일들을 스스로 평가하게 되고, 생각과 마음들을 걸러보니 지금이 더없이 좋은 때라는 것도 알겠다.

오늘 마지막으로 읽은 구절은 그것이다.

공자께서 말씀하셨다. "오직 최상급의 지혜 있는 사람과 최하급의
어리석은 자만이 변하지 않는다."

내가 본 사람들 중에 이런 사람은 누구일까 헤아려본다. 남회근 선사는,
"원래의 소박함을 유지할 수 있는 사람은 대단히 드물다"고 설명한다. "사
람이 원래 본성에 가깝지만, 기본적인 중심 사상이 없어 환경의 영향을 받
게 되면 습관이 쌓여 본성과 멀어진다"는 게 공자님 말씀이다. 남 선사님
은 이 역시 사통오달, 극과 극이 통하는 원리로 더욱 유창하게 풀었다.

"이 말 속에는 하나의 철학이 있으니, 진정으로 높은 지혜를 가진 사람
은 바로 가장 어리석은 사람이요, 또 진정으로 어리석은 사람은 바로 가
장 지혜를 가진 사람"이라고 말이다. 지혜로운 줄 모르는 사람, 어리석다
고 여기는 사람. 지혜를 바라지도 않고 사는 사람들은 자신의 마음을 평
안히 지킬 수가 있을 것이다.

그러므로 사람은 애써 총명할 필요가 없다. 총명하기를 좋아하는 사
람은 최후에 실패한다.

한 생각이 떠오른다. 그럼 나는 어떤 부류일까… 그 대답을 찾았다. 나 같
은 사람을 남 선사님은, "가장 문젯거리인데, 지혜롭다하기에는 어리석고

어리석다하기에는 지혜로워서, 지혜롭기도 하고 어리석기도 한 사람들"이라고 했다. 또한 시대환경의 영향을 받는 사람들도 이런 사람들이라니…

나는 기운 좋게 밥 하고 커피 갈고, 논어도 읽는다. 또한 그 덕에 온갖 상념 속으로 빨려들곤 한다. '과연 사람이 仁을 이루는 것이 가능한가. 仁을 높은 데서 찾을 것이 아니라 낮은 데서 찾는 것이 더 쉽지 않은가. 배우고 누리는 사람보다는 보통 사람民의 삶에 仁의 모습이 더 많지 않을까. 그럼 점에서는 공자보다 맹자가 더 현실적인 통찰이 강했지 않을까…'

이젠 맹자를 읽고 싶고 그렇다.

2

거문고 교실에서 돌아와 몸 정리를 한 뒤 거실 탁자에 앉아 『논어강의』를 읽는다. 밤의 황홀함을 가슴에 홀로 삭이지를 못해 결국은 펜을 잡는다. '이것이 나의 찬송이고 이것이 나의 간증이라' 그대로다.

발등이 시릴 정도로 밤바람은 맑은데 어둠 속에서 개구리 소리가 얼마나 정겨운지… 어느 순간, 풍란 향기가 칼처럼 코를 찌르고 들어왔다. 풍란이 꽃 피운 것을 본 것은 이틀 전, 이 이틀 동안 아무리 코를 들이대도 작년 7월, 그토록 청량하면서도 달콤했던 향을 느낄 수 없었다. 그 전날 밤, 오래된 깻잎장아찌에 멸치와 기름을 두르고 찜을 했던 냄새가 퍽이나 독하게 집 안에 배였나 싶었다.

방금 전, 칼날처럼 풍란 꽃 향기가 코에 스며들면서 밤공기가 풍란 향으로 하나가 되었다. 개구리는 어둠 속에서 와글와글한다.

나의 가슴 속에 시가 구절구절 울려오는데 종국에는 5언 절구의 한시가 되었다. 살다살다 참 별 것까지 한다. 마음에 늘 아포리즘은 솟아나지만 한시까지 지을 줄은 몰랐다. 삶은 그런 것이다.

어둠 속에 개구리 노래 소리 즐겁고 暗中蛙聲喜

등빛 아래 풍란향기 서늘하다 燈下蘭香凉

공자님 말씀 깊고도 날카로운데 子語深而利

남 선사님은 재미지고 따뜻하기만 南師快而情

중국 고전에 통달한 남회근 선사는 많은 시로써 고전을 풀어주는데 책 안에서 한시를 수없이 읽다 보니 나도 그 풍에 젖는 듯싶다.

이 또한 재미있는 일이다.

3

오늘, 아이들의 배웅을 받으며 서울을 떠나 집에 도착하여 몸 정리를 하고 나니 자정이 넘었다. 잠자리에 들지 못하고 『논어강의』를 펼쳐 읽었다. 풍경조차 흔들릴 정도로 바람은 차게 불고, 몇 줄기 남은 풍란 꽃대에서 향기가 일렁인다. 멍하니 앉아 있는 이 순간을 그 무엇과도 견주고 바꿀 수 없음에 의식이 끊길 정도이다. 마음과 감정을 살피자면 황홀함도 아니고 적막하고 담담하다.

　더 이상 글귀에 집중하지 못하게는 되었지만 노력의 뜻으로 한 장을 더 읽고 들어가야겠다 하며 훑어 내린 곳에서 시 한 수를 만났다. 명나라 사람의 시라는데 나의 심정, 나의 상태 그대로다.

　　어떤 것이 즐거움을 홀로 즐기는 것인가? 如何是獨樂樂?

　　일 없이 고요히 앉았으니 하루가 이틀이요 曰: 無事此靜坐, 一日是兩且.

　　어떤 것이 남과 더불어 즐기는 것인가? 如何是與人樂樂?

　　그대와의 하룻밤 대화가 십 년 독서보다 나음이요 曰: 與君一夕話,

　　勝讀十年書

내 안에서도 시가 나옴을 막을 수도 끊을 수도 없다.

　　차갑기조차 한 밤바람에 풍경이 울고

　　한 가닥 남은 풍란 향만은 여전한데

　　홀로 즐기는 즐거움은 바로 이것이요

　　더불어 즐기는 즐거움은 그대생각이라

시간의 비밀로 들어가다

어제 잠자리에 든 것은 새벽 네 시가 넘어서였다. 침대에 누워 단전에 손가락을 모으고 시선을 내려 호흡을 하였는데, 의식이 너무 맑아 그렇게 하지 않으면 잠을 쉽게 이루지 못할 것이기 때문이다. 영상이 머릿속을 꽉 채우듯 어른거리더니 잠을 깊이 잔 모양이다. 아침, 눈이 무겁지도 않고 몸이 나른하지도 않다. 방과 거실을 걸레질하여 정돈하고, 책상에 앉기 전에 나나 무스쿠리의 시디 〈클래시컬〉을 꽂았다. 거기에서 처음 나오는 노래.

알려고 하면 할수록 어려워지는 법
우리가 익히 알고 있는 그것은
말로 설명할 수 없으니
오직 시간만이 말하리라

나무가 성장하듯

우리는 하늘에 닿고

산들바람처럼

너와 나는 자유다

우리는 아노니,

시간, 오직 시간만이 그 열쇠를 쥐고 있다

〈Only time will tell〉. 슈베르트의 피아노 트리오 아다지오 〈노투르노 Notturno〉에 가사를 붙인 이 노래에 가슴속에서부터 뜨거움이 올라온다. 드디어 나에게 '시간'의 문이 열리는 것 같다. 지난 며칠 동안 '시간'에 대해 자꾸 의식이 쏠리고 있다. 헤르만 헤세의 『싯다르타』를 읽으면서다. 거기에 강물 이야기가 나온다. 같은 강물 이야기를 그 며칠 후 『마음의 기적』(디팩 초프라)에서 보았다. 건강이 좋지 않은 한 직원에게 주려고 서가에서 『마음의 기적』을 뽑아 무심코 펼친 곳에 『싯다르타』의 강물 부분이 인용되어 있었다. 싯다르타와 그의 말없는 스승 바수데바가 배우고자 하는 것은 강물이었다. 강물은 시간이고 강물의 비밀을 아는 것은 시간의 비밀을 아는 것이었다.

그는 강으로부터 배우고, 강의 소리에 귀 기울이고 싶어 했다. 이 강
과 강의 비밀을 이해하는 사람은 누구나 훨씬 많은 비밀을, 아니 모
든 비밀을 이해할 것 같았다. (…) 오늘 그는 강의 비밀 중에서 하나
를 보았다. 그것은 자신의 영혼을 사로잡은 비밀이었다. 그는 강물이

한없이 흐르고 또 흐르지만 언제나 거기 있다는 것을 알았다. 강물은 언제나 같았지만 동시에 매순간 새로웠다. 이것을 누가 이해할 수 있을까? 누가 깨달을 수 있을까? 그는 이해하지 못했다. 단지 막연한 느낌. 희미한 기억, 신성한 목소리만을 알아차렸을 뿐이다.

나는 오래도록 이 구절을 이해하지 못하고 있었다. 이 말은 물론, "과거도 현재도 미래도 없다"라고 한 아인슈타인의 우주적 시간관도 난해하기만 하다. 나는 어느 정도 사회과학을 이해하며 살아왔다. 음악, 미술과 영화들도 아주 어렵지는 않았는데 내 삶과 가장 밀접한 대상인 시간에 대해서는 잘 이해하지 못하였다. 나에게 시간은 단선적인 것 이외 어떠한 상상이나 신비감이 없다. 시간은 시간일 따름이었다.

'어떻게 시간의 흐름을 부인하나, 시간은 느껴지는 것 아닌가. 시간은 성장이고 변화인데 그것이 과거 현재 미래가 아니라니. 과거, 현재, 미래라고 하지 않아도 좋아. 오히려 그것이 관념일지 몰라. 하루 24시간 1년 365일을 분과 초로 구분을 해놨기 때문에 그 숫자에서 자유롭지 못한지도 몰라. 그렇지만 나의 기억 속에는 분명 어제, 오늘이 있는 걸. 10년 전, 30년 전도 있어서 내가 겪은 그 많은 일들, 그리고 내가 성장하거나 병난 뒤 회복되었던 이걸 시간이라 말하는데, 과거 현재 미래가 없다니…'

그렇다고 천체물리학자들의 시간 개념을 외면할 수도 없었던 나는 처음으로 시간의 비밀로 들어가 보고 싶다는 생각이 들었다. 왜곡된 시간 의식을 바르게 규명해내고 시간의 본질을 찾아낸 사람들의 생각을 알고 싶었다. 그러나 그들이 인지하고 밝혀낸 시간의 비밀로 들어간다는 것은 그 어느 것보다 어려울 듯하였다.

지금 이 글도 어떻게 끝이 날지 알지 못한다. 그럼에도 시작을 하는 것은 알아야 될 것, 알 수 있는 것만을 내가 알게 될 것이기 때문이다. 그것이 내 인생을 돕고 나의 의식을 향상시키는 것이라면 나는 다른 어느 것처럼 그것을 이해하고 깨닫기 위해 시간을 들여야 할 것이다. 한편 이런 것들은 자연스럽게 밀려오며 이루어질 것이다. 나는 숨을 고르며 그것들을 지켜보기만 하면 된다. '시간'이 나에게 밀려오는 날 아침, 내 귀에 들려진 음악이 〈Only time will tell〉, 시간만이 말하리라였다.

나는 '전율의 아침'이라는 제목으로 여기까지 글을 쓴 뒤, 점심을 간단히 먹고 노트북을 들고 집을 나와 사무실로 갔다. 책도 몇 권 들고 나왔는데, 『싯다르타』, 『마음의 기적』과 함께 『시계 밖의 시간』을 가져왔다. 비로소 『시계 밖의 시간』을 읽을 때가 되었다. 오래전에 남편이 나에게 사 준 이 책을 그동안 왠지 손을 대지 않았다. 시간은 이해의 대상이 아니라 존재하는 자체로, 그것을 제대로 파헤쳐보기에는 또 다른 시간이 필요했던 것 같다.

『시계 밖의 시간』을 읽는데, 다행스럽게도 조금도 난해하지가 않다. 읽어갈수록 평범하며, '그렇다', '그럴 것이다'라고 평소 느끼는 것들이 상당히 역설되어 있을 따름이다. 그게 시간의 비밀이었다면, 나는 그 비밀의 세계로 쉽게 진입하긴 하였다. 그것은 비밀이 아닌 자연현상이며 내가 느끼며 사는 어떤 것들이다. 그래서 좋다. 몽테뉴, 로버트 프루스트, 루소…

그들이 시간에 대해서 한 말, 그들의 생각이 나와 아주 다르지 않다. 그들은 "현재시간", "무한히 지속되는 현재시간"을 충만한 감각으로 사용하여 채워 누리라고 말하고 있다. 시간은 호수나 강물, 시내와 같이 영속성으로 흘러넘치는 존재이므로.

『시계 밖의 시간』의 저자인 제이 그리피스는 시간을 이해하기 위한 전제로 디킨스의 말을 빌려 동화의 중요성을 말한다.

"모든 시대의 실용주의 세대에게 동화가 반드시 중시되어야 함은 매우 중요한 문제이다."

그녀가 동화와 신화를 들어 시간을 말하는 것이 내 긴장을 풀어주었다. 시간의 본질이라는 것은 차원을 넘나드는 고도의 과학으로 이해될 수 있는 것, 혹은 깊은 명상과 깨달음을 통해 얻는 해탈의 경지에서나 느낄 수 있는 것인가 하는 큰 거리감이 있었기 때문이다. 그런 설명을 하는 것이라면 나는 처음에 읽기를 멈추었을 것이다.

세상 곳곳을 여행하면서 기계사회로부터 동떨어진 오지와 원시의 밀림 속 부족들을 두루 만나 함께 생활하기도 한 저자는 시간을 가치중립적인 존재로 보지 않는다. "시간의 묘사방식은 철저히 이데올로기적이다. 시간은 늘 권력과 손잡고 있다"라는 그녀는 시간 전체를 그리스도 강생을 기준하여 BC와 AD로 구분하는 것에 아주 비판적이다. 이것은 "시간을 부당하게 경직된 기독교 맥락에 얽어매는 것"이며 시간의 본래적 속성이 아니라는 것이다. 단선 위의 일시적인 점이 아니라 영원성인 시간은 순간 속에서 충만하게 넘쳐흐르는데, 기독교화된 서구사회만이 시간이나 과거를 선형적이고 역사적이고 한정적으로 인식하고 있다고 답답해한다.

저자는 인간의 신화관념을 깨버린 기독교 문화에 원망을 넘어선 분노심이 크다. 그녀가 그것을 온갖 말로 거칠게 표현하는 것은 그가 기독교 사회의 구성원이기 때문에 가능하리라는 생각이 든다. 인도, 북아메리카, 오스트레일리아와 폴리네시아, 인도네시아, 콜롬비아의 아마존의 신화들에 나오는 어떤 이미지들은 시간의 순환을 나타내는데, 이는 재생과 부활을 의미한다. 불가항력적으로 죽음을 향해 있는 유대-기독교 정신의 선형적 역사의식과는 첨예하게 대립되어 있는 그들의 삶이었다.

시간의 본래적 속성은 충만성과 영원성, 순환성이라고 말하는 그녀는 비과학적인, 포괄적이면서도 추상적인 언어로 나의 주파수에 맞추어 들어온다. 이 과학과 자본의 초스피드 시대에 그녀가 말하는 것은 민화(동화)와 신화이니 우리 또한 신화의 시대로 순환하며 민화처럼 충만하게 영원을 살 수 있을 거라고 믿게 된다. 이런 새로운 믿음은 나에게 새롭게 열리는 인식의 지평을 말하는 것이어서 아주 설레기도 한다.

꿀벌의 시간, 꽃의 시간, 젖소의 시간, 달의 시간, 해의 시간, 바다의 시간, 모래의 시간 등 자연과 인류의 수백만 가지 다양한 시간들을 그리니치 표준시로 획일화시켜버린 서구 제국주의의 시간 이데올로기에 대한 그녀의 비난을 들어보자.

사회는 자신의 기계적인 이미지로 시간을 주조하여 직선적이고 인공적이고 과도하게 분절된 형태로 사고하기 시작한다. (…)

근대성은 시간에게 가혹하고 지나치게 직선적이며 비인간적이고 강압적인 특성을 부여하면서 사람들을 그 제물로 삼게 한다. (…)

시간의 다양성과 고유성을 말살하기 시작했던 산업사회와, 저 가련한 프랭클린에게서 '시간은 돈이다'를 배워 시간에 충만해있는 은총과 자비를 비천하고 무자비한 시간 세기로 고갈시켜 버린 후기 산업사회사회와 이데올로기적으로 너무도 궁합이 잘 맞다. (…)

그리니치 표준시가 잔인하고 진부하기 짝이 없는, 실로 보잘것 없는 것임을 보여준다.

처음 시계를 만들고, 또 그리니치 표준시를 제정하던 그때는 인간이 시간의 노예가 될 줄 몰랐을 것이다. 인간을 깨우고 이롭게 할 과학적 탐구욕과 천재성들이 만들어낸 이상적 과학기술이자 제도였을 것이다. 경이롭고 자랑스러운 유산인 우리의 해시계, 물시계처럼 말이다. 바닷길이 열리고 나라들이 통하면서 아이디어맨들이 그리니치 표준시를 만들어낸 것이지 않겠는지.[*] 그들이 그들 중심의 세계관을 활용한 것을 탓할 수는 없을 것이다. 그런 문명의 장치들이 얼마나 많은가. 누구도 필요하지 않았는데도 이젠 그것이 없으면 살 수 없게 만드는 것들. 지금 우리에게 필요

---

[*] 영국 그리니치 천문대는 2000년 '뉴 밀레니엄' 행사로 〈시간이야기 특별전〉을 마련했다. 전 세계 나라와 개인들의 박물관, 도서관, 미술관 등에 전시 소장되어 있는 시간 관련 유물, 작품들을 총 망라하여 시간과 문명에 대한 이해를 돕는 전시회였다. 그 행사의 도록으로 만들어진 것이 김석희 씨가 번역한 『시간박물관』이다. 움베르토 에코, 에른스트 곰브리치 등 세계의 석학과 연구자들의 시간의 창조에서부터 종말까지에 관한 다양한 글이 실렸다. 아리스토텔레스부터 성 어거스틴, 로크 등 수많은 과학자와 철학자들의 시간 정의를 알 수 있다.

한 것은 '그걸 가져, 말어' 하는 자기결정의 힘일 뿐이다.

그토록 가멸찬 비판에 뒤이어 그녀는 그러한 시간 개념을 의문시하고 부정하면서 시간의 본질에 충실했던 사람들을 환기시켜 준다. 대표적인 사람이 단연, 동시적인 시간은 존재하지 않는다고 주장하였던 아인슈타인이다.

> 모든 준거기준frame of reference과 움직이는 물체는 그 고유의 시간을 가
> 지고 있다.

나는 이제 "그 고유의 시간"을 인정하고 알아보려 한다. 나와 연결되어 있지만, 나의 시간 관념에 종속된 대상으로서가 아니라 완전히 독립적이고 고유한 것으로 물체(인간을 포함하여 자연 속에 있는)를 볼 수 있다면 얼마나 경이로울까. 그것들 모두가 온전하게 빛을 발하는 모습을…

> 숲은 도시의 상징적인 대립물이다. 셰익스피어에 따르면 '숲에는 시
> 계가 없다.' (…)
> 작가 N. K. 나라얀은 유년시절을 '시간을 세지 않고 하루하루를 흘러
> 가게 하는 시기, 영원성 속에서 존재하는 시기'라고 말한다. (…)
> 스티븐 호킹의 표현을 빌리면, 유일하고 절대적인 시간은 존재하지
> 않는다. (…)
> 버지니아 울프는 바다와 강으로 상징되는 시간의 물과 같은 성질도

알고 있었다.(…)

윌리엄 블레이크의 이미지, '당신의 한 뼘 손 안에 무한성을 담아라/ 그리고 한 시간 속에 영원성을' 역시 '손 안에 든' 순간을 너무도 잘 나타내는 지금의 충만함을 그리고 있다. (…)

루소는 명령하는 시계를 저주하고 자유와 물과 시간 그 자체를 사랑 했으며 시계는 시간의 대립물임을 간파하여 시계차기를 거부했다.

이토록 풍부하고 다양한 시간들이 있는데 우린 어쩌다가 시간에 쫓기 며 살고 있는 것일까? 우린 영영 이 흐름에서 헤어날 수 없을까? 잘 보면, 우린 시간을 이미 알고 있기도 하다. 토니 모리슨의 말, "시간은 마음의 경험이기 때문에 선이 아니라 켜켜이 쌓인다" 같은 시간 개념이라면 우린 충분히 이해하고 경험했지 않은가? 시간은 1차원도 2차원도 3차원도 아 니며 4차원이라는 것은 참 당연한 말이다. 시간 속에 있는 그 많은 것들, 일과 의식과 경험, 정신과 영혼, 이게 시간의 비밀이라면, 우린 어느 정도 비밀의 주인이자 공유자다.

프루스트에게 지대한 영향을 끼친 프랑스 철학자 베르그송은 현재 순간의 장엄한 중대성을 꿰뚫고 있었으며, 간격이면서 동시에 '현실 의 소재'인 지속성의 삶을 살았다. 시간을 결코 분할할 수 없는 경험 의 흐름이라고 말했다. 그에게 시간은 나노초가 아니다.

이 역시 당연한 말이다. 제대로 볼 때, 우리는 시간이 결코 나누어지는 것이 아님을 안다. 다만 경험이 잊히면서 약간씩 단절될 뿐, 시간과 의식은 구처럼 우리를 에워싸고 있는데, 사람들은 자신의 기억을 선택하면서 시간을 단선화한다. 사람들은 사실은 전체로 이어져 있는 의식의 일부를 놓치거나, 혹은 그러한 전일적이고 총체적인 의식이 필요하다고 생각하지 않는다. 그들이 의식적으로든 무의식적으로든 선택하는 것은 단선적인 단순한 삶이다.

인간의 마음속에서 시간은 흡사 물과 같기 때문에, 제임스 조이스의 『율리시즈』 등 시간과 밀착되어 있는 작품이 강처럼 굽이굽이 흐른다는 것은 별로 놀랍지 않다라는 저자의 말도 정말 전혀 놀랍지 않다. 내가 쓰는 글은 사건이 아니라 마음과 의식에서 나오기 때문이다. 나의 글은 얼마나 길고 장황한가. 그러나 이것들은 다 내 마음과 의식의 시간을 그대로 따라가는 사실일 뿐, 이것을 쓰지 않으면 나는 쓸 것이 없다.

내가 시간의 비밀을 얼마나 이해했는지는 모르지만, 나는 이 책으로 어느 정도 시간을 정리했다. 시간에 대하여 확신을 가지고 말하는 저자를 거의 이해하고 공감한다. 지금의 나는 다섯 살의 나, 열 살과 스무 살의 나와 같고, 일흔, 여든의 나와 결코 다른 존재가 아닐 거라고 느끼는 것이 이 책이 진실인 증거이기도 하다. 나의 인생이 하나의 퍼즐 그림으로 투영돼 비추이고, 어느 시점부터는 전체 그림의 한 퍼즐 조각들을 맞추고 있는 나를 보게 되면서 나는 시간이라는 선 하나가 화살처럼 앞으로앞으로 가고 있거나 앞에서부터 다가와 뒤로 사라져가는 것이 아니라는 것을 깨달았다. 그리고 나는 '지금'이 과거로부터 이어진 어느 시점이라는 느낌보다, 미래라는 허공에 내딛는 최초의 순간이라는 느낌이 더 강하다. 시간은 전과 후의 사건이 아니다.

마지막으로 프랑스 단어 하나를 쓰는 것으로 이 글을 맺는다. 우리 인간은 서로서로 알려주고 앎으로써 위안을 얻는 존재이기에, 어느 말이 나의 영혼을 울리면 기쁨으로 마음이 화답한다.

"맹트낭"*
맹트낭을 누리자.

---

* maintenant. 지금

* 이 글은 내가 알고 싶은 시간 개념에 대한 일부분이다. 심리적이고 동화적인 개념의 시간. 더욱 궁금해지는 것은 우주물리학자들이 말하는 양자적, 혹은 우주적 시간 개념이다. 아인슈타인을 위시하여 스티븐 호킹 등의 천체과학자들이 밝혀낸 시간 본질 말이다. 그런 책들 가운데 나는 지금 브라이언 그린의 『우주의 구조』를 재미있게 읽고 있다. 수학과 물리를 아주 못하는 나였지만 손으로 포물선을 만들고 거리를 재면서, 또 종이에 연필로 그림을 그려가면서 읽다 보니 아직까지는 이해할 만하다.

아이리스의 연인

어느 점심시간, 내 사무실을 찾아온 이형구 원장님*과 헤세 이야기를 나누다가 원장님이 「아이리스」를 가지고 있다는 말을 들었다.

"아이리스 읽으셨어요?"

나는 큰 호기심으로 물었다.

"아주 짧아요."

이형구 원장님의 대답이었다. 이형구 원장님의 말은 보통 단문이거나 한두 단어에 불과할 때가 많은데, 그 말들은 촌철살인으로 나에게 와서 박히곤 한다. 음악 마니아에 성악도 하는 원장님이 〈텐 테너〉 공연엘 다녀왔다는 소리에, "좋으셨는가요?" 하고 물었을 때 대답도 그랬다. "하, 시

---

* 마취과 의사이자 〈청소년을 생각하는 의사들의 모임〉 대표다. 거문고 〈무현〉의 대사형^{大師兄}으로 나를 거문고로 이끈 사람이기도 하다. 사진작가이기도 한데 사라져가는 것들을 찍고 다닌다.

끄럽더구만요." 그 공연장의 분위기가 바로 느껴졌다. 열 명의 우람한 남성들이 폭포처럼 쏟아내는 소리들의 조합.

'「아이리스」는 아주 짧다.'

「아이리스」를 말할 때 단편소설이라 말하지 않고 동화라고 하는데 잘 이해가 되지 않는 점이다. 동화 「아이리스」라… 보통, 동화는 그 내용이 환상적이고 비논리적이다. 기적과 마법으로 가득 한 이야기들이 흥미진진하고 경이롭다. 으시딱딱하고 능청스럽다 싶은 비현실성이 한편 서사적인 유장함으로 사람들을 자연스럽게 매혹시키는 것이 동화다. 「아이리스」는 그런 스타일이 아니다.

장맛비가 내리는 토요일 아침, 보이차를 준비하고 헤세의 『정원 일의 즐거움』을 폈다. 그 책의 마지막에 실려 있는 「아이리스」를 읽기 위해서였다. 신사이자 학자인 한 남자가 영혼과 정신의 고향을 찾아 '신비로운 길'로 들어서는 이야기인 「아이리스」.

어린 시절의 기억 속에 숨겨진 비밀의 여운을 훗날 백발이 되고 몸이 쇠약해질 때까지 지니고 간다. 그들의 영혼은 오직 단 하나 중요한 것에만 몰두한다. 바로 자기 자신에게 열중하고, 자기 자신과 세계 사이에 존재하는 수수께끼처럼 비밀스러운 관계에 열중하는 것이다. 세월이 지날수록 성숙해지면서 진실을 탐구하고자 하는 현명한 사람들은 진실한 내면의 세계를 잃어버리고 평생 동안 잡다한 걱정과 갈망, 목표 같은 미망에 사로잡히고 만다. 그것들 중 어느 하나도 내면에 존재하는 것이 아니므로, 그 어떤 것도 그들을 자신의 내면으로 진정한 고향으로 이끌지 못한다.

헤세는 사람들이 글자를 익히기 시작하면서 까마득히 잊어버리고 마는 어린 시절의 기억들, 그 비밀들을 펼쳐낸다. 「아이리스」는 이렇게 시작한다.

어린 시절, 안젤름은 봄의 푸른 정원에서 뛰어놀고 있었다. 어머니가 가꾸는 꽃들 중에 붓꽃과에 속하는 아이리스라는 꽃이 있었다. 안젤름은 특히 그 꽃을 좋아했다.

안젤름은 꽃의 세계를 바라보고 나비와 새, 자갈들, 딱정벌레, 도마뱀과 이야기를 나누며, 꿈속에서지만 말과 백조를 타고 아이리스의 깊은 꽃속을 드나든다.

한 줄기 밝은 길이 꽃잎을 지나쳐 그 식물의 줄기 중심으로, 그 꽃의 아득히 먼 청색의 비밀을 통과하고 있었다. (…)
그 사이로 밝고 유리처럼 섬세하고 생기 넘치는, 수맥이 흐르는 신비로운 길이 꽃의 내부로 향하고 있었다. (…)
노란 줄의 안쪽 파란 관의 중심에 그 꽃의 마음과 생각이 담겨 있었다. (…)

수맥이 흐르는 길을 통해 꽃의 숨결과 꿈이 드나드는 것이 느껴졌다. (…)

노란 꽃잎 안쪽에 손가락 같은 줄이 나타나고 수맥이 보일 때쯤이면 아득한 향기를 내뿜는 영혼의 심연이 드러나리라. (…)

그 꽃들이 간직해온 최초의 꿈과 상념과 노래가 마법의 심연으로부터 숨결처럼 울려나올 것이다.

아이리스의 깊은 안쪽, "영혼의 심연"이자, "마법의 심연"은 "신성한 심연"이다. 어린 안젤름에게는 "신비의 세계로 향하는 상징의 길과 문"이 보인다. 그 길과 문을 통해 영혼과 영혼이 서로 이어진다. 아이리스는 안젤름에게 창조의 비밀을 알려주는 열쇠였다.

「아이리스」를 읽어가다 어느 순간 눈물이 터져서 읽어갈 수가 없었다. 왜 그토록 슬픈지, 신비로운 아름다움은 슬픔과 연결돼서인지… 우리가 느끼는 슬픔은 단순한 감정이 아니라 현실에 짓눌린 원초적 의식의 고통스러운 외침인지 모른다. 그래서 우리는 초자연적인 신비한 마법과 같은 아름다움 앞에 마침내 무너지며 눈물이 솟구치는 것인지도 모르고, 영적이며 마술적인 심연의 비밀들을 까마득히 잃어버린 막막함이 못내 서러웠는지도 모른다. 아님 그토록 아름다운 비밀을 잊지 못하고 지금도 찾고 있는 헤세의 영혼이 가여워서였는지도…

해가 흐르고 모든 것이 변하여 안젤름은 다른 사물에게 관심을 갖게 되고 어머니와도 자주 말다툼을 한다. 더 이상 어린아이가 아닌 안젤름에게 정원의 돌이나 꽃들은 침묵하는 지루한 존재일 뿐, 안젤름은 딱정벌레를 잡아 핀으로 찔러 놓기도 한다. 그가 어떻게 달라지는가 보자.

상징의 세계는 사라지고 잊혀졌으며, 새로운 소망과 길이 그를 유혹
했다. (…)
그가 옛 정원을 산책하노라면 흩어지는 시선 앞에 그것은 작고 적
막하게 느껴졌다. (…)
그는 머리를 짧게 깎았으며, 그의 눈빛 속에는 대범함과 지식이 번
득였다. (…)
푸른 아이리스의 신비로운 꽃잎 속에 존재하는 신성하고 영원한 것
과도 만날 수 없었다.

안젤름이 그 뒤로 어떤 삶을 사는지, 어떤 소녀를 만나 사랑의 감정을
갖게 되는지, 아름답고 이상야릇한 아이리스라는 여인이 그에게 한 깊은
내면의 이야기를 다 말하지는 못하겠다. 신비스럽게 들리지만, 슬프기 그
지없는 말들.
아이리스는 자신에게 청혼을 하는 안젤름에게 한 가지 과제를 주며 그
를 보낸다.

당신이 나의 이름을 부를 때마다 잃어버렸던 그 무엇이 생각나는 것
같다고 여러 번 이야기했습니다. 그것은 당신에게 한때 중요하고 성
스러운 것이었겠지요. 안젤름, 그것이 징표입니다. 그것이 당신을 오

랜 세월 동안 나에게로 이끌리게 했던 것입니다. 당신은 당신의 영혼 속에 있던 중요하고 성스러운 것을 상실했고 잊었다는 것을 나 역시 믿습니다. 그것을 다시 깨워야 합니다.

그것을 다시 발견하는 날, 그의 아내가 되어 어디든 따라갈 거라고 말하는 아이리스. 안젤름은 그 이후 오랜 세월, 기억의 심연을 찾아 암담한 방황을 하지만 아이리스란 이름이 주는 의미를 찾아내지 못한다.

어느 날부터인가, 유명한 학자였던 안젤름은 도시의 낭인이 되어 기인 같은 행각으로 사람들의 눈에 띈다. 그런 안젤름은 아이리스가 죽어간다는 소식을 듣는다. 아이리스를 찾아가 그녀의 가냘픈 손에 얼굴을 묻고 하염없는 눈물을 쏟는 안젤름에게 아이리스가 하는 마지막 말은 아이리스 꽃을 찾으라는 것이었다. 아이리스가 죽고 난 이후 세상에서 모습을 감춘 안젤름은 아이리스의 기억을 찾아서 이슬을 마시고 돌들과 이야기하며 떠돌아다닌다. 어느 겨울날, 안젤름은 눈 속에서 아름답고 고독한 꽃잎을 피우고 있는 아이리스를 발견한다. 비로소 그에게 어린 시절의 꿈이 떠오른다.

황금빛 나무들 사이로 수맥이 흐르는 연푸른 길이 꽃의 비밀스런 심장부까지 이어져 있었다. 그는 알았다. 그곳이 바로 그가 찾던 곳이었다. 거기에 사물의 본질이 있었다. 단순한 환상이 아니었다. 다시금 추억이 안젤름을 재촉했고, 꿈이 그를 인도했다.

안젤름은 계속 길을 걸어 오두막에서 어린아이들도 만나고, 또 숲 속에서 새 한 마리의 노래도 듣는다. 마지막으로 안젤름은 낯선 골짜기에 이르러 영혼들만이 지나가는 절벽 속의 길을 걸어 들어간다. 신비로운 본질, 고향을 향한 길. 안젤름은 아이리스 꽃봉오리 속으로 들어가는 꿈을 마침내 이루었다.

이게 동화인가? 헤세가 상상력과 감성에 끌려 문학적 힘으로 쓴 동화라고 생각되는가? 그랬을지도 모르겠다. 세계대전의 광기 속에서 헤세는 자신이 어릿광대로 느껴졌는지도 모른다. 우리가 기억해내기 이전-어린애라고 어른들이 흔히 부르는 나이의 시절, 그렇지만 분명 삶의 일부분이었던 그 때의 본질을 상기시키지 않고서는 자신이 누구인가 확인할 수 없었는지 모른다. 평화와 합일에 대한 영적이면서도 디오니소스적인 갈구가 반지성적이고 반이성적이고 반인간적인 전쟁의 시대에 그러한 환상적인 언어를 만들어 냈는지도 모른다. 아니, 헤세라는 사람은 아득한 원초적인 과거와 바로 이 순간, 무의식 속에 감추인 초월적인 신비성과 오감이 작동하는 현재성이 일치된 동화 자체인지도 모른다.

나는 아이리스를 읽고 난 후, 만나는 사람마다에게 헤세의 「아이리스」를 아는지, 읽었는지 물었다. 내가 까마득히 몰랐던 「아이리스」를 다른 사람들은 다 알고 있을 것 같았다. 나는 사람들이 기억하고 있는 자신만의 옛날이야기가 지금은 어떻게 되어 있는지, 막연한 슬픔 같은 것, 한 순간이나마 현실에 몸서리치면서 터져 나오는 헛소리 같은 무엇, 하다못해 짧은 한숨 같은 것이라도 들을 수 있을까… 그런 이야기를 나눌 수 있을 것 같은 마음이 컸다.

　그러다가 독문학자이자 헤세학회 회장이었던 이신구 교수님의 「이리스」를 읽게 되었다. 헤세 전문가인 이신구 교수님은 동화를 쓰는 헤세를 잘 설명해준다.

> 헤세에게 현실은 자신을 짓누르는 '수레바퀴'였고, 전쟁과 퇴폐 속의 혼돈이었다. 헤세는 현실과 충돌하여 학창 시절에는 퇴학당하기도 하고, 전시에는 조국의 배신자라는 낙인까지 찍히게 되었다. 그는 문명의 극단적인 아웃사이더가 되어 기계화된 세계 한가운데를 떠도는 한 마리의 '이리'가 된다. 삶의 위기에 직면한 헤세는 혼돈의 저쪽에 있는 초자연적인 동화의 세계에 눈을 돌리게 된다.

　헤세는 1차 대전기, 자그마한 소설집에 〈요약한 이력서〉라는 글을 써서 함께 싣는데 거기에 '동화'라는 말이 언급돼 있다. 헤세가 동화를 쓰는 것은 장르를 섭렵하는 작가적 능력을 실험해보는 일이 아니라 동화의 세계가 그의 실존의 세계였음을 다시금 깨닫는다.

> 고백하자면 나 자신의 삶 역시 마치 동화 같다는 생각이 꽤 자주 들기도 한다. 나는 종종 외부 세계가 나의 내면과 연관성이 있고 조화를 이루고 있음을 보고 느끼기도 한다. 나는 그런 연관성과 조화를 마법이라고 칭할 수밖에 없다. (…) 나는 삶을 항상 마법적으로 파악

하는 쪽에 가까웠다. 나는 결코 '근대인'[*]이 아니었다.

이것이 헤세와 동화이다.[**] 동화는 픽션이 아니라 헤세가 몰입하고자 하는 현실이었다. 인간의 본질과 내면의 의식을 이 현실에서 찾아야 한다는 계시, 철학이자 종교로 느껴진다. 동화는 더 이상 신비롭거나 비현실적이거나 이상적인 허구가 아니다. 내가 진정한 행복과 평화를 추구한다면 안젤름의 연인 아이리스가 먼저 가며 손짓하는 그 길을 찾아보아야 할 것 같다는 마음만 한없이 뻗친다.

---

[*] 이 '근대인'은 이후 '현대인'으로 번역되었다.
[**] 헤르만 헤세가 동화와 우화를 많이 쓴 것은 익히 알려진 사실이다. 대표적인 헤세 편집자 폴커 미헬스가 그중 26편을 엮어 『동화』를 출간했는데 19번째 동화가 「아이리스」다. 우리나라에는 『헤르만 헤세 환상동화집』으로 번역되어 있다.

내 영혼의 옛날 사진들

오늘 오후, 니코스 카잔차키스의 『영혼의 자서전』을 가지고 숙소를 나와 바닷가 카페로 향했다. 커피숍은 작고한 코미디언 이주일 씨의 별장이었다는데 그래서인지 상호가 투윅스다. 숙소에서 30여 분 거리에 있는 보목리 포구 근방에 있어 바닷가 길로만 따라가면 되는 곳에 있다.

커피숍의 2층은 바다를 향해 일렬로 탁자를 배열해 놓았다. 동행이 있다 하더라도 바다를 보며 나란히 앉아 있으면 말이 없어도 편할 것 같다. 한 마디 품평을 하자면 그곳의 바다는 그동안 본 그 어느 바다보다 밋밋하기는 하지만 책을 읽기에는 아주 좋은 위치인 것만은 분명하다. 나는 여기에서 『영혼의 자서전』을 정말 잘 읽었다.

『영혼의 자서전』. 이 책을 처음 읽은 것은 학창 때였다. 『그리스인 조르바』를 시작으로 나는 카잔차키스의 모든 소설을 읽었다. 결혼하고 나서 미국에도 다 가지고 가 해마다 읽었던 것들이지만, 한국에 돌아와서는 의식적으로 전혀 손을 대지 않았다. 시민운동과 의정활동에서 독립투사처럼 일하고 싸우는 나에게 카잔차키스의 책들은 새로울 것이 없었다. 이후 활동을 다 끊었을 때도 카잔차키스의 책에 손을 대지 않았는데 보대낌 없는 평화를 추구하는 나의 잔잔한 일상에 자유를 외치는 카잔차키스의 격렬한 영혼과 튀어나올 것 같은 문장은 더 이상 맞지 않을 것 같았다. 그러다 얼마 전부터 아이들에게 카잔차키스 말을 하게 되면서 다시 읽고 싶은 생각이 들었다. 젊은 날 이후 내가 살아온 삶 속에서의 감정들의 진실성 여부를 카잔차키스의 소설 속에서 알 수 있을 것 같았다.

제주도 갈 날을 잡고 나서 책을 주문했는데 소설이 아닌 『영혼의 자서전』이었다. 카잔차키스의 그 많은 소설들을 다 놔두고 왜 자서전일까… 지금의 나에게 니코스 카잔차키스가 어떻게 이해되고 걸러질까 좀 궁금했다.

투윅스의 탁자에 앉아 몇 장 읽는데 과거가 회상되었다. 놀랍게도 그토록 오래된 이야기들이 한 줄 한 줄 기억이 나는 것이었다. 내 기억 속에 생생히 남아 있는 말들이 '아, 그게 여기에 있었구나' 하는 감탄을 자아내도록 곳곳에 박혀 있었다.

카잔차키스를 처음으로 학교에 데리고 간 아버지가 선생님께 말한다.

"이 애의 뼈는 내 거지만 살은 선생님의 것입니다."

어느 화창한 봄날, 학교의 창문들은 열려 있고 귤나무의 향기가 창문으로 날아들어 온다. 양음부호와 곡절음부 수업은 아이들을 지겹게 만들었다. 그때 새 한 마리가 날아와 운동장 플라타너스 나무 위에 앉아 노래를 부른다. 그러자 시골에서 전학 온 붉은 머리 아이가 더 이상 참지 못하고 손가락을 들어 말한다.

"조용히 하세요, 선생님. 조용히 하셔야 새소리를 듣죠."

어느 해 가을, 1년 내내 고생해 거두어 반쯤 말린 포도가 무서운 홍수에 다 떠내려갔다. 어린 카잔차키스가 아버지에게 포도가 다 없어졌다고 울먹였다. 문간에 서서 수염을 깨물던 아버지는 시끄럽다고 소리쳤다.

"우리들은 없어지지 않았어!"

이런 것들이 어제 본 듯 다시 내 눈앞에 있다. 크레타 독립의 혈전지 '메갈로카스트로'라는 지명, 크레타 이름이 아닌 '에미네'라는 터키 소녀의 이름, 버림받은 에이레 아가씨, 그리고 사방팔방에서 툭하면 피처럼 솟구쳐 나오는 '영혼'이라는 단어…

카잔차키스의 글의 놀라운 점은 문장 한 줄, 단어 하나, 심지어 물음표, 쉼표 같은 부호조차 울뚝불뚝 치솟고 뒤틀려 있다는 점이고, 가장 큰 매력은 그 힘이 농축된 아포리즘이다. 카잔차키스의 책은 한 줄 한 줄 다 읽지 않아도 된다. 대강 훑다가 문단의 마지막 부분에 나와 있는 인용 부호 속 사람의 말 하나만 읽으면 된다.

카잔차키스는 의식과 정신과 영혼의 말들을 거침없이 풀어낸다. 세상의 온갖 감정을 표현하는 언어들이 장마다 터질 듯이 많다. 카잔차키스는 의식과 관념, 감정을 얼마나 치밀하고 힘 있게 펼쳐내는 사람인지 모른다. 상징과 비유와 환상과 꿈이 현실과 무차별적으로 섞여 있다. 그래서 영혼의 자서전이다. 마지막에 가서는 제삼자의 말을 빌려 그 속의 영혼을 해체시켜 버린다. 영혼에 농담을 가하고 멸시하고 조롱하고 결국은 자유를 준다.

어릴 적부터 마당에 누워 구름 구경하기를 좋아했던 카잔차키스를 옆집 부인이 걱정한다.

"마르기, 당신 아들은 몽상가나 환상을 쫓는 사람이 되겠어요. 항상 구름만 쳐다보더군요."

"걱정 말아요, 페넬로페. 살아가다 보면 저 애가 눈을 떨구게 될 날이 올 테니까요."

크레타가 자유를 찾자, 수도에서는 사자처럼 싸우다 전쟁터서 막 돌아온 양치기에게 그의 용맹을 치하하며 영웅으로 일컫겠다는 내용이 적힌 표창장을 보낸다. 양치기는 그 표창장을 갈기갈기 찢어 양젖을 끓이는 가마솥 불에다 던지며 전령에게 말한다.

"가서, 난 종이 한 장을 받으려고 싸우지는 않았다고 전해. 나는 역사를 만들려고 싸웠어!"

카잔차키스와 고등학교 친구들은 동지회를 조직하여 기계문명과 진화론으로 무장한 채 무지몽매한 마을 사람들을 계몽해야 하는 사명을 불태운다. 동네 아이의 세례식에 초대받아간 한 친구가 사람들 앞에서 우리 조상은 원숭이니까 하느님이 창조한 특혜를 받는 존재라는 건방진 생각은 버려야 한다고 열변을 토한다. 줄곧 그 연설을 듣고 있던 마을의 목사가 가엽다는 듯 머리를 젓는다.

"네 말마따나 모든 인간은 원숭이의 후손일지 모르지. 하지만 이런 얘기를 해서 미안하지만 넌 원숭이가 아니라 당나귀의 자손인 모양이구나."

아주아주 어렸을 적 성자가 된다고 집을 나간 적이 있는 카잔차키스는 점점 자라면서, 아니 조금 더 자랐을 뿐이다, 성자들의 전설이 너무 답답해서 숨이 막힐 지경이었다. 성자를 믿지 않아서가 아니었다. 그 이유는 다음과 같다.

"믿기는 했지만, 성자들이 너무 온순하다는 생각이 들었다."

나를 청년시절 매혹시켰던 것은 이런 것들이었다. 나는 이런 피와 살이 느껴지는, 불을 뿜는 듯한 힘이 좋았다. 너무 인간적인 그것이 나에게는 그렇게 매혹적일 수 없었다. 카잔차키스가 머리와 가슴에 가득한 사람이 카잔차키스를 모르는 사람들과 같지는 않았을 것이다. 내가 싸우고 결단해야 할 때, 그게 조금이라도 고뇌스러울 때는 카잔차키스와 동지애를 느끼면서 용기를 냈다. 그러니 나는 카잔차키스를 잊어본 적이 없다. 더 이상 싸울 것도 결단할 것도 없는 지금, 고무될 것은 하나도 없지만 카잔차키스의 말이 여전히 아름다워 미소가 시종 나오기만 한다.

새로운 것은 없었다. 일흔이 넘은 사람이 온 힘을 들여 자기의 영혼을, 조상의 영혼까지 빌어, 옆집 여자의 젖을 먹던 갓난아이 속에 깃들었던 것에서부터 자신의 의식에 각인된 것을 하나하나 언어로 다시 찍어내고 있는 것을 구경하였다. 성자도 되고 악마도 되고, 이교도도 되고 독립전사도 되고, 조르바도 되고 지식인도 되고, 사제도 되고 창녀도 되고, 볼셰비키도 되고 민족주의자도 되고, 순교자도 되고 빌라도도 되고, 그리스도도 되고 막달라 마리아도 된 사람. 인간 세상에 잠겨있는 그림자, 자기의 깊은 내면 속의 그림자들을 다 드러내 굿판을 벌일 대로 벌여본 사람이 이제 자기의 영혼을 분해하고 있다.

아테네 대학 진학 준비를 하고 있던 카잔차키스는 자기의 개인 영어 교사였던 에이레 아가씨에게 육정을 느낀다. 그녀에게 산정을 등반하자는 제안을 하고서 그녀를 데리고 올라가는 카잔차키스. 산을 내려오면서 카잔차키스는 울적해졌고, 아가씨가 뒤에서 흐느끼며 걸어오는 소리를 듣는다. 대학생이 된 카잔차키스는 고향에 돌아온 어느 하루, 진즉 그곳을 떠나버린 에이레 아가씨의 집 앞을 무척이나 배회한다. 고뇌는 사흘이나 계속 되었고, 나흘째 되는 날 카잔차키스는 뚜렷한 목적도 없이 글을 쓰기 시작한다.

나는 며칠 사이에 작품을 끝냈다. (…) 자리에 일어나서 심호흡을 했다. 에이레 아가씨는 이제 나를 괴롭히지 않았고 종이 위에 누운 그녀는 절대로 다시는 종이에서 떨어져 나오지 못하리라. 나는 구원되었다.

나한테 글은 이것이다. 기록을 하고 나면 그것은 더 이상 나한테 남아 있지 않게 된다. 그 문제로는 다시 돌아가지 않는다. 놓고 잊기 위해서 나는 글을 쓰지 않을 수가 없다. 글과 함께 나는 책에서 숨을 쉰다. 비로소 내가 함께 가고 있는 인간 동지를 만난 안도감을 얻는다.

아무리 덧없는 고뇌라고 해도 시가 영원한 노래로 바꿔 놓기도 한다
는 비밀을 이제야 의식하게 되었다.

일흔 살 먹은 카잔차키의 말을 나는 잘 이해한다. 삶을 잘 보도록 해주
는 사람이 지금은 카잔차키스이고 여기는 서귀포의 바닷가 찻집이니 나
는 이 순간의 모든 것에 황홀해하면서 내 인생을 축복한다.

한참을 읽어가다가 내 기억에 가장 아름다운 이야기로 남아있는 부분
을 만났다. 카잔차키스가 법학부를 수석으로 졸업하자 약속대로 아버지
는 1년 동안 여행할 수 있는 비용을 선물로 준다. 카잔차키스는 그리스
구석구석을 여행하고 나서 이탈리아로 떠나 에리에타 백작부인이 있는
궁전을 찾아간다. 아시시에서 가장 사랑스러운 여인이었고 스물여섯 살
에 미망인이 된 뒤로 어느 남자도 가까이 하지 않은 채 정숙하게 산 여인.
너무 늙어 항상 추위를 느끼기 때문에 불 가에서 지내는 그 여인에게 이
야기를 걸고, 아직 그녀가 스물여섯인 듯 쳐다보면서 비록 너무 늦기는
했더라도 기쁨을 주라는 충고와 함께 소개장도 받았다.

"그리스 전체가 내 집으로 들어왔군요, 잘 왔어요."

화창한 봄날이지만 거대한 저택에는 불이 타올랐고 늙은 백작부인은
불 앞의 나지막한 안락의자에서 카잔차키스를 맞았다.

"여기에서는 고귀함과 아름다움과 친절함의 의미를 이해하게 되는군요."

스물다섯 살 청년 카잔차키스는 이렇게 대답한다. 그는 그곳에서 석 달
을 묵는다. 성 프란체스코와 에리에타 백작부인이 그를 떠나지 못하게 붙

잡아 둔 것이다. (거기에서 『성 프란체스코』가 나왔을 것이다.)

가끔 백작부인은 양녀를 통해 카잔차키스의 방을 방문할 거라고 통보한다. 그럼 카잔차키스는 당장 밖으로 나가 단 것과 꽃을 사가지고 돌아와 그녀를 기다린다. 백작부인은 수줍게 그의 방문을 노크하고 그녀는 처음으로 총각과 외출하는 열다섯 살 소녀처럼 얼굴을 잔뜩 붉히며 카잔차키스의 방으로 들어온다. 자신 없는 가느다란 목소리와 짧은 대답. 카잔차키스는 마음이 찢어지는 듯 했다고 썼다.

"지극히 늙은 나이에 절망적인 찬란함을 보여주며 수줍음과 처녀성이 어떻게 다시 진실한 여인에게서 죽지 않고 되살아났던가!"(진정한 시인들은 다 그러한지. 청년 파블로 네루다도 칠레와 세계 곳곳을 여행하면서 만난 거의 노파가 된 처녀들에게서 '찬란함'을 찾는다.)

카잔차키스는 그곳을 떠나온 후, 약속대로 그녀가 '떠나는' 것을 보기 위해 전보를 받자마자 그녀에게 달려간다.

그 뒤에서부터는 내 영혼이 바짝 긴장되기 시작했다. 나는 다시 인간의 본성이라는 것, 운명과, 인생과 세월이라는 것을 보았다. 사람은 진정 변하지 않는다는 것. 나는 늘 인생을 퍼즐 맞추기라고 생각하는데, 오늘, 또 하나의 퍼즐 조각을 맞추었다. 그것이었다. 내가 까마득히 잊고 있었던 것. 『영혼의 자서전』의 백미, 압권이라고 할 수 있는 것, 수도원 순례 대목이다. 거기에는 내가 이 순간까지 잊고 있었지만, 조금도 그 힘이 퇴색되지 않은 피 흘리는 영혼의 외침들이 있었다.

성스러운 땅 아토스산. 이 성산이 성모에게 봉헌된 이후 천 년 동안 그 어떤 여자, 암컷 동물 한 마리 이곳에 발을 들여놓은 적이 없다고 한다. 그 산의 대기에는 오로지 남자들의 숨결만 섞여 있다. 여기에는 고행자만 있다. 카잔차키스는 이 거룩한 산의 수도원과 동굴을 방문하고 고행자들을 찾아다니면서 이야기를 듣고 말을 건다.

성인과 광인, 희생과 순종, 순결과 음욕, 신앙과 불경, 희열과 고통, 단식과 고독, 자학과 환각, 질병과 불건전… 카잔차키스가 그 안에서 보는 것은 그것들이다. 환상과 비유와 냉소와 조롱으로 가득 찬 말이 수사들의 입을 통해 무궁무진 흘러나온다.

후궁을 삼백예순다섯이나 둔 잘생긴 왕이 수도원의 고행자를 찾아가, "굉장한 희생을 치르시는군요" 하고 말한다. 고행자는 말한다.

"당신의 희생이 더 커요. 나는 덧없는 삶을 버렸는데 당신은 영원한 삶을 버렸어요."

언제쯤 하느님을 볼 수 있냐고 묻는 카잔차키스에게 너무 행복해서 계속 웃기만 하는 수사가 말한다.

"쉽죠, 너무 쉬워요. 눈을 뜨기만 하면 하느님을 보게 되니까요."

기침하고 침 뱉고 끊임없이 몸을 긁는 병든 수사 한 사람이 있다. 그의 얼굴은 행복감으로 빛난다.

"처음 수도원에 들어왔을 때 나는 무서워 벌벌 떨며 울었습니다. 천국을 생각하며 울었고 지옥을 생각하며 울었어요. 하지만 어느 날 아침, 잠이 깬 나는 이런 생각을 했죠. 무엇 때문에 우나? 하나님은 우리 아버지가 아니신가? 우리들은 그의 아들이 아닌가? 그렇다면 왜 무서워하는가?"

"벌벌 떤다", 이 말에 내 눈에서는 얻어맞은 듯 눈물이 떨어졌다. 내 옛 글에는 '벌벌 떤다'라는 말이 수없이 들어있다. 내가 그렇게 '벌벌 떨면서' 울고 다녔다. 두려움의 문제를 해결하고, 내 안에서 기쁨과 평안의 주인 인 신, 부모로서 깨닫게 된 부모인 신의 존재를 확인한 것도 오래전 일이 되었지만, 이 수사의 말은 나의 오랜, 혹은 기질적인 고뇌를 상기시켰다.

나는 계속 읽어 나갔다. 악마와 신이 뒤엉켜 피 터지는 싸움을 벌이고 있는 수도원 이야기를 어떻게 다 옮길 수 있을까. 눈물이 그칠 줄을 모르 고 탄식이 입에서 터져 나왔다. 그러다가, '바로 이것이었어!'. 내 인생에 서 가장 강렬하게 나의 영혼을 사로잡았던 것, 늘 그렇게 선택했고, 그렇 게 변명했던 것, '나는 경건한 삶을 사느니 처녀로 늙어죽겠다'고 했던 그 힘이 되었던 것을 다시 만났다. 단어 하나, 문장 한 줄이 너무도 생생하여 숨이 막힐 지경이었다. 그게 바로 여기에 있었다.

"동굴의 성자 마카리오스"

이 세 단어를 읽으면서 나는 그 뒤 이야기가 무엇인지 곧바로 알았던 것이다. 믿음이라는 무자비한 야수에게 잡혀 먹혀 송장 같은 뼈만 남은 사람. 그에게 카잔차키스는 용기를 내어 묻는다. 아직도 악마와 싸우고 있느냐고. 신과 싸우고 있다고 그가 말한다.

"나는 지고 싶어. 나는 아직 뼈가 남았는데 뼈가 계속 저항을 하지."

카잔차키스는 이때부터 그에게 건곤일척의 싸움을 건다. 정작 카잔차 키스가 싸우는 대상은 신이다. 그는 저주와 죽음이라는 불신의 징벌을 감 수하는 대신 자유와 영혼, 이성을 건다. 안락함을 버리고 굶주림과 목마

　　　　　　　내 인생의 책들 - 그 곳으로부터 30센티

름, 고통을 선택하라고 강요하는 마카리오스에게 카잔차키스는 말한다.

"전 아직 젊습니다. 전 세상이 좋아요. 전 선택할 시간이 있습니다."

젊음의 교만을 질타하는 성자에게 카잔차키스는 다시 말한다.

"신의 선함은 제 젊음의 교만을 용서할지 모르죠."

천국의 한 가운데 있는 샘-저주받은 자들의 눈물이 있는 샘 때문에 어떤 성자가 천국에서 행복하지 못했다고 대드는 카잔차키스에게 참다못한 성자는, "물러가라, 사탄아!" 하고 외친다.

"지옥에서 벌을 받는 것은 오직 하나 자아, 자아니라. 그래 자아. 모든 저주가 거기에 내릴 것이다"

카잔차키스는 고집스럽게 머리를 젓는다.

"바로 그 자아 때문에, 자아의 의식 때문에 인간은 짐승과 차이가 납니다. 그것을 가볍게 생각지 마십시오. 마카리오스 신부님."

애초 카잔차키스는 그 타오르는 불덩이 같은 사람에게 고해할 뜻으로 바위를 기어 올라갔지만 아직 때가 이르다는 사실을 깨달았다. 여기에 내 젊은 날을 채웠던 그 유명한 말이 나온다.

"나중에, 아주 나중에 내가 늙어 기운이 없을 때"

그리고 마지막 인사.

"이것은 신의 탓이라고 신에게 전해주세요. 신이 세상을 이토록 아름답게 만들었기 때문이라고요."

나는 변하지 않았다. 그리고 나 역시 저주로 멸망하지 않았다. 내가 벌벌 떨면서 울고 다녔던 이유는 멸망할까 두려워서였다. 환경적 요인으로 나의 무의식 속에 신의 권위가 각인되었지만, 세상을 사랑하고 세상의 아름다움을 오감으로 느끼는 나는 절대 신을 선택하지 않을 거라고 다짐했다. 경건함을 아는 나는 불건전함을 더 사랑했고, 목숨을 걸고라도 경건하게는 살지 않을 거라고 생각하고 다녔다. 그래서 두려움인지 고뇌인지 모를 내면의 고통에서 벗어날 길이 없어보였던 날들이었다.

이 뒤부터는 거의 기억이 나지 않게 생소한 이야기들인데, 그러나 더욱 놀라운 이야기들이며, 신학자로서 카잔차키스의 위대성이 여기에 있다는 것을 새삼 깨닫는다. 아토스산의 마지막 밤에 그는 한 수사로부터 자신이 오래전에 정결의 서약을 범했다는 고백을 듣는다. "이건 고통의 문제가 아니에요. 고통이 아니라 기쁨이지요. 기쁨은 저주를 받나요, 아니면 축복을 받나요?(…) 40년 전의 그날 밤 이후로 나는 항상 죄도 신을 섬기는 데 필요한 방법인가 생각을 해보았습니다.(…) 하지만 나는 속죄하지 않아요. 앞으로도 회개는 하지 않겠어요! 기회가 생긴다면 난 또 그러겠어요." 그렇게 말하면서도 그는, "내가 한 행동이 죄악이 아닐 수도 있을까요?" 하고 카잔차키스에게 묻는다. 그가 궁극적으로 알고 싶은 것은 그것이었다. 밖에서 온 젊은 지성인은 자신을 이해할지도 모른다고 생각했다. 40년 동안 그를 고통스럽게 만들었던 것은 죄의식이 아니라 신의 입장이었다. 카잔차키스는 대답한다.

"내 마음은 인간이 순교와 굶주림과 헐벗음과 초라함에 시달리기를 바랄 만큼 신이 잔인하거나 부당할 리 없다고 말합니다. 이를테면 하느님의 집으로 들어간 사람들이 육체적으로 지치거나 미친 사람들뿐일까요? 난

그걸 납득하지 못해요."

카잔차키스는 새로운 십계명이 필요한 것을 느꼈다고 말한다. 그렇다! 이런 이야기들은 지금은 진부한 이야기가 되었다. 카잔차키스는 그런 의미에서 신비주의자로 충분히 불릴만하며, 에크하르트나 루미 같은 사람들의 신관과 다르지 않다.

"아토스산에서 돌아온 나는 그리스도가 집도 없이 굶주려 방황하고, 위험에 처했으며, 이제는 그가 인간에게 구원을 받아야 할 차례라고 느꼈다."

거기에서부터 『예수 다시 십자가에 못 박히다』, 『그리스도 최후의 유혹』이 시작되었다는 것을 새삼 알겠다.

상하로 된 이 책 상권의 끝부분에서 나는 다시 한번 나의 오래된 사진을 보았다. 카잔차키스는 한 수사로부터 운세를 듣게 된다.

"다른 사람의 일에 끼어들지 말아요. 당신은 행동을 위해 태어나지 않았으니까 멀찌감치 물러나도록 해요. 당신은 싸우는 순간에도 적이 옳을지 모른다는 생각을 자꾸 하고, 그가 무슨 짓을 해도 당신은 용서할 테니까. 사람들과 싸울 수 없어요, 아시겠어요?"

내가 그런 사람이라는 것을 나는 청년 때 이 대목을 읽으면서 알았다. 누군가에 온 힘을 다 해 부딪히면서도 그가 옳을지도 모른다는 회의가 떠나지 않았다. 좀 더 이후에는 또 다른 사실, 사람들의 정의(저스티스)가 각기 다르다는 것도 발견했다. 그리고 모든 사람들 속에 들어 있는 나를 아주 쉽게 찾아내고, 인류가 가진 온갖 특질을 내 안에서 찾아내는 것도 전혀 어렵지 않게 되었다.

그 수사는 마지막으로 한 마디를 더 한다.

"당신은 늙으면 성직자가 되겠어요."

처음 사주라는 것을 본 것이 내 나이 서른일곱 살 때다. 보았다기보다 다른 사람이 봐주었는데, 불교학자인 조용헌 선생과 그의 스승이라는 분이 각자 내 사주를 보더니 함께 풀어 맞추어주었던 기억이 난다. 그들한테 공통적으로 들은 말이 내가 나중에 종교에 귀의한다는 말이었다. 그 뒤로도 간간 명리학을 하는 사람들로부터 일관되게 듣는 말이 그 말인데, 이젠 별 의미가 느껴지지 않는다. 사람이 나이를 먹으면 좀 인생 문제, 신의 문제를 궁구하고, 철학을 하게 되지 않겠는지…

나는 변하지 않았다. 카잔차키스를 좋아했던 청년의 나는 그대로 있다. 내가 그를 좋아했고 그가 나를 휘잡았던 이유가 다시 이해되는데, 조금도 생소하거나 어색하지 않을 뿐 아니라 먼 과거의 감정도 아니다. 그후로 많은 삶을 살면서 정말 많은 눈물을 흘렸고 고통도 많이 겪었지만, 그때의 내가 어리거나 턱없거나 몽상가였다는 생각은 조금도 들지 않는다. 나는 그대로다.

이탈리아의 에리에타 백작부인과 대화 중에 카잔차키스는 자신이 위기를 맞았다는 말을 한다. 무슨 위기냐고 백작부인이 묻는다.

"나에게는 두 가지 가능성밖에 없어서, 내가 행복감에 점점 길이 들어서 강렬함과 영광을 몽땅 상실하느냐, 아니면 그런 감정에 익숙해지지 않아서 전과 마찬가지로 항상 그것을 대단하게 생각하며 완전히 자아를 상실하느냐 하는 것이었죠. 난 언젠가 꿀에 빠져 죽는 벌을 보고 교훈을 언었습니다."

이거였다. 젊은 나의 실존은. 젊은 시절의 나는 늘 이렇게 위태로움을 느꼈다. 칼날 위를 걷는 느낌은 기실 40대 이후까지 이어졌기도 하다. 백작부인은 카잔차키스의 그 말에 한동안 명상에 잠겼다. 그녀는 마침내 입을 열었다.

"당신은 남자에요. 그런 것 말고 다른 생각도 하겠지요. 하지만 우리 여자들은…"

'여자들은?' 나는 살면서 '내가 여자여서'라는 생각을 거의 하지 않았다. 여자라는 특수 상황을 깨달은 적이 없다. 시의원 선거 운동을 하고 다닐 때도, "여자라서 좋아요"라는 소리만 들었다. 나는 처음부터 카잔차키스처럼 사고했고, 그와 같은 선택을 했다는 것을 이제 알겠다. 아니, 의지적인 선택이 아니라 그것밖에 느끼고 아는 것이 없는 사람이었던 거라고 이젠 돌아본다. 그래서 내 주변의 사람들은 내가 참 답답했을 거라는 것, 나를 참고 봐주느라 퍽 힘이 들었을 거라는 것도.

『영혼의 자서전』 상권을 끝까지 읽고 나니 여덟시가 넘었다. 깜깜한 밤바다를 옆으로 하고 숙소를 향해 걸었다. 나는 두려워해야 할 것이 뭔지를 모르는 사람이라는 것을 새삼 떠올리면서 어둑하기만 한 지름길로 접어들었다. 계곡 옆 좁은 숲길을 한참 걷다가 꺾어 들어간 골목 저편에서 개들이 짖는 소리가 들려왔다. 가로등 불빛 아래 개들이 서성거리면서 내 쪽을 향해 마구 짖는데, 순간 오싹하였다. 바로 이런 게 두려움이다.

우리들의 신비주의

1

희자 씨.[*]

늘 품어온 저의 마음, 그래서 습관이 되어버린 '사랑하는'을 붙이려다가 오늘은 다르게 '희자 씨'로 씁니다.

아침에 어떤 책을 읽다가 결국은 책상 앞에 앉았어요. 『독일인의 사랑』. 그 책의 힘이 저를 제가 할 일로 잡아 이끈 것이지요. 희자 씨 생각이 많이 솟았어요. 희자 씨의 신앙을 느끼고 믿고, 그러한 마음이 시종 솟아나는 것이 저에게는 신앙생활인지도 모릅니다.

'희자 씨가 이 구절을 읽으면 참 좋아하겠다. 정말 감동 받겠다. 이렇게

---

[*] 김희자 씨는 남편 조인근 선생과 내 오랜 친구로, 한상렬, 이강실 목사가 있는 고백교회 장로이기도 하다. 피아노를 잘 치고, 노래를 잘하고, 크로마하프 고수다.

날카로운 비판의식을 그들도 지니고 있네. 종교란 이런 것이고 신앙이란 이런 것인데. 희자 씨 마음에 가득한 믿음은 도대체 얼마큼이나 되는 것일까…', 그런 상념들이었어요.

종교에 대한 것만 있는 책은 아니에요. 낭만주의의 열기가 아직 남아있는 시대, 진지하게 살아가는 한 청년과 백작의 지위를 가진 아가씨의 만남이 꽃처럼 수놓아져 있습니다. 일생을 침대에서만 살다가 이승을 하직한 마리아라는 이름의 아가씨는 눈처럼 공기처럼 별처럼 순결합니다.

그들이 나누는 대화는 시이며 정신이고 영혼이에요. 세속적인 감각과 느낌은 책 어디 한 군데 찾을 수 없어 그책을 읽으면 다른 세계 속에 들어가 있는 것 같습니다.

두 사람의 마지막 만남의 날에 아가씨는 청년에게, "왜 나 같은 사람을 사랑하시나요?" 라고 물어요. 고상하고 전도양양한 청년이 병약한 자신을 사랑하는 것을 느끼는 것은 고통스럽기도 했기 때문이지요. 청년의 대답은 사랑은 모든 존재의 중심이라는 것을 일깨워줍니다.

"왜라니요? 마리아, 어린아이에게 왜 태어났는지 물어보십시오. 꽃에게 왜 피어있는지를 물어보십시오. 태양에게 왜 빛나는지를 물어보십시오. 나는 당신을 사랑하지 않을 수 없기 때문에 사랑하는 것입니다."

경건함과 사랑 속에서 자란 어린 소년은 집 옆 아름다운 성에 놀러 다니면서 보았던 소녀에게 매혹되었던 듯합니다. 도시의 대학생이 된 청년은 고향집에 돌아온 며칠 뒤 그녀로부터 옛 친구를 찾아와 달라는 전갈을 받습니다. 그 편지를 받기 전에 청년이 가졌던 상념은 이것이에요.(이 책은 회상의 책입니다.)

후작부인은 세상을 떠났고, 후작은 통치를 그만두고 이탈리아로 갔
으며, 나와 같이 놀던 제일 맏공자가 그 성의 주인이 되어 있는 것이
다. (…) 그러나 그 성 안에는 내가 거의 매일, 그 이름을 부르고 가슴
에 간직하고 있는 한 사람이 있었다. 나는 줄곧 오래전부터 그녀와는
이 세상에서 두 번 다시 만날 수 없을 것이라는 생각을 갖고 있었다.
(…) 내가 생각하는 무엇이든 나 자신도 모르는 사이에 그녀와 대화
하는 형태가 되었다. 무엇이든 내 안의 좋은 것, 내가 원하는 것, 내
가 믿는 모든 것, 보다 나은 자아는 모두가 그녀에게 속했고, 그녀에
게 돌아갔으며, 나의 수호천사인 그녀의 입에서 나온 것이었다.

청년이 아가씨의 방으로 안내되었을 때 거기에는 어렸을 적 그들의 놀
이방에 있던 것들에 더 해 새로운 물건들이 있었어요. 미로의 비너스 입
상과 그랜드 피아노 위의 베토벤과 헨델, 멘델스존의 초상화, 그리고 단
테와 세익스피어, 『독일신학』등, 다 청년의 서재에도 있는 것들이고, 최근
까지 그가 읽던 책이었습니다. 두 영혼이 아주 닮았다는 말이지요. 희자
씨는 이런 대목들에 가슴이 저릴 사람이니 자꾸 희자 씨 생각하면서 한
줄 한 줄 읽고 있네요.
제가 가지고 있는 이 책은 2002년, 어쩌다 빈손으로 미장원에 갔다가
읽을 거리가 있는가 하며 그곳 서랍을 뒤져 찾아낸 것입니다.손바닥만한

포켓북인데, 보조 미용사 아가씨가 자기 것이니 가져도 된다고 하여 가져온 이래 지금까지 제 핸드백이나 책상 귀퉁이에서 떠나지 않고 있어요. 영롱한 문장들이 이슬처럼 사라지곤 하여 읽고 또 읽곤 하지요. 책이라는 것은 나이에 따라 이해되고 느껴지는 것이 아주 다른 재미가 있습니다.

제가 이 책을 다시 잡은 것은, 어떤 책을 잘 읽고 싶어서였어요. 『마이스터 에크하르트』. 신비주의라고 하는 말이 조금씩 이해가 되는데 그중심에 에크하르트가 있는 듯해요. 제도 교회 밖에서 하나님을 직접 느끼고 영감을 받고 사람들에게 직접적인 감화를 주며 삶을 축복으로 채우는 신앙을 신비주의라고 하는 것 같습니다. 지성적이면서 실제적인 가르침으로 공감을 불러일으킨 종교인, 성자들을 '신비주의자'라고 말하는 것이 조금 의아하긴 했어요. '신비'라는 말은 '신기함', '모호함 속의 확신', '다른 차원', '초자연적인 현상' 그렇게만 인식되었던 터라 신비주의자라는 용어가 지금도 거리감이 있지만, 책에서 그렇게 부르니 저도 그렇게 부를 수밖에요. 그들이야말로 자신들이 깨달은 신의 본질대로 신앙의 삶을 살았을 따름인데 그것을 신비롭다고 하다니. 신비로운 일은 초현실적이고 비인과적이며 논리로 설명될 수 없는 일을 말하는 것 아닌가요? 우리가 살면서 한두 번 겪는 일도 아니고요.

제가 최근 불교 서적들만 읽지 않는가요. 엄마와의 인연이 아니면 저는 불교도가 되었을 것이라는 생각도 들거니와, 그렇지 않다하더라도 이 세상에서는 불교로 귀의하는 것이 제일 평안한 일이라고 느껴질 정도로 제가 책으로만 알게 되는 불교는 참 좋습니다. 절이나 스님들을 모르고 하는 말일까요? 제가 교회나 목사를 모르고 신학서적을 읽었으면 아주아주 영적으로 기독교를 이해했을지도 모를 것처럼요. 성경구절만으로 세상을 보았던 그런 때도 있었고요. 허나, 지금 제가 무엇을 탓하고 어디에 핑계를 대겠어요.

불교 책을 잘 읽고 나면 그때마다 기독교는 어떠했던가를 확인하고 싶어 꺼내 읽곤 하는 『의식혁명』에도 기독교 신의 사랑과 명상이 가득하지요. 불교 책들이 좋아질수록 계속 떠오르는 사람이 '기독교 신비주의 신학자'로 알려진 마이스터 에크하르트였어요. 최근 불교 책 한권을 읽으면서 에크하르트를 읽고 싶은 마음이 더욱 강렬해졌습니다. 제가 금방 손에서 놓은 책은 남회근 선사가 삶과 죽음에 관해 쓴 『생과 사』입니다.

그러면서 전채 요리를 맛보듯 먼저 읽은 것이 『독일인의 사랑』입니다. 오래전, 이신구 교수님께서 『독일인의 사랑』에 나오는 『독일신학』의 저자가 에크하르트일 것이라고 말씀하신 것이 잊히지 않아서요. 책에도 『독일신학』의 저자는 알려지지 않은 것으로 나왔네요.

선천적인 병으로 하루하루 죽음으로 다가가는 마리아라는 아가씨는 영적이고 정신적인 아름다움을 지닌 채 진실한 본질의 믿음, 신을 갈구합니다. 기독교의 진실성과 신실성을 의심하지는 않지만, 남으로부터 주어진 믿음 같은 것, 아무런 이해도 없이 어릴 때 배우고 받아들인 것을 진정한 자기 것이라고는 생각하지 않기 때문입니다. 그러한 마리아는 『독일신학』을 참 고마운 책이라고 말해요.

이분의 가르침은 내게 외면적 강제력을 갖고 있지 않아요. 그렇지만 이 가르침은 나의 마음을 엄청난 힘으로 사로잡아 나는 비로소 신의 계시란 무엇인가라는 깨달음을 얻은 것 같아요. 신학자들이 아직껏 모든 종교를 우리에게서 모조리 빼앗아가지 않은 것은 이상한 일이지요. 만약에 경건한 신앙인들이 그들에게 '이제 그 정도로 그만하시오'라고 하지 않았더라면, 그들은 모든 종교를 앗아갔을 것입니다. 모든 교회는 그 일꾼을 가질 필요가 있긴 하지만 이 세상의 어떠한 종교도 목사나 바라문, 샤먼, 불교승, 라마승, 바리새인의 무리나 율법학자들에 의해 부패하고 멸망당하지 않은 것은 하나도 없어요. (⋯)

내가 나의 신앙을 진실로 믿을 수 있게 된 것은 『독일신학』의 덕택이며, 더구나 많은 사람들로부터 결점처럼 생각되고 있는 바로 그점이 오히려 나의 확신을 강하게 해준답니다. 왜냐하면 그건 그책의 저자는 자기의 의견을 전혀 엄밀하게 논증하려 하지 않고, 이를테면 자기가 뿌리는 씨앗 가운데 몇 개는 좋은 땅에 떨어져서 천 배의 씨앗을 맺을 것을 이야기하면서 씨를 뿌리는 사람처럼 다만 자기의 의견을 뿌려둔다는 태도로 글을 썼기 때문이지요. 우리의 신학 스승이 자기의 의견을 굳이 증명하려고 시도하지 않은 것은 그가 지닌 인식이 그만큼 충분했기 때문입니다. 논증이라는 형식을 묵살할 만큼.

마리아의 마지막 말, "논증을 묵살할 만큼"이라는 말에서 저는 그 신학자는 에크하르트인 것이 분명하다고 생각하게 되었어요. 13~14세기, 독일의 신학과 종교계의 뛰어난 학자이자 지도자인 에크하르트가 무언가 관점을 의심받기에 이르면서 대주교는 학식 있는 수도사들에게 에크하르트의 이단 심사를 위임합니다. 그들은 가공할 오류 목록을 만들어 내고, 에크하르트는 변론을 써서 로마교황청에 항소하는데, 그중 한 마디가 다음과 같습니다.

제가 오류를 범할 수는 있으나 저는 이교도가 아닙니다. 왜냐하면 전자는 정신과 관계가 있고, 후자는 의지와 관계된 것이기 때문입니다.

저는 이 말에서 그가 논증이 가능한 의지에 의해 움직이는 사람이 아니라 영성에 의해 움직이는 사람이라는 느낌을 강렬하게 받았어요. 에크하르트의 그말은 어떻게 제정신을 가진 사람으로 신의 자녀가 되지 않을 수 있느냐는 말이지요, 그렇지요?

저는 정말로 가슴이 터질 듯한 구절을 마리아의 그 말 이후 몇 장 뒤에 발견했어요.

"어떤 인간과 모든 피조물이 깊고 그윽한 신의 생각과 신의 뜻을 알려고 하는 것은, 바로 아담의 행적과 악마의 행적을 갈망하는 것과 같다는 (…)"

희자 씨, 벌써 9년이 되어가는 해, 4월, 제가 날마다 제주도의 바닷가 구럼비 바위 위와 해안가 도로, 중문 길을 눈물로 헤매 돌아다니다가 숙소에 돌아오면 희자 씨께 편지를 썼지요. 그때 저는 니체야 융이야 노자를 읊으면서 저의 바닥, 그림자를 알고 싶다고 참 몸부림쳤네요. "내 자아의 끝을 보는 것 같은 순간마다 '신은 없다'라고 고개를 확 털어버리든가, 마치 내가 신과 닿아 있는 것 같은 너무도 감당하기 힘든 의식을 경험한다." 그런 말들이 그 당시 저의 일기 여기저기에 나옵니다. 너무도 두렵고 감당하기 어려운 고통의 나날들이었지요. 그때 희자 씨가 답장을 했어요.

"나는 융의 말도 니체 말도 잘 모르겠지만, 재천 씨는 어둡고 흐릿한 그림자를 의식속의 양지로 끌어내어 비추고 습기진 데는 쪼이며 있는 그대로 활개 치며 살고 싶다고 했지요. 그렇게 잘 살고 있어요. 알고 있는 것과 양심의 소리에 귀 기울이면서 일치시키려고, 아니 자신의 어둡고 밝음의 자리까지 놓치지 않기 위해 지금도 아파하잖아요. 더 이상 욕심 부리면 하와처럼 하나님 자리 욕심내는 것 아닐까요"

희자 씨의 영혼은 알고 있었던 게지요. 마리아와 같은 것을요. 마리아의 말은 계속됩니다.

"그러므로 우리는 자기가 신령의 반영이라고 생각하고, 또 그렇게 보이는 것으로 만족해야 합니다. 진실로 그렇게 될 때까지 우리를 두루 비추시는 신령의 빛을 누구나 발 아래 놓거나 꺼버려서는 안됩니다. 그것이 주위의 모든 것을 비추고, 또 덥혀주도록 충분히 불타오르게 해야 합니다."

『독일인의 사랑』속의 신에 대한 이야기를 다 옮기지는 말아야지요. 저는 어느덧 『마이스터 에크하르트』로 넘어가 그의 정신을 따라 걷고 있네요. 거기에서 저를 또 한번 놀래키는 말을 만났어요. "하나님과의 '혈연관계'"라는…

희자 씨는 다음 날 보낸 편지에 그렇게 쓰셨지요.

"아버지 자식 아니라고 외친다고 남의 자식 되나요. 하나님의 자식이 어찌 남의 자식 될 수 있나요?"

그 편지 처음에, 저의 메일을 읽으면서 말할 수 없는 탄식으로 성령이 우리(나)를 위해 기도한다는 말이 떠올랐다고 하셨어요.

그뒤, 아버지 자식 아니라고 외친다고 남의 자식 되느냐는 말을 저는 저 자신에게 퍽 했습니다. 저를 위로하기 위해, 저를 그분 안의 존재로 못 박기 위해서요. 그 말처럼 하느님과 저의 관계를 확실하게 믿게 해주는 말은 없었어요. 에크하르트는 하느님을 '나의 아버지'라고 부른 예수 이래 하느님과 인간의 본질적 일치를 진지하게 관념적으로 추론한 최초의 사람이라고 합니다.

150년 전, 막스 뮐러가 자신의 사상과 기독교관을 총 결집하여 쓴 『독일인의 사랑』, 저는 이 책을 십수 년 간 손닿는 데에 두고서 수시로 펼쳐 읽곤 하였지만, 지금 그 어느 때와는 다른 울림을 저에게 줍니다. 두 남녀가 신에 대하여, 종교에 대하여 나직하지만 열정적으로 나누는 대화에서 저는 곧바로 희자 씨의 신앙적인 삶과 정신이 느껴진 것이지요.

인자한 듯 강한 듯 하늘 아래 우뚝 선 모악산이 거실 안까지 환하게 채우고, 슈베르트 가곡을 부르는 바바라 보니의 투명한 음성에 고요함이 더욱 깊어지는데 저는 막스 뮐러의 『독일인의 사랑』을 덮으면서 눈에서 떨어지는 눈물을 세고 앉아 있습니다. 다 지나가고 스러질 시간과 기억입니다.

저는 생명을 받은 순간부터 지금까지 달라진 게 없는 사람으로 그때도 인생은 아름다웠고, 언제나 아름다웠고, 지금 또한 아름답기만 합니다.

그러한 저의 인생에 희자 씨와 조인근 선생님이 계셨지요. 이승의 길에서 가장 큰 위로와 힘이 되어 주었던 두 사람, 신이 주신 선물이었는데, 닳지도 사라지지도 않은 채 한결같이 제 옆에 계셔주시는군요.

2

희자 씨,

임철완 교수님과 친구들이 우리 집에서 모였던 날, 임 교수님께서 우리들에게 이야기 하나를 해주셨어요.

"재천 씨가 금방 말 한 좋아하는 기독교인 가운데 희자 씨 말이에요. 오늘 먼저 왔다 갔다면서요. 재천 씨가 전혀 모르는 희자 씨 이야기가 하나 있어요. 그 이야기를 지금부터 해드릴게요."

그 직전 제가 '오버' 해버리고 만 일이 하나 있었는데, 기독교를 비난하는 버릇이 또 터진 것이었어요. 제가 그렇게 한 것은 임 교수님의 신앙과 유머에 '삘' 받아서였긴 하지만, 저의 그런 점이 습관이 되는 것은 심하게 경계해야 할 일이라고 매번 반성은 합니다. 웃기지도 않고 시니컬하기만 한 기독교 흉을 본 끝에, 저는 제가 좋아하는 세 사람의 기독교인을 고백교회 기념문집에 낼 글로 썼다가 지우고 다른 이야기를 썼다는 말을 했어요. 그때 임 교수님께서 희자 씨 이야기를 좌중에 해주셨던 것입니다.

임 교수님은 의대 재학 중에 정신질환을 앓아 지금은 폐지를 모으면서 혼자 살아가는 한 사람이 있다는 말로 이야기를 시작하였습니다. 교수님께서는 분명 그 제자를 돌보고 계시는 듯합니다. 증상으로 보아 차에 태워 움직이기에는 조금 위험한 그 사람을 연초 어느 날 교수님은 금강 하구둑으로 데리고 갔습니다. 하고 싶은 게 있느냐는 교수님의 물음에 그 사람은, "철새를 보고 싶다"고 했다고 해요.

그 사람이 하구둑에서 하늘을 보고 있는 것을 찍은 사진을 희자 씨에게 보내주었더니, 희자 씨가, ("정말 바쁜 사람. 1년에 두 번 만나기도 어려운 희자 씨가") 밥을 대접해드리고 싶다고 카카오톡을 보냈다지요. 임 교수님은 "아, 좋아요!"라고 응했는데, 희자 씨가 덧붙인 "친구를 모시고 나오라"는 말에 교수님은 누굴 말하는지 잠시 생각을 해야만 했답니다.

식사 장소가 중인리 골짜기 끝에 있는 갈비집이었다는 말씀도 재미있게 들었습니다. 골짜기도 아니고 물론 끝도 아닌 지점인 것을 아는 사람은 알 터지만, 전주의 그 반대 끝에서 오신 임 교수님께는 그렇겠다 싶었어요. 헤어지면서 희자 씨가 선물 하나를 내밀어, 교수님은 당연히 그게 내 것인 줄 알았는데 그 제자에게 주더라고. 임 교수님의 구수하고 흥미진진한 이야기에 우리들은 한바탕 웃곤 하였습니다. 그때도 우리들은 "헛물 키셨다"면서 박수를 쳤네요.

희자 씨는 사람의 어디를 보는 사람인지. 저는 생각이 더욱 깊어졌습니다. 희자 씨는 저의 무엇을 보고 저를 예뻐하고 좋아하고 믿어주는 것인지… 그런 상념들이요.

앞에, 청년이 마리아의 방에서 본 것들 가운데 제가 뺀 것이 있습니다. 「타울러의 설교집」까지는 말하지 않아도 되지 하면서요. 그 타울러라는 이름을 에크하르트 책에서 만났는데, 타울러는 에크하르트의 유작들, 사상을 비밀리에 보존하고 신비주의 모임을 번창시킨 사람으로 한 줄 소개되어 있어요.

우리는 믿음이라는 말보다 깨달음이라는 말을 더 좋아하지요. 에크하르트가 이단으로 고발당한 구체적 이유는 "무지하고 훈련받지 못한 사람들을 위험스런 가르침으로 선동"한다는 것이었어요. 이에 에크하르트 아주 허탈한 표정으로 대답합니다.

"나는 무지한 사람들이 깨달은 사람으로 변하리라는 희망을 갖고 무지한 사람들을 가르치는 것입니다."

무지하고 고통에 찬 사람들에 대한 연민으로 설교하고 글을 쓰는 에크하르트는, 하나님은 인간이 무슨 일을 해야만 구원받는다고 하시지 않았다고 말했습니다.

> 그러므로 우리는 하나님의 현존으로 충만해야 하며, 우리 안에 계신
> 사랑의 하나님을 잘 인지해야 합니다. 그러면 우리가 애쓰지 않더라
> 도 하나님의 현존은 찬란하게 빛날 것입니다.

우리들이 우리들 자신을 좋다고도 괜찮다고도 하지 않고, 우리들의 의식이 특별하다고 생각하지 않는 것처럼, 마이스터 에크하르트도 자신에 대해 그러는 사람일 것이라고 저는 생각합니다. 그의 하느님관은 평이하고 자연스럽고 곧바로 '그것'이어서 조금도 난해하거나 심오하다는 생각

이 들지 않아요. 다만 신을 이미지로 만들어 그것조차도 관리해버리는 종교지도자들 덕분에 걸출한 신비주의자가 되어버린 것 같습니다. 또한 그들은 그의 이름을 매장하고 사상을 절단 내 그를 알게 되는 과정도 쉽지는 않았네요. 결국은 다 통하는 말들이었는데요. 제가 700년 전 사람 하나 다시 만난 것은 신비, 신비는 자연스럽고 지당하고 필연입니다.

희자 씨, 하루가 다 지나갔네요.

마이스터 에크하르트의 뒷이야기를 해드리자면, 그는 로마 교황으로부터 이단 통보를 받습니다. 그가 그렇게 된 것은 결국 지금의 정치판과 같은 종교계의 정적들에 의해서인데 도미니크회인 그의 탁월성과 신자들에 대한 영향력을 프란치스코회의 우두머리들이 골치 아파했다는 것이지요. 그는 파문당한 시기에 죽은 것 같아요.

이젠, 어이없기 그지없는 지도자들의 협잡들에 별로 고통을 느끼지 않는 저입니다. 우리 인간세상은 얼마나 하찮은 것인가를 이해하기 때문일 것입니다. 그럴듯한 말과 구실로 사람을 모함하여 내쫓고, 전쟁을 일으켜 수만의 인명을 살상하고, 또 억울한 죽음을 당하는 그런 일들은 우주와 신의 시간으로 보면 풀이 마르는 것 같고 꽃이 떨어지는 일과 같음을 알겠어요.

이웃의 사랑

 사모님, 안녕하세요?[*]

제가 여기로 들어온 지 햇수로 4년이 되어 갑니다. 그 시간 동안 나날이 평화롭고 감사가 넘치는 마음이었네요. 집에 있으면 열린 하늘이 집 안 가득 빛을 내려주고, 든든하게 지켜주는 모악산의 자태에 마음이 잔잔하기도 하고, 혹은 홀로 들뜨기까지 하였습니다. 집이라는 것이, 자연환경이라는 것이 이렇게 사람의 정신과 마음을 평화롭게 만들 수 있는 것이구나 하는 것을 나날이 체험하면서 살 수 있으니 참으로 크나큰 복이라고 아니할 수 없습니다.

자연스럽고 지당한 듯한 행복과 평안 속에는 사모님과 장로님, 그리고 우리 동 이웃들의 존재가 있습니다. 몇 번 택시를 타고 들어오게 되었을

[*] 우리 위층에 사는 최인숙 여사님. 교직을 퇴임한 남편 한대희 장로님은 테니스 마니아로 대통령 상도 받았다.

때, 택시 기사님들이 이 아파트 주민들은 뭔가 다르다, 참 점잖고 친절하다, 산 아래 좋은 데서 살아서 그런가 보다라는 말씀을 하셨는데 제가 아주 긍정합니다. 산과 자연의 큰 덕에 제 마음결 하나가 잡혀지고 펴지고 그러던 것이라 그 말을 믿지 않을 수 없었어요. 어디에서나 다 같은 행태, 비슷한 심상의 인간의 삶이지만 학산 아래, 하늘이 더 많이 보이는 곳에 사는 사람들은 조금은 다른가 봅니다.

제가 이사 들어와 저 하고 싶은 대로 다 하고 살면서 사모님의 배려와 이해를 참 많이 받았습니다. 그런 믿음만으로도 평화예요. 우리 라인은 특별히 친절하다라고 우리 아이들도 하나하나 사례를 많이 드는데-꼬맹이들까지 어떻게 엘리베이터 문을 잡고 기다려주는가, 주민들이 서로 어떻게 인사를 하는가 등-, 그중 가장 크신 분들이 사모님과 장로님이셨더군요. 두 분의 큰 나눔이 보통처럼 살려고 하는 이웃들의 마음을 녹이고, 그게 기본이 되어 우리 라인이 거슬림이 없이 통행한다는 것을 알겠습니다. 다른 현관에 없는 가을의 국화와 크리스마스의 트리가 이젠 예사롭게 보이지 않습니다.

사모님, 지난 몇 년, 저와 사모님은 숨바꼭질 하듯 물건을 나누었습니다. 제가 사모님 댁에 뭘 드려야겠다라고 마음먹고서도 실행하지 못한 채로 하루만 지나도 그 사이 사모님께서 뭔가를 걸어놓고 가셨던 것이지요. 그러면 제가 발등을 찍듯이 후회합니다. '아휴, 바로 좀 갖다 놓을 걸…' 하고 말입니다. 그러다 보니 사모님께서도 분명 그러셨을 것이라는 생각이 들더군요.

사모님에 대한 제 마음은 더 이상 말하지 않겠습니다. 사랑의 마음 이 상으로 느끼는 것이 없으니까요. 무엇보다 사모님은 부끄러워하시면서 밤에 또 기도를 하셔야 할지도 모르고요. 내가 뭘 잘 보였나 하는 반성 기 도, 더 잘 살아야 할 거라는 다짐 기도… 여리고 선한 사모님의 뜻과 삶과 마음이 저에게 그대로 전해져 왔습니다. (제가 사람 귀에 듣기 좋은 말을 하는 사람 은 아닌 것 같다고 사모님께서 조금이라도 여기신다면 이러한 저의 느낌과 인식을 믿으셔야 해 요.) 사모님의 모습이 자꾸 저에게 떠오르는데 그건 참 좋은 일이지요. 그 것은 당연히 사랑이니까요.

이젠 사모님께서도 알게 되셨다시피 저는 책 읽고 글쓰면서 소일하는 사람입니다. 그게 제 인생의 주제이면서 과업이 되었더라고요, 지나 놓고 보니. 책을 읽으면서 저를 돌아보고, 글을 쓰면서 저를 이해하고요. 그리 고 저를 둘러싼 세상, 사람들요. 기독교인들이 불현듯 성경을 펼치면 생 각지도 못했던 구절을 만나 지혜를 얻고 위로를 받고 기운을 얻듯 저도 책과 더불어 좀 그러는 편입니다. 신앙인들이 말씀과 더불어 사는 것처럼 저 또한 글과 오랜 세월 친구로 살아왔습니다.

명절날, 사모님께서 선물을 가지고 저희 집에 들르셨을 때 저는 어떤 책을 읽으면서 제 사랑하는 친구에게 보낼 편지를 쓰고 있었습니다. 제가 사모님께 드린 『마이스터 에크하르트』요. 저는 그때 그책의 서문을 읽는 중이었고, 편지를 다 쓰고서야 에크하르트의 설교를 읽기 시작했어요. 그 처음부터 그날 사모님과 나눈 대화, 사모님의 말씀이 계속 떠올랐어요.

우리는 우리가 행하는 모든 것들 속에서 하나님과 동행하는 법을 배
워야 한다.

사모님은 온 마음으로 그렇게 가고 계세요. 사모님의 영혼이 하나님 생
각으로 가득 차 있지요. 이미, 분리할 수 없이, 징표처럼. 그러니 무슨 걱
정이 있나요. 하느님과 나의 관계를 믿기만 하면 되는데요.

'그렇지 않다, 나는 내 맘대로 하며 하느님의 뜻대로 살지 않는다.'

그렇게 말씀하고 싶으시지요? 그런 부정이 무슨 득이 되고 덕이 되며
하느님께 통할까요?

마땅히 하나님은 나를 위한 뜻을 가지실 게 분명하다. 하나님이 그런
나를 소홀히 여기신다면 그 것은 결국 자신을 소홀히 여기시는 것이다.

하느님을 믿는 것은 곧 자신을 믿는 것이라는 말로 들립니다. 왜냐면
우리의 영혼은 하느님이기 때문이지요.

하나님이 영혼의 핵 속에 숨어 계시듯

저는 이 말에 얼마나 감동했는지 몰라요. 하느님이 곧 우리 영혼이라는
것을 700년 전에 마이스터 에크하르트가 말했어요.

내 인생의 책들 - 그 곳으로부터 30센티

영혼은 주님의 몸에 의해 하나님과 더욱 가까워질 것이기 때문에
(…) 영혼과 자신들과의 차이점을 아무것도 발견하지 못할 것이다.
왜냐하면 하나님을 만나는 곳에서 그들은 영혼을 만나게 되며, 영혼
을 만나는 것에서는 하나님을 만나게 되기 때문이다.

(…)는 스랍들, 천사들 말인데 제가 그 부분을 뺐습니다. 인간이든 천사
든 영혼은 다 그러합니다. 우리의 영혼을 의식할 때, 그 영혼에 악한 것이
하나라도 있는가요? 인간의 육신과 마음과 성품이 그렇게 모자랄 뿐, 우
리의 영혼은 하느님을 만나게 되어 있다는 것 아닌가요?

종교의 시대, 마이스터 에크하르트는 하나님 생각에 집중하다가 '하나
님의 현존'을 받아들입니다. 현존이 없이 우리들의 신이 될 수 없으니까
요. 하느님의 현존은 당연히 우리 인간들 사이에서 찾아야 하지요.

그러므로 사람은 하나님의 현존에 충만해야 하며 자신 안에 계신 사
랑의 하나님의 형상으로 빚어져야 한다. 애쓰지 않고서도 하나님의
현존을 밝히 드러낼 수 있도록!

사모님, 에크하르트를 인용하는 것은 여기에서 그치겠습니다.

이 책이 한편, 더욱 고달프고 무서운 책이 될 지도 모른다는 생각이 문
득 듭니다. "힘 있는 기도와 고귀한 행위", "자신을 부정하라", "초탈해라",
"늘 깨어 있으라"… 마이스터 에크하르트는 그런 말을 하니까요. 그런데

저는 그 말들이 사람을 쥐어짜는 말로 들리지 않네요. 아니, 에크하르트가 어떤 규범으로 말을 하고 강조했든, 인간의 몸으로 이 세상을 사는 우리들은 삶의 진실을 끝까지 파헤쳐서 행복을 찾아야 한다고 생각합니다. 자신이 처한 진실. 자신이 어떤 사람인가 하는 진실. 그 커다란 바탕은 나는 하느님의 자녀라는 것일 것입니다.

예수님 이래 하느님을 "아버지"라고 부른 사람이 에크하르트였다는데 (혈육관계로요), 에크하르트가 느끼는 하느님이 맞을 것입니다. 엄밀한 부모, 사랑과 위엄의 존재, 부모의 원형. 불쌍하고 나약한 존재인 인간들은 그렇게 큰 사랑, 어버이가 필요하지요. 끝까지 휘어지고 용서해주고 봐주고 대주는 어떤 존재가 있어야 인간은 숨을 쉬고 마음을 놓고 행복해질 수 있으니까요. 그리고 그 사랑을 믿고 믿어야 자기 자신과 이웃을 사랑할 수 있게 되니까요.

이 책은 두께만 되게 크지, 내용은 하나하나 강론과 담화로 되어 있어 마이스터 에크하르트의 말을 직접 읽을 수 있는 장점이 큽니다. 그 자신의 기록이 하나도 남아 있지 않은 터에 에크하르트라는 신학자가 갈수록 연구되다 보니 온갖 책들이 많은데 다 학문적인 책들이고요. 학자들의 말들, 신학적 관점과 이론들이 나열되면서 에크하르트를 비교하고 분석하는 말들입니다. 배운 사람들이 하는 일은 그런 거네요. 그게 배운 티지만 밥 벌어먹고 사는 일처럼 자기들에게나 좋은 일이고 보통 사람들에게는 소 풀 뜯어먹는 소리들이지요. (그러나 저도 그렇게 헛소리하는 글을 많이 쓴답니다. 제가 생각해도 좀 병통이다 싶어요. 쓸 때는 어렵게 잘 썼다 싶지만, 나중에 읽으면 이게 무슨 소리

다녀 싶지요.)

    사모님, 사모님이 다녀가신 직후 그책을 주문해 챙겨 놓고 바로 드리지 않았습니다. 편지와 함께 드리고 싶었지만 그것도 뜻대로 되지 않아 책을 먼저 드리고 말았어요. 늦게나마 책 소개를 해드리는데, 제 마음이 이렇게 흐르니 이렇게 하고 있네요. 이게 다 사모님의 사랑의 힘이라고 저는 믿어요. 그렇지 않으면 이런 일이 어디서 생길 수 있겠어요. 그책을 읽지 않으시더라도 저의 사랑으로 간직하고 계셔요. 사모님께서 저를 그리 예뻐하시고 나눠주시는 것만으로도 제가 아랫집에서 아주 평안합니다.

    사모님께서 사랑하고 나누고 아파하면서 살아오신 그 삶과 시간, '하느님 보시기에' 아주 좋았을 것입니다. 사실은 아무것도 바라지 않는 하느님이시지요. 다만 인간들의 정성이, 에크하르트 같은 신학자, 종교인들이 하느님을 잘 모시고 경배하고 싶어서 그런 경외스러운 생각들을 하고 있는 거지요. 우린 어디서든 어떻게든 잘 살고 있는데요, 하느님의 은혜로 말이지요. 그렇지요?

    사모님, 내내 평안하시길 기도드려요.

아랫집 사는 이재천 올림.

『금강경』을 읽다!

김양자 선생님께.[*]

주신 『금강경강의』 읽기가 끝부분을 향해 기운차게 가고 있습니다. 그동안 읽으면서 내내 선생님에 대한 크나큰 감사의 마음이 끊이질 않고 있습니다. 선생님의 복덕은 저로 인해 지극히 높아진 것이라는 찬사가 제 안에서 샘솟곤 하였지요. 이 경전을 수지하여 사구게 한 구절이라도 다른 사람을 위해 전해주는 그 일이 얼마나 큰일인지 하는 부처님의 말씀이 선생님과 저 사이에 이루어졌어요.[**]

제가 몸은 가만지신暇滿之身의 상태지만 정신은 공허하여 의지로써 저를

---

[*] 교육학자. 남편 연구실에서 처음 만난 이후 경험과 생각을 나누는 이십년지기 벗이 되었다.

[**] "須菩提! 若三千大千世界中, 所有諸須彌山王, 如是等七寶聚, 有人 持用布施, 若人 以此般若波羅蜜經, 乃至四句偈等, 受持讀誦, 爲他人說, 於前福德, 百分不及一, 百千萬億分, 乃至算數譬喩, 所不能及." "수보리여! 만약 어떤 사람이 삼천대천세계의 모든 수미산만큼 칠보를 쌓아놓고 보시하더라도, 만약 어떤 사람이 이 반야바라밀경 내지 사구게를 수지 독송하여 다른 사람에게 말해준다면, 앞의 복덕은 이 복덕의 백분의 일, 백천만억 분의 일 내지는 산술적 비유로는 미치지 못할 것이다."

내 인생의 책들 – 그 곳으로부터 30센터

세우거나, 길을 찾느라 지친 끝에 제 심신의 복으로써 살아보려고 용을 쓰는 시간에 저에게 이 귀한 책을 주셨습니다. 그 사이사이 저의 우문에 현답으로 안내를 해주셨고, 저는 반짝반짝 길을 트곤 했네요. 큰 감사를 드립니다.

그제, 선생님과 만난 그 시간 내내 마음의 이야기를 다 털어놓은 끝에 이 책에 관한 비망록을 써 보내드릴 일은 없어졌습니다. 기실, 저의 생각 이나 이야기들이 무슨 힘이나 의미가 있는 것이 아니기에 갈수록 글쓰는 시간이 줄기는 합니다. 그것이 저를 편하게도, 또 힘들게도 하는 사실에, 역시 저는 글을 써야만 되는 사람이려니 하고 요즘은 의지를 내보는 중입 니다. 글에 대한 욕망은 시간이 가고 온갖 생각 속에서도 스러지지가 않 네요. 글이 저를 평안하게 하고 행복하게 하니, 아무래도 조금이라도 써 야겠지요?

제가 글 솜씨가 별로 없다는 사실을 제대로 깨닫고 받아들일 일이 최근 에 있었습니다. 어느 분이 보내주신 그분의 책을 읽으면서였지요. 그분의 글쓰기나 관심사들은 동시대 사람으로 저와 접히는 부분들이 조금 있어 서, 감히 그분의 경륜과 지식, 의식과 뜻에는 댈 수가 없지만 글이라는 것 만을 놓고서는 자꾸 제가 돌아봐지는데, (한국)사람 글을 읽으면서, '이렇게 잘 쓸 수가…' 하고 놀라며 부러운 심정이 되어보기는 처음이었습니다.

아는 사람의 글이라는 점에서 감상이 교차하여 책 읽기가 조금 더디었 지만, 한 줄 한 줄을 퍽이나 즐기면서 읽었습니다. 그분의 사상과 정감을 기분 좋게 받아들이면서 두꺼운 책을 종횡무진, 아래로 읽고 위로 읽고,

뒤로 갔다가 앞으로 되돌아가 읽기를 거듭하며 글 한 편이 끝나는 것이 아쉬울 정도가 되었습니다. 왜 아쉽냐, 시대 만평의 칼럼과 에세이인데도 시 같고 소설 같기 때문이었지요. 시 같으니까 무딘 제가 그 서정을 따라 잡지 못하여 멍 하니 마지막 빈 줄만 바라보며 앉아있고, 소설 같으니까 중단된 서사를 제 상상력이 펼쳐내지 못해 미련이 일고요.

그렇게 읽어가는 사이, 제 자신이 아주 '턱!' 하며 내려놓아지는 것이 있었습니다. '이젠 글 같은 것 그만 쓰자'. 생각이 아니라 마음이 내려놓아지니 참 편안하였습니다. 의식적, 이성적인 판단도 있었을 거지만 마음이 알아서 저절로 그렇게 되었다는 말이지요. 기분까지 좋아졌습니다. 재주가 정말 없는 사람이 뭘 그리 끙끙 대냐… 글 쓰는 부담조차 없어지는군요.

『금강경강의』에서 이런 말을 읽었습니다.

"많은 사람들이 자신이 불학에 대해 웬만큼 소양을 갖췄다고 생각하면 곧 글을 쓰기 시작합니다."

바로 저 같은 사람입니다. 한 가닥 느낌, 일천한 자각만으로 글을 못 써대 안달을 냅니다. 제가 글 쓰는 마지막 의지^{意志}는 제 마음의 사랑이 그렇게 만든다라는 믿음이었는데, 이젠 사랑 같은 구실 대지 말고 잠잠히 잘 지내기만 하면 좋겠다는 생각이 큽니다.

『금강경강의』의 내용이 얼마나 정갈하고 부드러운지 소설보다 더 재미있게 읽혀서 정신도 맑기만 합니다. 크리슈나무르티나 오쇼, 융의 책들이 떠오르기도 합니다. 제가 느끼고 선택하고 행동하고 사는 것이 그들의 정신적인 지적과 거의 맞아 들어간다고 느껴 평안하고 만족스럽기도 한데,

『금강경강의』을 읽으면서도 그런 느낌이 많이 옵니다. 저의 정신적, 지적 수준과 상식은 천리 밖처럼 멀지만 적어도 의식과 마음은 그것을 이해하거든요.

또한 말씀 속의 모든 경계들이 제 안에 낱낱이 있는 것을 알지만 저는 그래도 본질을 보면서 가고 있다는 믿음을 지니고 있습니다. 저의 영혼이 어찌 '경계'나 율법 같은 것으로 만족하겠어요. 저는 저의 의식과 동떨어진 곳에는 가지도 않을뿐더러 선택하지도 않지요. 남이 좋다고 하는 것들, 세상을 들썩이는 것들이 저에게는 거의 울림을 주지 못합니다. 그럼에도 현실에 아주 맹하지는 않은 채 조용히 살아내고 있는 저의 하루하루가 참 좋다고 할 밖에요. 이것은 지금의 제가 선택할 수 있는 최선이니까요. '이렇게 끝까지 가자' 하는 각오도 잘 있고요.

어제는 조금 색다른 마음을 가졌습니다. 이는 어쩌면 늘 마음 한 편을 맴도는 의구심, 허전함의 다른 얼굴이기도 할 것입니다. '내가 바랄 것이 정말 뭔가, 나는 얼마나 그것을 위해 진력하는가.' 저는 저의 자각, 의식, 봄觀으로써만 만족한다고 했는데 그것으로는 아주 부족하다는 생각이 들었습니다.

"큰 지혜를 얻어 피안에 도달하는 것" 마하반야바라밀다訶般若波羅蜜多, 이것이 금강경의 요점이라고 어제 읽었어요. 바로 이것이 있어야지요. 큰 지혜. 하루하루 흔들흔들, 인 듯 아닌듯한 저를 보고 사는 것도 물리고 멀미가 날 지경입니다. 그러니 지혜를 얻어 가져야 되는 것입니다.

"일체의 좋은 사람들이 명심견성明心見性하여 자기 생명의 본래 모습을 알고자 하고 또 무상의 대도大道가 발한 이 마음을 찾고자 (…)"

정말 그것이 무엇일까요. "아주 큰 어려움이 가로막고 있다"고 하는 그거요.

"어떤 방법으로 이 마음을 머물게 하는가 하는 것입니다. 번뇌와 망상으로 어지러운 이 마음을 어떤 방법으로 항복시킬 것인가 하는 것은 아주 어려운 문제입니다."

저는 그동안 나날이 꼼짝 아니하고(밖으로 나돌지 아니하고) 사는 것만을 놓고, 아주 애쓰며 잘 산다고 생각했습니다. 그 속에서도 저의 공허함, 쓰라림이 그칠 줄을 몰랐던 것은 그것이 전부가 아니기 때문입니다. 이 공허함은 사회적인, 세속적이거나 인간적인 그런 것과는 다릅니다. 저에게 그런 욕망, 아쉬움은 진즉 없어졌어요. 나는 누구일까, 시간은 뭘까, 어떻게 더 황홀한 무엇으로 들어가나, 그런 아득한 마음의 공허함입니다.

남의 담장에 페인트칠하면서 시간을 보내기도 싫고 밭에 나가 작물을 기르면서 날을 보내기도 싫습니다. 얼마 전에 본 영화 《러덜니스》에서, 어떤 사건으로 스스로 사회를 등진 주인공 남자가 담장 페인트칠 하는 장면이 제 눈에 그 어떤 것보다 크게 들어왔습니다. 며칠 전에 만난 시동생이 저더러, "형수님은 하루 종일 집에서 뭐하세요? 심심하지 않으세요?" 하고 묻는데, 제 대답은 그랬습니다.

"그렇다고 나가 맬 밭도 없잖아요."

우리 집 해결사로 우리 식구들의 소소한 문제들을 다 해결해주는 시동생은 대화의 종결자 역할도 합니다.

"이 동네 밭 많아요. 제가 알아봐 드릴까요?"

노동도 일도 이젠 하기 싫고, 또 불가능합니다. 하고 싶어도 되지도 않고, 된다고 해도 하기 싫어요. 그 사이 저는 이렇게 흔들거리며 살아가고 있습니다. 하루 쌈박하게 글 쓰고, 하루 친구들을 초대해 화사하게 정찬을 나누고, 하루 나가 여기저기 둘러보고, 하루 우리 아이들 틈에서 황홀한 기쁨의 시간을 보내다 보면 영화 할 때가 돌아와 군산에 갑니다.

저는 지금이 최상의 시간이다라는 것을 깨닫습니다. 저에게 주어진 가장 값진 시간, 남은 시간을 준비하라고 하늘이 허락한 시간.

> 우리는 불법을 공부하면서 제일 어려운 것이 마음속의 사려, 정서, 망상을 머물게 하는 것임을 알 고 있습니다. 세상의 어떤 종교든 어떤 수행 방법이든 추구하는 바는 모두 마음의 안정, 즉 마음을 그쳐 머물게 하는 것입니다. 불교의 수행방법이 비록 많지만 총괄하면 단지 하나의 법문, 지止와 관觀입니다. 즉 생각을 집중시켜 한곳에 머물게 하는 것입니다.

저는 거기까지 읽고서 정신을 비우고 마음을 모아 숨을 쉬었습니다. 명상을 말하는가 보다 하고요. 저는, "마음을 편하게 머물게 하는 것"이 비로소 필요한때고, 그것을 위해 노력을 해야 할 때가 온 것이라 생각했습니다. 한참을 그렇게 있었어요. 특별한 느낌은 당연 없고, 마침내는 평상시 잠들기 전 무의식 상태의 영상이 스미는 것을 느꼈네요. 깨어 다시 책에서 본 다음 구절이 제 행위에 대한 대답 같아 웃음이 나왔습니다.

"그렇지만 마음은 본래 머물지 않습니다."

그렇지요. 마음이 한 곳에 머물러 있으면 매이는 것이지 멈추어 있는 것이 아니지요.

> 머무는 바가 없는 것이 머무름입니다 (…)
> 주관도 없고 선입견도 없어서 사물이 오면 응합니다. 어떤 일이 있으면 이 거울이 바로 반응합니 다. 희노애락이 있으면 희노애락에 젖지만, 지나가면 일체 남지 않습니다.

이건 제가 조금 됩니다. 감정대로 응하고 말하고 행동하고 살지만 매이지도 미움도 자괴감도 과히 없는 편입니다. 그걸 어떻게 아냐, 그런 것들이 곧바로 잊혀지고, 또 떠오른다 하더라도 아주 먼 일처럼 아무 느낌이 없으니까요.

이 분, 저자인 남회근 선사는 참 좋은 분입니다. 그분의 지식은 잘 어우러져서 사람을 돕습니다. 그분의 입을 통해 듣는 소동파의 시는 참으로 제 마음 그대로입니다.

> 사람은 기러기 같이 신의 있게 오지만, 일이란 봄날 꿈처럼 아무 흔적이 없다.

저는 사람을 깊이 좋아하고 기다리지만, 그 일로 제 마음을 뒤흔들지는 않으며 살고 있습니다. 어제, 한 원로의 전화를 받았습니다. 그분은 제가 집에만 있고, 거기에 책 읽고 글만 쓰고 산다고 믿으면서도 그런 생활이 상상이 가지 않는 좀 단순한 면이 있으시더군요.

"하는 일도 없이 나돌아 다니는 것이 더 이상하지요."

저는 그렇게 대답했다가 비슷한 질문이 이어져, "그렇다고 사람이 집에만 있는 것은 아닙니다. 장에도 가고, 미장원에도 가고, 사람도 만납니다. 그런데 아무나 만나지는 않게 돼요."라고 했습니다.

그분은 이 말에는 수긍하시더군요. 저는 저의 경험과 환경을 잘 보고 잘 가고 있는 듯합니다. 제가 지나온 세상을 잘 알아야지 그럼 어떻게 해요.

이제, 마지막 구절에서 저는 눈물이 납니다. 너무도 인자하고 따뜻해서요.

인생에서 모든 일이 봄날의 꿈처럼 흔적이 없는 것임을 체득한다면
다시 금강경을 연구할 필요가 없습니다.

부처님의 자비, 예수님의 연민을 후대에 많은 사람들이 각기 다른 언어로 전파하려 애를 썼는데, 남 선사님 또한 사람 살리는 말을 나누려 공부를 그리 많이도 하신 듯합니다.

저는 날마다 글을 못 써 힘들었지만, 그것을 저의 공부라 생각하고 하루하루 써야겠다라고 어젯밤에는 마음먹었습니다. 엄마 이야기, 한길이 이야기, 내가 사랑하는 사람들 이야기… 이런 일들은 제 과업이었기 때

문에 나날이 그 일을 못 해 괴롭고 쳐지고 그랬던 게지요. 능력이 있네 없네, 글 쓰는 게 의미가 있네 없네, 그런 소리 하지 않고 다시 정진해보 겠습니다.

처음부터 여기까지가 선생님 덕입니다.

크게 손 모으고 깊이 머리 숙여 감사드려요.

나의 본분을 찾는 길

지난 11월 초부터 시작한 영화 에세이집 원고 작업이 이제 편수로 절반은 넘긴 듯하다.

처음 한 달, 한 편 한 편 쓰던 여세로 하면 이미 끝났을 것 같았지만 12월 들어 이런저런 일로 좀 부진하다. 발목뼈 골절로 입원한 엄마에게 왔다갔다 하는데, 엄마 얼굴을 이렇게 자주 보기는 처음이다. 이 또한 나를 성숙시키는 엄마의 사랑, 대단한 엄마라고 감탄하면서도 내 시간을 아까워하면서 산 오랜 습성으로 인해 밖으로 새는 시간을 자꾸 셈하고 있다. 내 스스로 매긴 시한이기에 자신을 몰 일이 아니라는 것을 알면서도 무엇보다 글이 쉽게 써지지 않는 것에 나는 자꾸 핑계거리를 찾고 있다.

어젯밤에는 나흘 만에 한 편의 글을 마무리했다. 차분히 집중하고 앉아 있으면 하루에 한 편 정도 마음에 들게 나왔었는데, 영화 하나를 놓고 나흘을 끼고 있었다. 밤 너댓 시까지 책상에 앉아 있으면서도 그렇게 되었다. 종종 말하는 '꾸역꾸역' 쓰는 이상이었다. 지독히도 빡빡하게 한 줄 한 줄 만들어 내고 있는 나였다.

이게 뭔가, 그동안 한 편 한 편 썼던 것들은 쉽게 쓰인 글일 따름인가? 쓸 만큼 쓴 지금 매너리즘에 물려서 이렇게 버벅거리고 있는 거야? 영화라는 동일한 장르의, 스토리만 서로 다른 작품들에 대해 이미 내가 만들어낼 스타일은 다 써먹어서? 아님, 시간이 수시로 잘리는 통에 그 흐름이 깨져서? 등등, 스며드는 여러 이유 하나하나가 문제로 인식된다.

나는 글 쓰는 것에 대해서는 회의나 두려움이 없다. 그럴 이유가 하등 없다. 매너리즘 같은 것에 빠질 정도로 나는 바쁜 사람이 아니다. 진실한 글이기만을 바라니 나만의 스타일 같은 것을 고집할 것도 없고 말이다. 무엇이 되었건 나의 의식에 어색함이 없고 마음에 거슬림이 없는 것을 쓰고 싶다. 그런 글이어야 나는 만족하고 글에서 얻을 힘을 얻을 것이다. 흐름이 끊어진다는 걱정, 그것도 핑계일 뿐이다. 집중하고 앉아있으면 온갖 곳으로 흩어지고 증발했던 사고와 의식들이 결국은 더 좋은 모습으로 돌아온다. 지난 세월 글쓰면서 체험한 것이 이런 것들이다.

그래도 힘든 나날들이 이렇듯 이어지고 있다. 며칠 동안 지독히도 글을 팍팍하게 써 내려 가다가 어젠 참으로 낙담했다. 거기에 밤에는 평소 켜지도 않는 티브이 앞에까지 앉아있었는데, 글을 쓰지 않겠노라는 심사이다. 티브이를 보면 그게 아무리 재미있는 영화나 드라마라고 해도 몸의 신경이 다 와해되는 듯한 기분을 열이면 열 경험했다. 티브이를 끄고 나서 맑은 정신으로 글에 되돌아가기란 보통 마음으로는 거의 불가능한 일이었다. 아주아주 필사적으로 의지를 내어서야 책상에 다시 앉을 수 있다.

어젯밤, 티브이를 끄고 다시 책상에 앉아 몇 날 며칠 주무르고 있었던 글 한 편을 드디어 완성했다. 그리고 오랜만에 깊은 잠을 잤다. 한 생각이 파고들었다. '내가 이렇게 글을 쓰지 못하는 것은 독서가 없기 때문인지 모른다'…

영화 에세이 작업 이후로 나는 아침 독서를 파했다. 한밤중에 마무리되는 글을 아침에 다시 읽으며 교정하고 나서 오후에 새 글로 들어가는 것이 일과로 고정되다 보니까 전혀 틈새가 없는 하루하루였다. 여유도 없었지만 책을 읽으면 정신이 차분해지기만 하는 게 아니라 더 동요되고 감정이 되살아나기 때문에 책을 잡으면 안 되었다. 독서는 다른 글을 쓰는 마당에 상당히 방해가 된다.

오늘 아침, '독서가 없으니 문장도 없다'는 어젯밤 생각을 이어 오랜만에 책을 읽으려고 자리를 잡았다. 탁자에 쌓여있는 여러 권의 책 가운데 내가 집어 든 책은 『선가귀감』, 지난 8월, 보이차 전문 다원 지유명차에서 사 온 책이다. 그날, 약속 시간보다 일찍 지유명차에 도착하여, 전시된 보이차들을 구경하다가 서가에서 『선가귀감』을 보았다. 한 권을 뽑아 읽다가 집에 가지고 와 내처 읽었다.

『선가귀감』은 서산 대사의 대장경 풀이집이다. 서산 대사 휴정은 답답하고 아둔하여 불쌍한 제자들을 위해 경전에서 요긴하고 간절한 글귀를 뽑아 풀이했다. 이 글들을 제자들이 정서하고 교정하여 주머니 돈을 털어 판각한 것에 사명 대사 유정이 발문을 써서 세상에 내 놓은 것이『선가귀감』이다.

오늘 아침에는 학산에 다녀오면서 어제 택배 온 『벽암록』을 관리실에 가서 찾아왔다.(생각이 막혔다 싶을 때, 그것을 바로 풀고 싶으면 산에 들어가 걷는 것만큼 좋은 방법이 없다. 영화 에세이 때문에 한동안 들어가지 않았던 학산으로 오늘, 일어나자마자 들어갔다). 『벽암록』은 선종 조사들의 아리송한 화두 풀이집인데, 정덕영 안과 서가에 꽂혀있던 것을 뽑아 차 마시다가 몇 장씩 읽었더랬다. 지난 금요일, 인하 진료차 가서도 바쁜 중에 원장님이 우려 숙우에 가득 따라 놓은 차를 마시면서 다시 『벽암록』을 찾아 읽는데, 전에 읽은 것이 도통 까마득하여 이 김에 나도 한 권 사야겠다 하고 그날 바로 주문한 것이 어제 온 것이다. 『선가귀감』과 『벽암록』이 상통하는 책이라 오늘 참 신이 나고 재미가 그만이다. 거기에 다행스럽게도 머리가 집중되어 피곤하지도 않고 술술 읽혀 잘 넘어가기만 한다.

서산 대사의 짤막한 서문이 내 마음을 세게 치고 들어오는데 그 뒷장, 제자인 유정이 쓴 발문의 말씀 또한 어찌나 간절한지, 조선의 고승들이 저토록 세심하고 인자하고 지극하신 분들이었던가 놀랍기만 하였다.

내 비록 모자라지만 옛사람들의 글에 뜻을 두고 경전에 실린 글을 보배로 여겨왔다. 그러나 그 글이 지나치게 번잡할 뿐 아니라 경전의 바다는 넓기만 하므로, 뒷날 뜻을 같이 하는 이들은 이리저리 찾아 헤매야 하는 수고로움을 피하기 어려울 터, 이에 경문 가운데 요체가 되고 진수가 될 수백 개를 추려 한 곳에 적어두는바, 글은 간단할지

라도 뜻은 두루 포괄하고 있다. (서산 대사의 서문 중)

우리 노화상께서 서산(묘향산)에 10년 동안 계시면서 수련을 다그치
시는 여가에 50여 권의 경론과 어록을 열람하시다가 그 가운데 공부
에 요긴하고 간절한 글귀가 있으면 그때마다 기록해서 때때로 제자
들에게 차근차근 가르쳐주셨다. 항상 양을 기르는 법과 같이 지나치
면 누르고 뒤떨어지면 채찍질하여 크게 깨우치는 문으로 몰아넣으
려 하셨으니 가르치는 노파심이 이렇게 간절하셨다. 허나 모두 근기
가 무딘 나머지 높고 어려운 법문이 오히려 병이 되자, 노스님께서
미혹되고 우둔함을 오히려 가련히 여겨 각 구절 아래 주해를 붙이고
그 뜻을 풀이하여 차례대로 엮어 놓으셨다. (유정 대사의 발문 중)

선가귀감의 내용은 실행에 힘쓰는 교종과 깨침에 힘쓰는 선종을 아우
른 가르침으로, 그렇다고 각 교의 문제점을 지적하고 격파하는 것이 아니
었다. 서로 갈라져 자기가 옳다고 주장한 천 년의 세월이지만 휴정은 그
것도 갈라진 것이 아니고 하나라고 말씀하신다.
이 말씀이 지금 사람에게도 절실히 요긴하기만 한다. 결국은 중용과 대
학의 뜻이 종교생활이나 심신수련에 다 적용되는 것 같다. 치우침이 없이
두루두루 성장하고 성숙해야 하는 것. 그게 참 종교의 가르침이리라. 모
든 것을 방편 삼아 자기와 우주 안의 한 물건(성품, 부처)을 발견하는 것. 우
리 서산 대사 휴정과 사명당을 위시한 제자들이 그것을 잘 알아 베풀어준

책, 『선가귀감』이다. 물론 그것을 아주 부드럽고 따뜻하고 밝게 옮기고 설명해 준 오늘 날의 사람(박현)에게도 감사드린다.

선가귀감을 처음 읽었을 때 쳐놓은 듯, 밑줄 친 구절을 만났다. 『선가귀감』을 현대에 풀어 옮긴 부분이었다. 이 책도 『벽암록』 형식 비슷하게 불경 원문과 서산 대사의 풀이, 또 옮긴이의 해설과 요지로 되어 있다.

선정은 마음을 하나로 모아 마음의 작용이 어지럽지 않도록 하는 수행법이다. 어지러운 생각을 잠재우는 것을 그침止이라고 하며(…) 모든 생활 속에서 항상 마음을 고요하게 하여 번뇌를 다스려야 한다.

그 즉시, 잠잠하여 편안하지 않은 내 마음 상태가 보였다. 아무리 해도 다스려지지 않는 번민들. 이런 글귀가 지금의 나에게 무슨 도움이 되는가. 어쩌면 세상을 살아가는 사람의 이상적인 상태를 가장 잘 설명한 것은 맹자의 '무항산 무항심無恒産 無恒心'이 아닐까? 이 이외의 것들은 지금 세상에서는 다 뜬구름 잡는 말 아닌가 하는 생각이 파고들었다. 순식간에 『선가귀감』이 시들해져버렸다.

나는 생각에 잠긴 상태에서 다시 책으로 눈을 돌렸다.

"도를 닦아 열반을 체득한다면 이건 참이 아니다. 본래부터 고요한 마음의 법 그게 바로 참 열반이다."

서산 대사님의 이 말씀 역시 그저 그렇다. 본래부터 고요한 마음의 법이 어디 있느냐 말이다. 다 걱정 없을 때나 통할 말 아니던가. 이런 억하

심정을 지닌 채 다시 가만히 앉아있었다. 나는 그동안 내 주변, 심리적 고통을 겪고 있는 사람들에게 나의 뜻과 생각을 다 모아 위로하고 낙관의 말을 해왔다. 만약 지금의 나처럼 허무함으로 가득 찬 사람을 만나면 나는 무슨 말로 그를 달래줄까 하는 생각을 깊이 해보았다. 나 자신이 받아들일 진실의 말은 무엇일까…

마음에 한 줄기 생각이 피어오르면서, 그 실마리를 따라 이리저리 흩어진 초라한 생각의 가닥들이 다 사라졌다.

'나의 본분만을 다하자.'

내 마음에 솟아나는 말이었다. 도를 닦든, 고요한 마음의 법을 얻든 사람과 세상에 바랄 것이 없다는 진실을 다시금 확인했다. 나 이외의 것으로부터 얻으려고 해서도 빼앗으려 해서도, 바래서도 안 된다는 것. 절대적으로 잠잠히 머물러 내 스스로 채워야 한다는 것. 그것이 넘치면 저절로 흘러 다른 사람에게 들어가리라. 그것이 나의 길이다. 이제까지 나는 그렇게 살려고 노력을 해왔다.

나는 언제나 '그래도 저들보다는 내 형편이 낫다'라고 생각하며 살았다. 내 아이들에게도 그말을 자주 하면서, 그러니 어떤 사람에게라도 친절히 대하고 네 것을 나누기를 아까워하지 말라고 말해왔다. 경제 여건이 아닌, 마음의 상태로라도 나는 누구보다 여유가 있는 것 같았다. 그런데 왜 갑자기 이렇게 흔들렸던 것일까, 이 물질의 시대를 핑계 대고 나의 형편을 탓할 것만은 절대 아닌 특유의 정신적인 문제에서 내가 또 휘둘렸던 것이 분명하다.

지나놓고 보니 정말 힘든 한 해였다. 나는 이 힘든 메커니즘(원인과 맞물림)을 아주 잘 안다. 당시에도 보지 못하지는 아니하였지만 이제 더 환히 보이는 것은 거기에서 조금씩 벗어나기 때문일 것이다. 사람들의 하루하루의 삶은 기실 소년기나 청년기의 하루하루와 다름이 없는데, 소년과 청년의 정신을 잃지 않고 사는 정신력이 어느 때보다도 필요하다.

아침, 『선가귀감』과 더불어 다시 한번 나를 바라보는 순간, 이런 저런 일들-글 못 쓰고 헤매던 날들, 고단한 심사 모두가 다 나에게 큰 덕이 되었다는 것을 알겠다. 모든 순간의 일과 감정들을 이로움으로 만들고 살수 있을 만큼 기운과 정기가 남아있기만을 기도한다.

홀로 있는 인하에게

- 외로움과 고독에 대하여

 인하, 엄마가 늘 책을 읽지.

한권의 책을 집중적으로 통독하는 것이 아니라 아침저녁, 밤과 낮, 그때그때 책 하나를 들어 읽는 것이 엄마의 독서 습관이야. 엄마 의식 속에서 찾는 무언가를 말해주는 책이 집 안 어딘가에 있어. 그런 식 으로 책과 재회하는 것은 정말 커다란 희열을 줘.

엄마가 책에 대해서 말하다 보면, 보통 사람들은 엄마의 책 읽는 것과 책에 대한 생각을 프란시스 베이컨 개념의 '우상'으로 볼 수도 있겠다라는 생각이 가끔 들어. (인하가 엄마한테 우상 이야기를 했으니까.) 엄마는 책에 가치를 부여하여 책 자체를 숭상하는 사람, 책에서 벗어나지 못하는 지식인 정도 가 되는 거겠지. 물론 그들이 자기 생각을 꼭 베이컨 식으로는 연결짓지 는 않더라도, 베이컨이 뭘 보고 그런 개념을 만들었겠어, 그게 그거지.

엄마에게 책은 방편이야. 세상을 사는, 어떤 길로 이르는. 길을 찾는 사람들, 정신적인 사람들에게는 방편이 필요하니까. 그렇지 않으면 자기 정신이 어디에 있는가, 영혼은 어떻게 깊은 곳에서 빛나고 있고, 마음의 고통은 어디에서 오는가 하는 그일들을 깨닫지 못할 거야.

엄마에게는 책이 가장 쉬운 방편이 되었지. 스무 살이 넘도록 학교교육을 받은 사람으로 가장 가까이 있는 게 책이었고, 집안일이나 아르바이트 하지 않고 살아서 책 읽을 시간이 있었고, 또 비활동적인 성격에 사색적인 편이어서 책이 맞았을 거야. 그 이후 역시 엄마가 쉽게 행복을 얻는 일은 책 읽기였어. 피아노를 연주하는 것, 물 위에 둥둥 뜨는 것이 엄마의 꿈이기도 했지만 날마다 어디를 다니면서 뭘 배운다는 것은 엄마 기질에는 맞지 않아서 끝내 못하는 일이 되었던 것에 반해 책 읽는 것은 아주 쉬웠지. 그 만족도에 비하면 정말 최고로 좋은 일이었어.

과거의 독서는 매혹적인 인간을 만나고 지적 자극을 얻는 일들이라 엄마를 외골수로 흐르게 하거나 좀 몽상가적인 면들을 강화시켰을지도 모르는데, 언제부터인가는 책을 읽으면 엄마의 생각과 엄마의 인생에 대한 조용한 믿음이 더 크게 차고 올라와. 책 속의 단어와 문장, 사상은 엄마 일상의 소소한 일들과 너무도 자주 일치되기 때문에 시공간 구분이 되지 않고 그것들 모두와 함께 살고 있는 것 같아. 최근 책들이 어떻게 엄마의 손에 걸리고 엄마의 의식적 삶과 하나가 되는지 이야기 해볼게.

인하가 유경 언니 공부 마치고 한국으로 떠나고 나서 이신구 교수님과 엄마한테 보낸 메일에 혼자 있는 것에 대해 썼지.

　　　　　　　　　　내 인생의 책들 - 그 곳으로부터 30센티

"교수님, 언니가 한국으로 떠나고 난 뒤에는, 너무 맘이 허전하고 내가 혼자 살 수 있을까 걱정도 있었어요. 그런데 지금은 이대로 혼자 살아도 가족들 그리워하지 않고 잘 살겠구나 싶어요. 언니가 있을 때, 누가 어디 놀러가자고 하면 귀찮고 어차피 집에서 언니하고 놀면 되니깐 거절했는데, 지금은 친구들과 잘 놀러 다니고 틈틈이 학교에서 만나서 재미있게 이야기도 해요. 친구들하고 이야기 할 때 더 저의 미래, 저의 관점에 집중하게 되는 것 같아요. 가족하고 있을 때는, 이 사람들이 나에 대해서 더 잘 아니까 이 사람들한테 나를 어필할 필요도 없지만, 친구들은 저에 대해 잘 모르니깐 처음부터 차근차근 저를 소개해주는데, 이 과정이 제 삶을 자극하는 것 같아요."

"엄마, 난 정말 잘 지내고 있어. 언니가 있을 때보다 더 잘. 엄마 말처럼, 내 중심대로 내 삶을 살고 있는 느낌이 들어. 이제는 아빠나 언니가 여기에 오지 않아도 나 혼자 잘 살 것 같아. 한국에 내 가족이 잘 있다는 것만으로 나에게 힘이 되니깐, 꼭 옆에 달라붙어 있을 필요는 없다는 생각이 들어."

인하는 무서움도 느끼지 않고, 오히려 언니에게 맡겨두었던 인하의 활동성을 찾고 자신의 스토리를 만들어 스스로 표현해내야 되는 필요성을 자각했어. 인하는 언니나 가족들과 함께 '붙어 살았던' 그 시간들이 자신을 오히려 사회적으로 차단시키고, 존재를 축소시킨 면이 있다는 것을 이번에 바라보았지. 인하는 그 짧은 시간에 혼자의 삶을 살아가야 하는 인하의 실존을 깨달았더구나.

인하의 메일을 읽고 난 다음 날 아침, 엄만 주문한 책들을 택배로 받았는데 그 가운데 한권의 책을 골라 읽었어. 놀랍게도 그 첫 장에는 외로움과 고독에 관한 성찰이 가득 들어있었어. 타국에서 홀로 있게 된 인하가 자신을 세워가는 모습이 그대로 떠올랐어. 『영적 발돋움』, 헨리 나우엔의 책으로, 그 사람의 책이 너무 많아 이 제목은 별로 중요하지 않지만 헨리 나우엔이라는 이름은 인하가 잘 기억해두길 바라. (뒤에 그 사람에 대한 소개 붙여.)

그의 다른 책보다 좀 더 깊은 주제를 담고 있는 듯이 보이는 이 책은 영성과 영적인 삶에 관해 썼어. 우리의 가장 깊숙한 자아로 들어가는 것이 영적인 삶이라는데, 그럼 뭐겠니, 고독 속에 자신을 있게 하는 것이지. 내면의 자아를 보는 것은 외로움으로 시달리지 않는 고요한 의식상태에서 가능할 것이고, 또한 시끄럽고 혼란스러운 세상과 사람들 속에서 자신의 고유한 본성을 찾을 수 있어야 되는 거야. 헨리 나우엔은 이렇게 되어야만 하느님께 갈 수 있다고 생각했어.

그런데 그에게는 그일이 그토록 어려웠나봐. 이전에 엄마가 그 사람의 책 한권을 가지고 다닌 적이 있는데, 거기에서도 정말 그게 느껴져 왔어. 그의 묵상의 글의 행간에서 너무 깊은 외로움과 회의와 절망의 고통이 뚝뚝 묻어나던 걸. "고통을 물리치지 마세요", "자신 내면의 어린아이를 받아들이세요", "자신을 비난하지 마세요" 라고, 사람들에게 확신있게 하는 말들은 그의 뼈저린 고통의 산물이었다는 것을 엄만 바로 알았어. 왜, 엄마도 그런 고통을 똑같이 맛보았으니까. 외로움과 허망함과 절망. 세상의 명예와 친구들의 우정과 사랑을 바라면서도 절대 그것으로는 내 영혼이 충족되지 않는다는 것을 엄만 알았으니까. 엄마의 내면에서는 이미 신이 증발해버린 황량함만을 만날 수 있었어. 인간적인 쾌락도 영적인 충만도 원치 않으면서 이럴 수도 저럴 수도 없는 어중간한 상태, 결국은 죽을 길밖에 없다는 절망… 툭하면 눈물이 쏟아지고, 늘 뇌리에서 죽음이 떠나지 않는 그런 시간들이 많았어.

뭔가 공통점이 있어. 외적 활동성이 큰 사람일수록 사랑을 받고, 인정을 받고 싶은 강렬한 욕구가 있다는 것. 사랑을 주는 사람일수록 사랑을 원하는데, 한 예로 헌신적인 사랑을 소명으로 알고 사는 것 같은 성직자들이야말로 정말 사랑을 원하는 사람들이야. 엄마 주변의 종교인들에게서 그러한 모습들이 바로 느껴져. 사실 성직자들은 신도들의 존경과 사랑, 헌신을 먹고 살지. 그것은 욕심도 위선도 아니라고 엄마는 생각해. 이상한 일이 아니야. 그들은 사랑을 알기 때문에 사랑을 원해. 영혼 깊은 곳에서 위대한 사랑을 체험했기 때문에 그런 사랑을 원하고, 자신이 인간이기 때문에 신의 사랑뿐만이 아니라 인간의 사랑을 원하지. 종국에 큰 사랑 속에서 홀로 자유로워지는 것도 이들이 더 빠를 것이고.

헨리 나우엔을 통해서도 엄만 그것을 느낀다. 이것은 결코 그를 분석하거나 덜어내려는 것이 아니라 오히려 너무도 인간적으로 그런 아픔을 느끼고 그것을 죽을 지경으로까지 붙들고 자아를 깨치고 나온 그가 정말 큰일을 했다는 감동이 있어. 그래서 그의 글이 사람의 영혼을 깨우고 위로하는 힘이 있을 거야.

그 힘든 과정을 메우고 있는 것은 무엇보다 외로움이었지. 그 외로움을 털어내야 깊숙한 자아로 들어갈 수가 있다고 그는 말해. 인간의 목적인 하느님께로 가는 길은 깊이 가슴을 후비는 외로움, 끊임없이 밀려드는 공허함과 서글픔을 고독으로 바꾸는 길이라네?

> 그 어려운 길은 외로움에서 고독으로 바뀌는 전환의 길입니다. 외로움으로부터 도망가고 그것을 잊거나 부인하려고 하는 대신에 그 외로움을 지켜서 생산성 있는 고독으로 바꾸어야 합니다. 영적인 삶을 살려면 먼저 외로움의 광야로 들어가서 조용하고 끈기 있는 노력을 통해 그 광야를 고독의 동산으로 바꾸는 용기가 있어야 합니다.

외로움을 부인하거나 잊고 도망가는 것, 그것은 어떤 일들일까. 마음을 나누지 못하면서 친구들을 끼고 있는 것, 어떻게든 소속감을 가지려고 하는 것, 극단적으로는 술이나 마약, 향락 등에 도취하는 것들이겠지. 우리 인하는 영적인 삶을, 대단한 종교적인 삶이 아니라 영혼을 가진 인간으로 자신의 영혼을 향하여, 영혼을 느끼면서 가는 그런 삶 정도로 이해하면 좋겠구나. 영혼을 어디에서 느끼고 어떻게 그 소리를 들을 수 있을까. 고요함 속에서, 깊은 내면의 목소리에 귀를 기울이면서… 너무도 당연하지 않니? 사람이라면, 사람이니까, 영혼을 가진.

오늘 유경 언니와 대전에 다녀왔잖아. 오가는 차 안에서 유경이와 많은 이야기를 나누었어. 너희 둘이 오늘 보이스톡에 인하가 엄마에게 말해준 그 언니 이야기를 했다면서. 사고가 막혀서 겉똑똑이인 언니. 유경이 는 그 언니가 그렇게 혼자 불만하고 한국 학생들을 무시하면서도 꼭 아이 들 틈에 끼어서 소문을 들으려하고 한다는 말을 했어. 그 말끝에 유경이 는 자신의 이야기를 엄마한테 해주었어. 자기는 정말 외로움을 타면서 학 교에 다녔다고. 특히 중학교 때는 아이들과 몰려다녔는데, 화장실에도 혼 자 가지 못하고 또 '가오 잡는' 것 같은 '중2 병'까지 있었다고.

"친구라는 것은 절대 그 숫자로 자신이 대단해지는 것이 아니고 친구가 잘난 사람인가 하는 것도 전혀 중요하지 않아. 진정한 친구가 필요해. 친 구가 나를 힘들게 하거나 나와 마음이 맞지 않을 때 그러면 그 친구와 거 리를 두거나 끊어야 한다는 것, 혹은 당분간이라도 만나지 않는 것이 정 말 중요한 일이라는 것을 알았어. 그것은 엄마한테 배운 거지. 엄마가 늘 그런 말을 했지. 잠시만 거리를 두라고. 그렇다고 해서 친구가 떠나는 것 이 결코 아니라고.

혜은이가 나를 만날 때마다 다이어트 한다고 나에게 너무 스트레스를 줘서 엄마에게 말했을 때 엄마는 당분간만 혜은이와 만나지 않으면 어떻 겠느냐고 했어. 혜은이 자신이 힘든 상태여서 나한테도 영향이 있을 거라 고. 그전, 엄마에게 처음 그말을 들었을 때는 정말 놀랐지만 엄마 말대로 하니 오히려 마음이 편해졌고, 혜은이와는 그 뒤 여전히 좋아하는 상태가 되었잖아.

나는 이제는 사람들이 없어도 살 수 있다는 것을 알아. 인하만 있어도 충분해. 우린 서로 생각이 맞으니까. 그리고 오빠, 엄마 아빠가 있지. 이것은 가족에서 벗어나지 못하는 유아적인 마음이 아니라, 가족들로부터 내가 살아갈 수 있는 힘을 얻는 것이야."

유경이의 말은 많은 것을 포함하고 있었어. 유경이가 엄마한테 한 말이 또 있는데, 그게 뭔지 아니?

"엄마, 인하는 그런 것을 초등학교 때 깨우쳤어. 인한 정말 혼자 있을 수 있는 아이야."

유경 언니는 그 밝은 눈으로 인하를 파악했더구나. 연하의 사람, 동생이라는 관계를 넘어 한 인간 존재로 보더라고. 엄마가 인하를 보는 그런 눈과 마음으로. 엄마한테 인하에 관한 에피소드가 얼마나 많겠니. 엄만 그중에 두 가지만 말했어.

"인하는 아주 어렸을 적부터 자신을 돌아보는 아이였어. 일곱 살 때인가, 엄마가 하루 인하를 데리고 다니는데 이상하게 엄마를 힘들게 하더라. 원래 조르고 떼쓰는 게 없는 아이가 그때는 그랬네. 밤에 집에 돌아와 엄만 바로 엘리베이터를 타지 않고 현관 입구의 바위 위에 앉아 가만히 있었어. 인하가 엄마 옆에 조용히 서 있더니 말하더구나. '엄마, 오늘 내가 엄마한테 한 일이 후회 돼.' 인하는 아빠한테도 그렇게 말하는 아이였지. '아빠, 아빠가 그렇게 말하니까 제가 부끄러웠어요.'

그리고 우리가 캐나다에 있을 때, 그때 인하는 14살, 외국 학생인 인하는 끝까지 아이들과 섞여 놀지를 못했잖아. 어느 하루 인하가 말했어.

'아이들이 노는 것을 바라보는 것이 이젠 두렵지 않아. 전에는 나 혼자라는 것이 부끄럽고 아이들이 나만 쳐다보는 것 같아 아이들을 바라볼 수

가 없었어. 그런데 이젠 혼자 언덕에 앉아 아이들이 노는 것을 편안한 마음으로 바라볼 수 있어.'

너희들은 인하를 애, 동생으로만 여겨서 인하에게 장난만 치고 인하의 당당함을 어이없어라 했는데 너희들이 아이들답고 인하가 좀 달랐지."

유경 언니랑 참 좋은 시간 가졌어. 유경이의 말을 통해 너희 둘 다 외로움을 넘어 자아의 깊이로 들어가는 것을 엄마는 보게 되는구나. 헨리 나우엔이 말하는 고독의 동산을 너희들은 이미 거닐고 있어.

정말로 중요한 고독은 마음의 고독입니다. 마음의 고독이란 물리적으로 떨어져 있는 것에 좌우되지 않는 내적인 소양이나 태도입니다.

인하는 외로움을 타지 않는 고요한 성품을 가진 사람이지. 엄마가 메일에 말한 '보살의 마음'을 가진 아이.

"바라보고 다 받아들이는 사람. 징징대지 않고 들뜨지 않고 그냥 넘기는 사람. 욕망도 없고 집착도 없는 사람. 미움도 없고 부러움도 없는 사람…"

태어나서 처음으로 혼자가 된 시간에 인하는 자신을 한 층 깊이, 더 새롭게 바라보게 되었구나. 인하는 무섭다, 외롭다는 생각이 없이 오히려 더 좋게, 가족에 대한 쓰라린 그리움이 없이, 서로 달라붙어 사는 것에 대한 애착이 없이 상황을 받아들이면서 가고 있네.

그렇게 가다가 기쁘게 만나는 거야, 우린. 사람이 사람을 만날 때 더욱 기쁜 것은 홀로 있는 시간이 충분히 좋기 때문이지.

(헨리 나우엔은 네덜란드 출신의 사제야. 심리학자로 예일대와 하버드 대에서 심리학을 가르치기도 했으니 참으로 섬세하고 학문적 깊이가 있는 성직자겠지. 그런데 자기의 갖춰진 사회적 위치와 남들의 존경을 받는 활동에서 영적인 충만을 얻지 못하고 빈민가로 장애인 공동체로 자신의 몸을 이끌며 다녔어. 그 고통스러운 성찰의 글이 많은 사람들에게 위로를 주고 중심을 찾게 만든 것 같아. 엄마는 헨리 나우엔의 소책자를 한동안 지니고 다니면서 읽었지. 헨리 나우엔이라는 이름을 처음 들은 것은 고영 자 의원님으로부터였어. 그분은 엄마를 만날 때마다 헨리 나우엔 책을 열심히 권하셨는데, 한참 뒤에야 그분이 말씀하신 그책을 구했던 거야. 『예수님의 이름으로』.

엄만 가끔 만나는 사람들에게 그책의 어떤 구절을 읽어 주곤 했어. 그 사람들의 마음속 어려움들을 엄마가 느끼는 순간, 그들에게 도움이 될 것 같은 이 책의 어느 부분이 떠올랐지. 엄마가 만나는 괴산의 수사님 부부 기억나지, 인하. 엄마가 몇 년 전 문 신부님과 그분들 장원에서 하룻밤 묵고 왔잖아. 그때 그 부인이 지인의 죽음으로 고통스러워하는 것을 듣고 엄마는 그책의 어떤 구절을 읽어주었어. 좋은 말씀을 나누는 자체로 평화가 감돌았던 그 자리의 분위기가 지금도 떠오르는구나.

지난주엔 뮤직포유에 갔다가 인하가 아는 김현숙 선생님을 만났어. 그분이 남아프리카로 이주한다면서 떠나기 전에 엄마를 보고 싶다고 하셨

거든. 그분과 대화 중에 이 책이 도움이 될 거라는 생각에 읽으시라고 드렸는데 다음날, 그분이 그책을 꼭 구하고 싶다는 문자를 보냈어. 엄마가 권하는 책을 참 잘 읽는 분이라 엄만 떠나는 김현숙 선생님에게 줄 선물로 책 몇 권과 또 엄마가 읽을 헨리 나우엔의 다른 책을 주문한 것을 택배 받은 거였어. 그게 『영적 발돋움』이었지.)

현대인의 조건

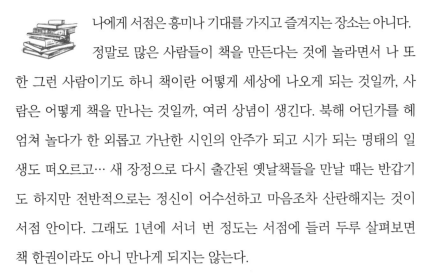나에게 서점은 흥미나 기대를 가지고 즐겨지는 장소는 아니다. 정말로 많은 사람들이 책을 만든다는 것에 놀라면서 나 또한 그런 사람이기도 하니 책이란 어떻게 세상에 나오게 되는 것일까, 사람은 어떻게 책을 만나는 것일까, 여러 상념이 생긴다. 북해 어딘가를 헤엄쳐 놀다가 한 외롭고 가난한 시인의 안주가 되고 시가 되는 명태의 일생도 떠오르고… 새 장정으로 다시 출간된 옛날책들을 만날 때는 반갑기도 하지만 전반적으로는 정신이 어수선하고 마음조차 산란해지는 것이 서점 안이다. 그래도 1년에 서너 번 정도는 서점에 들러 두루 살펴보면 책 한권이라도 아니 만나게 되지는 않는다.

어제, 오랜만에 시내에 나갔다가 서점에 들렀다. 진열대와 서가 사이를 서성이던 나는 결론을 하나 내렸다. 내가 책을 읽지 않는 사람인가? 책을 모르는 사람인가? 내가 알고 있는 책, 가지고 있는 책을 읽는 일만으로도

내 남은 시간을 다 보낼 수 있겠다는 것이었다. 신기하게도 편안해진 마음으로 책들을 살피는데 시몬느 드 보봐르의 『모든 인간은 죽는다』가 눈에 들어왔다. 대학 때 읽었던 책이다. 불사의 몸으로 모든 역사의 중심에서 살아가는 한 인간의 삶은 유한한 인간으로 한번쯤은 상상해볼 수 있는 일이었다. 사랑하는 사람의 늙음과 죽음을 계속 겪어야 하는 그의 처지가 무엇보다 비극이었지만, 신 혹은 영웅의 운명이란 그런 것이다. 이제 이런 책들은 고전 반열에서 계속 출판되고 있는 것 같다.

데이비드 호킨스 박사의 『나의 눈』도 새 판으로 나와 있어 퍽 반가웠다. 나는 『나의 눈』을 『의식혁명』과 함께 2000년도 초엽에 처음 접한 이후 지금껏 수시로 펼쳐 보고 있다. 나에게 인간 의식에 대해 거의 결정적인 지식과 이해를 갖게 해 준 이 두 권의 책은 해가 지날수록 단편적인 이해를 넘어 전반적으로 이해되고 있다. 심지어 양자물리학의 세계까지도 좀 알 것 같고 말이다. 내가 살아온 시간과 사건들이 어느 하나 의미 없는 것이 없고, 나의 의식은 그 사이 성장을 했다는 것도 깨닫게 만드는 책이다.

사람이 진취적이지 못하다는 것을 확인시켜주듯 아는 책들에만 눈이 가다가 한 제목에 눈이 꽂혔다. 『다산의 한 평생』. 다산 전공자들, 연구자들이 쓴 논문 성격의 책인가 싶었지만, 내용이라도 살펴야겠다고 열어 보니 다산의 현손으로 조선 말기부터 일제 초기까지 살았던 정규영이라는 분이 애써 엮은 다산 연보였다. 기쁜 마음으로 샀다.

다산의 일생을 연대기적으로 알 수 있도록 만든 『다산의 한 평생』에는 다산의 공부와 시험, 벼슬살이, 정조대왕과 주변 관리들과의 관계들이 아주

소상히 나타나있는데 다산의 삶을 평이하게 이해할 수 있어서 무엇보다 좋았다. 그의 사상과 학문, 업적, 관심사들은 방대한 그의 책이 다 말해주지만 그의 현실의 생활과 상황 설명은 부족하다는 아쉬움이 그동안 컸다.

나는 인간의 삶-사건과 반응, 선택 등이 궁금하다. 그 사람에게 어떤 일이 있어났는데, 그는 어떻게 그것을 이해하며 어떤 선택을 하는가 하는 것들. 시대와 사건은 달라도 인간의 감정의 골은 거의 비슷하여, 아무리 먼 시대의 일들, 대단한 인물이라 하더라도 공감되지 않을 일은 없다. 그들의 그러한 이야기는 내가 세상과 인간을 이해하는 데 중요한 자료가 된다. 저서와 업적이 이미 알려져 있는 사람들의 이면의 고뇌와 어려움, 갈등, 위대함들을 아는 것이 나의 실존을 위해 늘 필요했다.

나는, 그냥 나를 '소수'로 보는 것에 언제부터인가 익숙해지면서 삶이 편해졌다. 30대, 사회활동을 하면서 '왜 동시대에 비슷한 교육을 받고 같은 일을 하고, 말도 생각도 비슷한 것 같은데 저들과 내가 다르지?' 하면서 많은 고통을 느꼈다. 의회를 그만두고서도 잔잔하고 평화로운 일상 사이 내면의 고통으로부터는 쉽게 헤어나지 못했다. 그나마 회피하거나 체념하지 않았기에 마침내는 문제의 원인을 볼 수 있었을 것이다.

그러면서 나에게는 궁극적인 바람이 생겨났다. 나의 눈을 얼마나 밝히고 정신을 어디까지 성숙시켜서 문제를 잘 바라볼 것인가. 과연 갈등에서 벗어나 자유로울 수 있는가. 그리고 사랑할 수 있는가… 이 말이 상투적이고 관념적으로 느껴질지 모르나 노력해볼만한 것이긴 하지 않은지. 관심을 가지고 민감하게 봄으로써 말이다. 헛된 관점으로부터 자유로운 삶.

있는 그대로의 존재, 살아온 그대로의 삶을 긍정하고 이해하고 존중하고 사랑하면서. 좋은 것을 느끼는 대로 실행하면서…

그것이 사랑일 것이라고 생각한다. 내 그릇의 용량이 얼마일지, 몇 사람 분일지는 정녕 모르지만 그 그릇 속에서만큼은 자유롭게, 잘 사랑하고 이해하면서 평화롭게 살고 싶다. 이것은 사람들에 대한 바람으로 이어진다. 내가 사랑하는 사람들 또한 이런 자유와 사랑을 누리게 되기를 기도한다. 이 열망은 살면서, 느끼고 사랑하고 믿고 기대하고 상처 입고 또 오욕칠정의 감정들을 다 겪으면서, 제행무상과 일체개고를 깨달으면서, 자꾸 내가 어떤 사람인가를 느끼면서 얻어진 것이다. 결코 관념이 아니다.

이것들은 거의 감정 속에서 찾아졌다. 내가 싫어하는 것, 슬퍼하는 것, 두려워하는 것, 꿈꾸는 것, 행복감에 차오르는 것. 그 대상를 확실하게 자각하면서, 또 내 마음에 푹 젖으면서 내가 어떤 사람인가를 확인하는 일생이었다. 번민과 회의, 갈등과 고통의 시간 속에서, "그래, 이것이야", 혹은 "이것일지 몰라"라고 계속 확인을 했을 것이다. 그렇게 하여 사람을 더 잘 이해하게 되었고, 더 사랑할 수 있었고, 참을성도 조금씩 늘었고, 무엇보다 걱정과 두려움의 감정들이 사라져갔다.

물론, 편안해졌다라고 인식하는 그 전 단계에서 엄청난 쇼크가 있긴 하였다. 그때마다 어린아이처럼 벌벌 떨고 있거나, 바닥까지 내려간 듯한 나의 실체, 혹은 분노와 환멸의 감정에 사로잡혀 있는 자신을 보면서 하찮기만 한 인생을 비참하게 깨닫곤 했다. 이런 일들은 죽을 때까지는 되풀이 될 거라고 생각한다. 그 강도가 세다가 약하다가를 반복하면서 나를 끌고 갈 것이다.

　이게 융이 말하는 진정한 현대인의 길인지 모른다. 위태하면서도 가없이 뻗쳐지는 의식적인 삶이 바로 현대인의 특질이라고 융은 말한다. 이렇게 보면 나는 빼도 박도 못 하게 현대인인데, 왜 그렇게 유독 힘들어하면서 사는가 하는 것을 융이 『영혼을 찾는 현대인』에서 정리해주었다.*

　융은 전제한다.

　　현대에 살고 있다는 사실 하나만으로 현대인이 되는 것은 아니라는
　　점을 명확히 이해해야 한다.

현대인의 조건이 있다.

　　현재의 순간을 온전히 산다는 것이 곧 한 인간으로서 자신의 존재를
　　완전히 의식한다는 뜻이기 때문에, 그런 식의 삶은 더 없이 치열하고
　　광대한 의식을 가져야 하는 한편으로 무의식을 최소한으로 줄일 것
　　을 요구한다.

---

* 이 제목에 현대인의 구미에 맞춘 듯 융의 책답지 않은 가벼움이 묻어나, 융의 방대한 저서 속에서 수필적인 것들을 뽑아내 한 주제로 엮었는가 하는 의문이 먼저 들었더랬다. 이 책의 출처를 찾아보니 융의 강연집이다. 융이 자신의 학문에 이름 붙인 '분석심리학'의 기본 사상과 인간관의 핵심을 치밀한 달변으로 강연한 내용이다. 앞에 말한 데이비드 호킨스 박사는 『의식혁명』에서 융의 의식척도를 다음과 같이 말한다. "융 자신은, 그의 저작도, 역사상의 모든 유명한 정신분석학자 중에서 가장 높게 측정된다."

무의식을 최소한으로 줄이는 일은 크리슈나무르티 말처럼 진지하고 주의 깊게 자신을 관찰하는 데서 가능할 것이다. 그럼 현대인은 어떤 의식을 가졌는가.

> 지난 몇 세기의 삶과 조화를 이룰 정도의 의식을 갖고 있다. (…) 그는 전통의 범위 안에서만 살아 가는 인간 집단으로부터 스스로를 멀리하게 된다.

현대인이 될 수 있는 것은, "이미 버려지거나 지나쳐 온 것을 과감히 밀어버리고 미래의 모든 것이 비롯될 허공 앞에 서 있다는 점을 스스로 인정할 때"다. 그래서 현대인으로 불릴만한 사람은 '평균적'이지도 않고, '고독하다'고 한다. 융의 말들은 나에게 큰 위로와 힘이 된다. 이게 내 기질이고 과업이고 운명인데, 살 만하다고 해야 할 것이다. 나는 이제 사람들과 동질감을 가지려는 노력, 이해받지 못하는 아쉬움 같은 것이 별로 없다. 내가 왜 그렇게 살아야 했는지 그것은 나의 운명의 문제로, 나는 그런 추구, 꿈을 지니고 사는 사람이며, 나를 알고 싶은 사람일 뿐이다.

내 인생의 가장 큰 행운은 언제나 나 자신과 인간을 보게 하고 이해시켜주는 사람들이 나타나곤 하였다는 점이다. 그들 중 한 사람 융 수학자인 로버트 존슨 박사도 특별한 휴머니즘으로 나를 안내한다. 존슨 박사 또한 『당신의 그림자가 울고 있다』에서 현대인에 대해 각별하게 설명한다. 한편 나는 존슨 박사의 글이 파커 파머 박사의 글과 많이 닮았다는 생각을 종종 한다.

현대인들은 의식적으로 우리 삶에 영성적인 영감을 위한 자리를 마련하려 들지 않는다. 영성세계란 이미 구시대 유물이고 지금은 그게 무엇인지조차 잘 모른다. 온전한 자기를 발견하는 것이 현대인의 관심 대상이 아니다. 그저 힘이나 생산, 통제나 지배에만 흥미를 보이고, 영과 영혼은 믿지 않는 대신 물리적이고 성적인 것을 믿는다.

존슨 박사가 말하는 현대인과 융이 말하는 현대인은 정반대의 개념이지만, 그들은 같은 말을 하고 있다는 것이 자연스럽게 이해된다. 헤르만 헤세가 "나는 결코 '현대인'이 아니었다" 라고 말한 것이나 내가 나 자신을 '빼박' 현대인이라고 느끼는 것이나 같다. 존슨 박사의 책을 읽어 내려가다가 알렉산드리아의 클레멘트가 한 말을 만났다.

모든 가르침 중에서 가장 위대한 것은 자기를 아는 것인 듯하다. 인간이 자신을 알 때 신을 알게 되기 때문이다.

이렇게 잘 말해주고 잘 통하고 있는 사람들이 있기 때문에 내가 외롭지 않다. 그런데 거기에 존슨 박사는 아주 희망적인 말까지 한다. 현대인들은 "아직 어디를 보아야 하고, 무엇을 찾아야 할지는 모르지만 그래도 저 너머에 무엇인가가 있다는 느낌은 지니고 있다."라고. 그리고 이미 "우리 영혼의 갈망은 자기 길을 찾아 나선"다고 한다. 자기의 길을 홀로 가고 있거나 찾아 나서는 영혼들이 동지처럼 여기저기서 느껴져 온다.

다산의 한평생을 친밀하게 서술해놓은 책을 읽으면서 자꾸 무언가를 확인하고 원하는 내 심사를 현대의 심리학자들이 잘 정리해주어 나는 오늘도 숨을 잘 쉬고 산다.

기독교를 뛰어넘어라

조용한 토요일 아침이다.

책을 읽다가 여백에 메모를 했다.

"중단하지 않고 책을 계속 읽어가는 것, 책 한 권을 처음부터 끝까지 다 읽는 것이 중요하거나 목적이 아니다. 첫 줄, 중간 문단, 마지막 장에 멈추어, 내가 누구인가 떠올리고, 무엇을 하고 있나 바라보고, 그럼 뭘 할 것인가를 (그 즉시) 선택하는 것이 중요하다."

내가 읽고 있는 책은 융(칼 구스타프 융)이, '내면의 이미지를 추적하던, 내 인생에서 가장 중요한 시기'라고 말했던 때에 써 내려간 『레드북』이다. 융은 학문이나 가치, 규범, 문화, 종교 등 "시대의 정신"을 벗어나, "궁극의 의미"를 찾아 힘든 내면의 여행을 감행한다. 자신과의 독백, 성서 속 인물과 천사, 악마들과의 대화가 쏟아지듯 흘러나오고 만돌라와 삽화까지 동원된다. (융의 개념인 "시대의 정신"과 "궁극의 의미"는 이 책의 키워드다.)

융은 1913년(38세)부터 자신의 신비로운 체험을 써 내려가기 시작했다. 40대에 이르러 여기에 '새로운 책'(Liber Novus)이라고 이름을 붙였는데, 다시 책 형태로 편집하고 빨간 가죽으로 장정해서 '레드북'이라고 이름을 붙이기까지 16년이 걸렸다. 그러나 융은 끝까지 이 책을 출간하지 않았다. 타계하기 2년 전인 1959년, 에필로그까지 써 자기의 소중한 경험을 기록한 값진 책이라고 해놓고도 말이다. 융이 말년에 저술한 자신의 방대한 자서전에도 이 책을 전혀 언급하지 않았던 것은 이 기록들에 금단의 주문呪文을 걸어서일지 모른다는 생각을 한다.

혹은, 자신의 학문적 과업과 이론들이 그 이상한 기록들로 인해 논란에 처하거나 흔들리게 될 것을 경계했는지도 모른다. 무의식분석으로 생전에 이미 확고한 위치를 가졌던 융으로서, 시대의 정신을 거부하고 내면의 궁극적 의미를 찾으라는 메시지는 당시는 너무 생소하고 위험하지 않았나, 그렇다고 자신이 깨달은 이 무서운 진리를 없애지는 못하였으며, 이 책은 가문의 한 세대를 저 세상으로 보낸 뒤, 다음 세대의 손을 통해서야 세상에 나온 것이 아닐까… 여러 생각을 해본다.

중세기는 말할 것도 없고, 2,3천 년 전의 기록들도 생생히 전해져 남는 판에 살아 생전 그 많은 저서를 낸 사람이 의도적으로 출간을 피했고, 또한 무슨 판단에서인지 유족들조차도 40년 동안 원고를 공개하지 않았던 『레드북』은 저자와 그 가문에 의해 금서가 되었던 것이다. 원고가 학자들에게 처음 공개된 것은 2001년, 이 책의 심오한 운명이 느껴진다. 서구에서 처음 번역된 것이 2009년, 우리나라에서는 지난 5월(2012년)에 번역된

이 책을 다른 책을 찾다가 발견한 일은 나에게는 도마복음의 발견만큼이나 큰 일이었다.

내가 융을 처음 알게 된 것은 30대 후반, 한국의 대표적인 융 전문가 이부영 교수의 책 『그림자』를 통해서였다. 존재론적 회의로 '미치든지 죽든지, 이 길을 가보리라' 하면서 나의 자아에 집중되어 있을 때였다. 나는 『그림자』 서문에 쓰인 융의 다음과 같은 말을 읽으면서 나에게 가장 절실한 문제의 해답으로 처음 안내되는 것을 느꼈다.

우리는 인간의 본성을 좀 더 이해할 필요가 있다. 유일한 위험은 인간 그 자신이기 때문이다. 인간이 큰 위험인데도 우리는 너무도 그것을 모르고 있다. 우리는 그의 정신을 연구해야 한다.

그때 처음으로 그림자 이론을 알게 되었다. 이론이어서 중요하다는 말이 아니라, 내가 인간을 이해할 때, 그림자라는 말을 빼놓지 못하게 될 정도로 인간성 속의 그림자 역시 본성이라는 것을 융을 통해 깨달았다. 그당시, 나의 의식을 파헤쳐 풀어 쓴 퍽이나 복잡하면서도 긴 글을 최근 다시 읽으면서, 그때 나의 고뇌가 어느 정도 타당했다는 것을 알았다.

융 자서전 『융의 생애와 사상』을 읽을 때는 학자로서뿐만 아니라 인간 융의 진실한 성품에 깊은 인상을 받았다. 신학자이자 목사의 아들인 융은 역설적이게도 신에의 의지가 아닌, 인간(자기) 안에서 신성을 발견하고 만다. 신성만이 아닌 그림자까지도. (융은 이 두개가 합해진 것을 온전한 인간으로 본다.)

그것을 발견하는 과정에서 그는 몇 번이나 미칠 뻔했다.

그는 의지적으로 무의식으로 들어가는데 자신이 영영 못 깨어날 수도 있거나, 깨어나더라도 다른 사람이 되어 있을 수도 있다고 생각하였다. 돌이킬 수 없이 미쳐버린 자신. 융은 그럼에도 내면에서 외치는 소리에 이끌려 무의식으로 들어가는 실험을 계속한다. 그 실험은 자신의 생명과 정신, 그리고 학자로서의 명성을 건 위험한 도박이자, 신성에 대한 무서운 도전이었다. 이렇듯 자신을 던진 연구로 마침내 융은 무의식 이론을 발전시켜 '분석심리학'을 만들었다. 『레드북』은 융이 무의식을 찾게 된 과정의 주석서가 아닐까 생각한다.

융은 자신을 통해 인간을 보며, 인간을 통해 자신을 본다. 성실성과 통찰력에 더 해 그의 뛰어난 스칼라십이 무의식분석이라는 위대한 결실을 냈기도 하지만, 그의 학문적 깊이나 사명감보다 그에게 더 빼어난 자질은 양심이었다는 생각이 크다. 진실에 대한 통찰의 힘과 양심이 그를 권위에의 의지, 학문을 위한 학문, 자아를 유리시키는 종교, 그 모두를 회의하게 했다.[*]

'좋은 사람'이라는 융에 대한 나의 오랜 단순한 인상이 『레드북』을 읽으면서 보다 강한 믿음으로 정리된다. 이렇게 자기 내면을-심오하면서 복

---

[*] 융은 진리의 발견을 위해 학문을 하는 사람이다. 프로이트와의 관계에서 그가 얼마나 허위와 부정직에 멀리 있는지 알 수 있다. 융은 당대 유럽을 지배하던 프로이트의 독보적인 학문적 성과를 인정하고 그를 존경하지만 마침내 그와 갈라선다. 프로이트는 정신분석 분야에서 어느 정도 실력과 명성을 쌓은 융에게 자신의 권위의 세습이라는 모종의 제안을 하는데 융은 그러한 프로이트를 이상하게 여긴다. 냉정하고 투명한 의식의 융 앞에서 프로이트는 의식적인 실신을 하면서까지 자신의 그림자를 감추려고 한다.

잡하고, 무섭고도 난해하고, 방대하면서 망망한 의식의 한 줄, 한 켜, 한 면, 한 층을 그대로 가르고 이어서 글로 쓴 사람은 없을 것이다. 이는 능력을 넘어 용기인데 그것이 양심에서 오는 것 같기에 융이 더욱 좋아지는 것이다. 오늘 아침, 집 안을 청소하며 움직이는 중, 마치 융이 내 옆에 있는 듯 너무도 깊은 친근함이 내 안에서 느껴졌다. 좋은 사람이 주는 기운이 시공을 초월하여 나에게 전파되어 온다.

내가 융을 좋아한다고 말하는 것은 그의 치밀한 의식과 강인한 정신 때문만이 결코 아니다. 이토록 고뇌하고 죽을 듯이 몸부림치며 회의하고 사는 사람의 인생이 어땠겠는지. 그 사람이 오로지 학문을 위해 탐구하고 인류의 미래에 대한 위기의식만이 전부였을까? 세계대전이라는 광증에 휩쓸려 들어가는 세상에만 그의 눈이 향해있었을 것이라고는 나는 생각하지 않는다. 그 자신이 그의 학문의 대상이었고 실험의 대상이었다. 그는 자신을 느끼고 깨달아가면서 인간을 해석하고 이해하고 규명하고 결국 대변을 하였다. 인간 안에 있는 신성과 광기, 진실과 부조리, 미덕과 악덕, 그리고 높음과 낮음, 이 모두가 "생명의 풍성함"이라고.

그의 표현들은 얼마나 섬세하고 감정적이고 솔직한지 모른다. 학자라는 사람이 자신의 말을 하는 것이 소설 같다. 또한 의식을 끝까지 내려가 본 사람으로 정확하고 세밀하다. 이 책은 짤막짤막한 장으로 되어 있는데, 거의 자신의 영혼에게 하는 말이다.

"나의 영혼이여, 그것이 그대의 의미인가?"

처음부터 나오는 이 "그대"라는 말은 "궁극의 의미"를 부르는 말로, 이

내 인생의 책들 - 그 곳으로부터 30센티

궁극의 의미는 영혼이다. 융은 자신의 영혼과 근원적인 대화를 한다. 자기의 길을 가기 위해서 이젠 영혼에게 손을 내밀고 그를 알려는 시도를 한다. 내가 앞에 수차례 융이 무의식으로 들어갔다라고 말했는데, 영혼의 안내를 받아 결국 심연으로 들어가는 과정이 『레드북』에 그대로 나와 있다. 여기에서 참으로 눈물겨운 융의 결단이 나온다.

"내가 나의 영혼에게 그대가 비록 나를 광기로 이끈다고 할지라도 그대를 믿겠노라고 맹세했다."

그 과정을 표현한 것이 얼마나 솔직한지, 나는 그것을 왜 그렇게 잘 알아듣는지 모르겠다. 융의 고뇌가 너무도 절절이 이해되고 공감돼 가슴이 무너지듯 눈물마저 쏟아진다. 자신을 알아가는 길인 심연에서 그가 하는 말은 거의 이런 것들로 점철되었다. 힘든 몸부림, 도전과 회의, 혼동, 냉소, 두려움, 회의의 유혹…

나는 이해력이라는 목다리를 짚고 그대의 뒤를 절뚝거리며 걷고 있어. 나는 한 사람의 인간이고, 그대는 신인 것처럼 큰 걸음으로 걷고 있어. 어찌 이런 고문이! 나는 나 자신에게로, 나의 가장 작은 것으로 돌아가야만 해. 나는 나의 영혼의 것들을 크게 보도록, 그것들을 크게 만들도록 강요하고 있어. 그것이 그대의 목표인가? 따르긴 하겠네만 그것이 나를 무섭게 만들어. 나의 회의를 들어보렴. 이런 회의가 없다면 나는 그대를 따를 수 없을걸세.

앞에 나는 존재론적 회의로 내가 죽거나 실성할 것 같았을 때 융을 처음 만났다는 말을 했다. 복잡한 내면의 의식을 글로 썼다는 말도 잠간 했는데, 아래 조금 붙인다.

"진리가 있는가, 아니면 나의 자아가 애써 지향해야 할 것을 만들어 냈는가? 정신과 영혼이 만든 그 길을 나는 선택해야 하는가, 아니면 나의 본성으로 표출된 길로 가는 것이 자연스러운 일인가 하는 문제는 갈수록 커져왔다.

나의 갈등과 회의의 원천인 '가치'와 그것을 만든 '신'을 거부하고 내 인간성 하나로 버티어 살 수 있는 이유를 내 안에서 찾고 싶다. 가치의 선택에서 정신이 돌아버릴 정도의 고통이 없이 그냥 내 안에서 처음 솟아난 나의 자질과 그릇만큼만으로 만족하고 기뻐하고 싶다. 나만의 주체적인 정신을 인정하고 사랑하고 싶다는 외침이 시도 때도 없이 터져 나온다."

그당시의 나의 글엔, 혼란, 당혹, 자괴감, 번민, 갈등, 회의 등의 말들이 빠지지 않는다. 서로 대립하고 있는 영혼과 본성 안에는 융이 말하는 사회적 규범과 종교, 모든 것들이 섞여있다. 융을 만나면서 처음으로, 나의 회의가 죽음이나 실성으로 이어질 필요가 없는, 살아 있는 인간, 혹은 종교적인, 혹은 사색하는 인간이 가질 수 있는 삶의 문제들이라고 나 자신을 이해시키게 되었다. 그렇다고 내가 곧바로 안정을 찾고 평화로워진 것은 아니었다. 새로운 혼란이 찾아왔다. (아! 나는 금방, 한 문장을 읽었다. "그것은 소름끼치는 시작일 뿐이었다.")

다시 『레드북』으로 들어가겠다. 이 낯선 영혼에게 융은 자리를 내어주겠노라고 다짐한다. 그것은 그의 관용이고 합리성이다. 독단과 완고함을 버린 놀라운 태도다.

나는 사람들을 사랑하고 신뢰하려고 노력하지 않았는가? 그대에게도 그렇게 하려고 노력해야 하는 것이 아닌가? (…) 내가 친구들에게 주는 것이 있다면 당연히 그대에게도 주어야 하지 않은가?

다른 사람, 친구들에게 주는 신뢰나 사랑은 관습이며 규범(시대의 정신)인데, 이젠 그것들에는 할 만큼 했으니 나의 영혼도 돌아봐주어야 하지 않느냐는 말이다.

세상에는 오직 하나의 길밖에 없어. 그것이 너의 길이야. 너는 그 길을 추구하고 있는가? 난 너에게 나의 길을 멀리하라고 경고하네. 그것이 너에게는 그릇된 길일 수 있어. 각자 저마다의 길을 가기를 바라네. (…) 모두 각자의 길을 찾기를 바라네. 그 길이 공동체 안에서 상호 사랑을 낳게 될 거야. 사람들은 자신들의 길의 유사성과 공통성을 보고 느끼게 될 거야. 공통으로 지켜지는 법과 가르침은 사람들이 고독을 찾도록 몰아붙여. 그래야만 원하지 않는 접촉의 압박에서 벗어날 수 있으니 말이다. 그러나 고독은 사람들을 적대적인 마음과 원한을 품게 만들어. 그러므로 사람에게 존엄을 부여하고 서로가 따로 서도록 하게 하라. 그러면 각자는 자신만의 동료애를 발견하여 그것을 사랑하게 될 것이다.

공동체와 상호 사랑, 이처럼 바람직한 사회, 관계를 만들 수 있을까? 가능하다. 스스로 존엄성을 가지고 자신의 길을 따로 걷게 되면 충분히 이룰 수 있다. 융은 그러한 가능성을 발견했고 정의를 내렸다. '자신만의 하나의 길'을 찾아야 한다라고. 그러면 각자는 동료애를 발견하여 서로 사랑할 수 있게 된다고. 융 자신이 광기라고 느낄 정도의 고뇌와 위험을 딛고 얻은 깨달음을 우리는 곧바로 이해하고 공감하며 실제 그 길로 가고 있기도 하다. 게다가 융이 비밀스럽게 써놓은 그것을 우린 환하게 읽고 있다. 이 시대에서 누리는 특권이다.

융이 자신의 모든 것을 포기하면서까지 무의식으로 내려갈 수밖에 없었던 그의 내면-고뇌, 회의, 두려움, 분노, 탐구의 독백이 그토록 적나라할 수 없다. 영혼과 나누는 집요한 대화. 영혼이 그 상태를 대변한다. "그건 내전內戰이야."라고.

우린 누군가와 전쟁을 하면 결국 자신과의 전쟁이라는 것을 알고 만다. 내가 공격하여 무찔러 없애고 싶은 적을 결국은 자신 안에서 찾게 된다. 그 전쟁터가 바로 지옥인데, 지옥과 천국이 섞여 있는 존재가 인간이라고 융은 일반 저서와 강의에서 이론적으로 말해왔다. 그러나 『레드북』에서 그는 소설 속의 한 남자처럼 말한다. 말 잘하는 카라마조프가의 둘째 아들 이반처럼.

> 지옥은 당신이 스스로 계획한 진지한 모든 것이 또한 우스꽝스럽다는 것을, 훌륭한 모든 것이 또한 잔인하다는 것을, 선한 모든 것이 또한 나쁘다는 것을, 고매한 모든 것이 또한 저급하다는 것을, 유쾌한 모든 것이 또한 고약하다는 것을 자각하는 때이다. 그러나 가장 깊은 지옥은 당신의 지옥이 또한 전혀 지옥이 아니고 유쾌한 천국이라는 것을, 그 자체로는 천국이 아니지만 이런 점에서는 천국이고 저런 점에서는 지옥이라는 것을 깨달을 때이다.

한 인간 안에 대극적인 면이 있을 뿐만 아니라 그 한 면조차도 전부를 품고 있다는 말이다. 그것을 깨달아가는 사람들은 혼란스럽게 되고, 혼란을 야기한 영혼에 대해 분노하게 된다. 이러한 상태를 죄악이라거니 이단이라거니, 잡념, 망상이라고 비난하고 억누르는 대신, 안에서 일어나는 전쟁이라고 영혼이 담담하게 말하고 있다. 전쟁, 거지성자 페터의 인식 그대로다.

의식과 심리의 상태에 대하여 현대의 심리치료사, 영성훈련가들이 하는 말들의 기원이 바로 여기에 있다고도 볼 수 있는 것은 융은 어쩌면 새로운 종교를 창시한 것 같기도 하다. 분명, 융의 이러한 자각은 융이 처음은 아닐 것이다. 달리 말하면 사고, 몰입, 추구의 최고 상태일 것인데, 아무려면 자신 속에서 신을 본 사람이 어느 시대, 누구 한 사람 없을 수가 없다. 저 먼 데서는 부처로부터 해서 장자, 니체와 헤세, 마이스터 에크하르트. 그리고 새로운 십계명이 필요하다고 말했던 카잔차키스… 그리고 노자. 융이 곧잘 인용한 것이 노자 『도덕경』이었다.

> 당신은 이걸 배워야 한다. 어떠한 유혹에도 굴복하지 않되 당신 자신
> 의 의지로 모든 걸 하는 것을 배워야 한다. 그러면 당신은 자유로울
> 것이고 기독교 정신을 뛰어넘을 것이다.

기독교 정신을 뛰어넘는 것, 그것은 예수 그리스도의 신비 속으로 들어가는 것, 스스로 예수 그리스도가 되는 것이다.

여기까지 온 융 이야기는 상당히 복잡한 나의 의식과 심리 상태를 융합시킨 것이다. 내가 온 힘을 다 해 이렇게 쓰는 것은 나를 알리려 함이 아니다. 나는 아무것도 아니다. 융이라는 사람이 말한 그 무엇, 인간에 대한 진실을 나라는 한 사람의 고뇌와 결부시켜 알려드리고 싶을 따름이다. 할 수만 있으면 그 길로 다가가 보고 들어가 보라는 바람도 있다. 아는 어떤 사람의 육성이 학문 영역 속의 치밀한 문장보다 그래도 조금이라도 이해하기가 수월하지 않을까 해서 말이다. 이것은 내가 아는 것을 나누는 일이다. 내가 조금이라도 거들어 줄 수 있고 원한다면 힘이 되고 싶은 단순한 마음이다. 어찌할 수 없는 사랑의 힘이다.

(이 글은 대전교도소에 수감 중이었던 한상렬 목사님께 보낸 편지다. 한 목사님의 편지를 받고서 한동안 지내다가 어느 아침, 『레드북』을 읽으면서 이 글 첫 부분의 독백이 터져 나왔다. "그럼 뭘 할 것인가를, 그 즉시, 선택하는 것이 중요하다." 내가 선택한 일은 오래 미뤄두었던 답장을 쓰는 일이었다. 한상렬 목사님은 이 글의 마지막 부분을 그대로 옮겨 나에게 답장을 보냈다. 글자들 위로 떨어진 눈물자국이 그대로 비쳤던 편지였다.)

나의 그림자가 통곡한다

어젠 오전 10시부터 오후 6시 반까지 해안선을 따라 사람들이 올레길이라고 이름 붙여놓은 길을 걸었다. (나는 전날 오전에 출발하는 항공편을 이용해 그 어느 때보다 제주도에 이른 시간에 도착했다.) 오늘은 리무진을 타고 중문단지로 갔다. 희자 씨를 생각하며 점심을 먹고 싶었다.

작년, 제주도에 머물던 나는 희자 씨를 제주도로 초대했다. 하루, 우리는 중문으로 가 호텔 뷔페를 먹었는데, 그 때 먹은 토스트 맛이 어찌나 좋았던지 두고두고 떠오를 정도였다. 나야 보통 식후에 꼭 빵이나 케이크를 배불리 먹지만 건강 다이어트를 하는 희자 씨도 그날만큼은 내가 먹는 식으로 토스트에 버터를 듬뿍 바르고 흘러내릴 정도로 딸기잼을 넣어 연거푸 세 개를 먹었다.

나는 중문에 도착해 바다로 이어지는 잔디밭으로 가 책을 펼쳐 읽었다. 한참 지나 잠깐 눈을 붙이는데, 햇빛이 내리쏟는 부드럽고 너른 풀밭과 바다로 향하는 주상절리의 모습이 뇌리에 가득 찼다. 나는 그런 순간의 의식 상태를 잘 안다. 잠들기 직전의 영상들이다. 보통은 아주 심난한 길들(질척거리는 좁은 길, 가파른 산길 등)로, 나는 의식적으로 내 발에 장화를 신기거나 산길을 오솔길로 바꾸려고 노력을 하다가 잠에 빠지곤 한다. 이번에는 넓고도 기분 좋은 영상이 펼쳐진 것이다. 눈을 뜬 것은 10여 분 후, 깊이 잔 것 같다.

거기에서 희자 씨와 함께 뷔페를 먹었던 호텔로 갔다. 밥은 가볍게 먹고 기대했던 디저트를 앞에 놓았다. 버터를 두껍게 바른 토스트에 잼을 듬뿍 얹어 커피와 먹었다. 그런데 희자 씨와 그토록 행복하게 먹었던 토스트 맛이 전혀 나지 않았다. 참 이상하다고 여기며 식빵을 더 바싹 구워 보기도 했지만 영 그 맛이 아니었다. 희자 씨가 없다는 것 이외 다른 이유를 떠올릴 수 없었다. 작년의 그 맛은 어떤 것에도 기뻐하는 희자 씨로부터 나왔던 것 같다.

식당에서 나와 그 옆, 햇볕 드는 조용한 라운지의 2인 탁자에 앉아 다시 책을 펼쳤다. 『당신의 그림자가 울고 있다』. 이 책을 달포 전에 잘 읽은 이래 가끔 아무 데나 펼쳐 읽곤 했는데, 처음부터 한 줄 한 줄 찬찬히 다시 읽는 오늘, 새로운 대목들과 다시금 사색하게 하는 구절들을 계속 만나고 있다. 어느 구절에서 머리를 크게 얻어맞은 듯 내 입에서 "악!" 소리가 터지면서 의자에 기댔던 몸이 앞으로 튕겨졌다.

그림자의 힘을 소유하려 드는 사람이라면 '내가 신이다!'라고 소리치거나, 다르게 들리지만 마찬가지인 '신은 죽었다!'를 외칠 것이다.

최근 몇 년, 나는, '신은 없어, 신은 인간의 이성과 의식이 만들어 낸 거야, 인간성에 신성의 측면이 있어, 영원한 것은 없어.'라는 생각을 품고 살았다. 이 생각은 나를 두렵고도 외롭게 만드는 한편 강하게도 만들었다. 그림자의 힘 같은 것은 의식하지도 못했다. 인간의 본성과 이성에 더욱 천착하면 할수록 이런 결론만이 나오는 거였다. 나의 실존적 경험으로 얻어진 이러한 인식을 피할 수가 없었다.

내가 이해하기로, 의식의 힘으로 무의식을 발견한 융에게는 인간의 원형이 신이고, 뇌파진동을 역설한 단학의 이승헌에게는 뇌가 신이다. 칸트에게는 인간의 이성이, 헤라클레이토스에게는 끊임없이 생성되고 변화하는 만물이, 그리고 자연과학자들에게는 자연법칙 그것이 신이다. 이성을 탐구하고 의식을 훈련한 사람들은 자기, 결국 인간 안에서 신의 형상을 발견한다. 나 역시 나의 의식을 통해 신에게 다가갈 수도 있고 일체가 될 수도 있을 것 같았다.

또 한편으로, 밝음의 실체를 외면할 수도 없었다.

"이 다사로움, 이 온유함, 이 참음과 희생, 이 평화, 기적과 같은 이 동시성의 충만함, 거저 얻는 이 놀라운 축복… 내가 만들어냈다고 말할 수 없는 이것이 신의 증거가 아니고 무엇이야."

나는 지난 몇 년, 이 생각의 쳇바퀴를 돌리며 살았다. 정말 이 순간까지 얼마나 많이 내 안에서 신이 죽었다 살아나기를 반복했는지 모른다. 달포 전에 읽었을 때는 무심히 넘어갔던 모양인데, 오늘 그만 '으악!' 소리가 절로 터지고 말았던 것이다.

융이 자기 안의 절대악, 인격의 열등한 부분에 대해 "그림자"라고 시적으로 표현한 것에 더 해 『당신의 그림자가 울고 있다』 저자인 로버트 존슨은 조금 더 현대적인 관점에서, 문화인류학과 사회심리학적 연구를 곁들여 인격의 여러 부분 중 사회나 문화가 수용하지 않는 부분을 그림자라고 개념화한다.

인간의 자아는 밝은 면과 어두운 면이 있는데 어두운 면은 곧 악하거나 나쁜 면이 결코 아니며 다만 특정 문화와 사회 안에서 감추어진, 덮을 수밖에 없는 자기의 일부다. 자기 안의 밝은 면과 어두운 면, 이것 둘 다가 버릴 것 하나 없는, 신이 부여한 온전한 특질이라고 할 때, "나는 선한 사람이 아니라 온전한 사람이 되고 싶다"는 융의 말은 얼마나 의미심장한지 모른다.

내가 왜 그렇게 그림자에 매달리느냐면 나는 내 안의 그것을 본 것 같기 때문이다. 아주 오래전에. 나는 그때 죽을 것 같았다. 그 즈음, 이부영이 쓴 『그림자』를 우연히 발견했는데, 거기에서 융의 말을 읽었다.

> 그 성격의 상대적 악을 인식하는 것은 가능할 수 있다. 그러나 절대
> 악을 직면하는 것은 드물기도 하려니와 충격적인 경험을 의미한다.

나는 그림자를 이해할 수 있었다. 융의 말은 하나하나 나에게 파고들었다.

그림자는 강력한 저항 아래 억압되어 있고 억압된 된 것이 의식됨으로써 정신적 대극의 긴장이 형성 되는데 그것 없이는 어떠한 발전도 가능하지 않다.

나는 그때 죽자사자하는 심정으로 나의 그림자를 파고 들어갔다. 그림자만이 아니라 나의 자아를 꿰뚫어보고 싶었다.

거의 해마다 우리는 전에는 몰랐던 어떤 새로운 것이 우리 속에서 모습을 나타내는 것을 본다. 우리는 늘 이젠 우리의 내면적 발견이 끝났다고 생각한다. 그런데 그렇지가 않은 것이다. 우리는 계속 우리가 이것이라는 것, 우리가 저것이라는 것, 또는 그 밖의 다른 것임을 발견하고 때로는 깜짝 놀랄만한 경험을 한다. 이것은 바로 언제나 거기에 아직 무의식적인 우리 인격의 한 부분이 있다는 것, 그것은 지금도 이루어지고 있다는 것, 우리는 미완성이라는 것, 우리는 자라고 변화한다는 것을 드러내는 것이다. 그러나 우리가 여러 해를 거쳐 이루게 될 미래의 인격은 이미 그곳에 있다. 다만 그것은 아직 그림자 속에 있을 뿐이다.

지금은 또 다른 나의 그림자를 본다. 나는 그림자를 무서워하지도 않고 죄악시 하지도 않지만 그렇다고 마냥 지고 갈 수는 없이 크나큰 부담을 여전히 느끼고 있다. 나는 나의 어둡고 흐릿한 그림자를 의식 속의 양지로 끌어내어 비추고 습기 진 데를 쪼이고 무른 데를 고슬고슬하게 말려주고 싶다. 인간성에 대해 더욱 온전한 이해를 얻어, 있는 그대로를 누리며 활개 치며 살고 싶다.

내 고뇌의 끝에 늘 신이 있어, 내 자아의 끝을 보는 것 같은 순간마다 '신은 없다'라고 고개를 확 털어버리든가, 마치 내가 신과 닿아 있는 것 같은 너무도 감당하기 힘든 의식을 경험하는데, 존슨 박사가 내 상태에 대해 바늘로 찍듯이 말했기 때문에 나는 얻어맞은 듯이 놀랐던 것이다. 참말로, 미치거나 죽을 것 같은 심정이다. 이런 상태에서 내가 버티어낼 수 있는 것은 내 체력이 아주 강해서라고 생각한다.

한참 숨을 고르고 다시 책으로 눈을 돌렸는데, 나는 또 한번 놀랄만한 문장을 만났다.

"위험천만하게도 니체는 이 근방까지 갔다."

나는 최근, 오쇼가 쓴 『위대한 만남』을 읽으면서 오쇼가 니체에 대해 말하는 대목에서 퍽이나 울었다. 그가 왜 미쳤는지, 미칠 수밖에 없었는지 이해가 되어서였다. 지극한 연민, 바로 나 자신에 대한 것이기도 한 연민이 밀려왔던 것이다. 저자와 나는 거의 이런 식으로 대화한다. 그는 분명히 나에게 말하고 나는 그에게 소리치고 있다. 나는 그의 대답을 재삼 재사 듣는다.

인간은 자신이 홀로이며 내면에 있는 원천에 의지해야지 하늘에 있
는 아버지에 의지할 수 없다는 진리를 알아야 한다.

니체를 이해하는 오쇼의 말이 나의 자아를 확인시켜주기는 하였지만, 나는 여전히 '모험가', 혹은 '도박사'처럼 불안하고 떨리기만 한다. 언제 삶의 궤도에서 이탈할지 모르고, 언제 탐구와 추구를 포기할지 모르고, 또 과연 종착지를 발견할 수는 있을까 하는 막막함 속에서도 가야만 하는 나 자신에 대한 연민이 피어오르고, 그래서 눈물이 나오는가 보다.

나는 알아야 할 것들이 너무 많다. 그러나, 그러나 무엇을 알아야 하는지는 모른다. 책을 읽으면서 내가 그나마 가고 있다는 사실을 확인하는데, 그런 믿음이 너무 필요할 정도로 나는 삶을 헤매고 있다. 나는 알아야 한다고 생각한다. 그렇게 하여야 하는 여러 근거들을 나는 가지고 있다. 오쇼가 말했다. 어린아이와 같이 순수해야 하지만, 첫 번째 탄생시의 어린아이를 말하는 것이 아니라고. 존재의 변화를 통해 두 번째 아이가 되는 것이 진정한 탄생이라고. 존슨 박사도 같은 말을 한다.

> 삶의 후반부에는 전일성을 회복하기 위해 노력해야 한다. 그 출발점은 어린아이와 같은 무의식의 상태이다. 마지막에 도달하는 곳도 어린아이와 같은 상태인데 이때는 의식적이다.

사람들은 무지나 단순함을 순수함, 복이라고 생각하며 나같이 복잡한 사고에 보이지 않는 것을 붙들고 사는 사람을 답답해라 한다. 나도 그런 사람들을 '무심의 복을 타고난 사람'이라고 이해했지만 더 이상 그런 말을 하지 않으려고 한다. 토마스 만이 민감함에 대해 한 말을 읽은 뒤로는 말이다.

내 인생의 책들 - 그 곳으로부터 30센티

주의력, 양심, 조심, 깊은 관심보다 나은 것이 있을까? 예술가는 특히 '남보다 뛰어나게' 주의 깊은 사람이다. 어쨌든 지적인 인간이란 그런 것이다.

다른 사람에 대해서도 민감하지만 나 자신에 대해 그 이상으로 민감한 나는 이 말로써 조금 자신이 생겼다. 이게 지식인으로 성장한 내가 풀어야 할 업이고 과제라고 본다. 나는 정말 내가 미쳐도 좋으니 내 자아의 진면목, 나를 둘러싸고 있는 현상(관계, 객체)의 진실을 알고 싶다. 그 선명한 진실 뒤에는 분명 더 깊은 그림자가 드리우고, 불같이 환한 진실조차도 변질되고 사그라들지 모르지만, 나는 무명의 차원을 한 단계 한 단계 벗어나고 싶을 따름이다.

미치든 안 미치든 그렇게 되지 않을까? 보고 싶은 대로 보고 확인하고 싶은 대로 확인하고 말하고 싶은 대로 말하며 살아온 내가 앞으로 무엇을 더 피할 수 있을까. 나는 나 자신을 그대로 끌고 가려고 작정은 했다. 니체와 노자를 이해할 수 있을 것 같은 사람이 세상 사람들의 시선 안에 나를 가두면서 그럭저럭 살 수는 없을 것이다.

책을 덮고, 의자에 머리를 기대고 눈을 감았다. 편안하게 눈이 감긴다. 곧바로 영상이 떠오르는데, 난간에 패튜니아를 주렁주렁 달고 있는 나무다리, 빨강과 초록의 폭신한 인도 블록이 깔린 보도, 용천수가 흘러내리는 맑은 계곡, 숲과 나무들… 어제, 찬란한 햇빛과 부드러운 바람 속에서 내가 걸었던 외돌개까지의 정경이었다. 그 영상을 따라가던 나의 눈에는 눈물이 맺히기 시작하였다. 어느 순간 숨을 쉴 수 없을 정도로 눈물이 쏟아지다가 입을 틀어막아야 할 만큼 눈물은 오열로 변했다. 눈물은 현실이었다. 정말 슬펐다. 영원히 흘러버린 어제의 아름다운 정경들이, 아무것도 남아 있지 않은 지금 내 마음을 에이면서 애처롭게 피어났다.

그때부터 자꾸 눈물이 나왔다. 서귀포로 돌아가는 리무진을 기다리면서 하늘을 올려다보니 왜 그렇게 고운지, 눈물이 마구 흘렀다. 한참을 기다려 버스를 타고 오면서도 하늘과 나무들에 내내 눈물이 흘렀고, 바닷가 길을 헤적헤적 되걸어오면서도 눈물이 내렸다. 나는 아주 기진맥진하였다. 나 자신에 대해 생각을 몰고 갈 기력이 남지 않았다. 숙소의 로비는 언제나처럼 적막하고, 나올 때 감춰둔 열쇠를 찾아 방으로 들어왔다.

밖은 어느덧 아주 깜깜해져 있다. 지금부터 어떤 시간이 될지 모를 일이다. 슬플지, 갑자기 무서울지, 사무치게 사람들이 그리울지. 이럴 때 읽을 가벼운 소설 한 권이라도 있었으면 좋았을 걸.

세상의 정원

 점심을 잘 차려 먹은 뒤 바로 커피를 내려 제주도에서 가져온 과자와 함께 탁자에 올렸다.

저녁에 약속이 있어 하오의 디저트 타임을 당긴 것이다. 한 끼니 밥을 먹듯이 한 무더기의 과자를 커피와 함께 해치우고 나서 책 한 권을 펼쳤다. 『타샤의 정원』. 아침에 학산에 들어갔다 온 뒤 오늘은 아무 책도 읽지 않고 바로 글쓰기로 들어가야겠다는 생각에 의식적으로 밀쳐둔 책이다. 책은 한번 잡으면 정신이 사로잡히기 때문이었지만, 점심에 연달아 과한 디저트까지 한 상태로는 글쓰기보다는 책 읽는 것이 좀 낫다.

미국에서 가장 아름다운 정원을 만든 타샤 튜더의 정원 이야기 『타샤의 정원』은 제주도에서 돌아온 직후 꺼내놓았던 책이다. 이번 제주도행에서 나는 생각하는 정원을 찾아갔는데 정원을 돌아보면서 떠오른 것은 타샤의 정원이었다. 생각하는 정원을 만든 성범영 원장님이 쓴 정원과 나무

이야기 『생각하는 정원』과 함께 읽고 싶었다.

타샤 튜더는 1915년에 출생하여 작년으로 탄생 100주년이 되었다. 그녀는 56세에 미국 최북단 버몬트주의 황량한 산골로 들어가 정원을 만들기 시작했다. 30년이 채 안 되어 그녀가 만든 정원은 '미국에서 가장 아름다운' 정원이라는 말을 듣게 되었고, 가옥과 가구, 먹을거리와 의복 등을 직접 만들면서 살았던 그녀의 삶이다.

내가 인간 한 사람의 힘이 얼마나 크며 시간은 어떤 일을 하기에 전혀 부족함이 없다는 것을 실감하게 된 최초의 사례는 바로 그녀였다. 그녀의 정원, 그녀의 농가풍의 집, 그녀의 가구와 주방도구, 그녀가 만드는 온갖 잼과 저장식품들, 그리고 그녀가 물레를 돌려 짠 직물과, 그것으로 그녀가 만든 옷들을 보면서였다. 그녀의 노동과 수공의 산물은 타이탄이나 일곱 난장이들이 해내는 일 같았는데 말이다.

일주일 전, 제주도 저지마을에 한 사람의 힘으로 만들어진 생각하는 정원을 보면서 나는 거인의 존재를 두 번째로 보았다. 생각하는 정원의 나무들 옆에 적은 설명문과 성범영 원장님이 쓴 책들에는 동서양의 방문객들로부터 '세계에서 가장 아름다운 정원'이라는 말을 듣는다는 이야기가 많이 나온다. 미국의 산악지대와 제주도의 황무지에 '세계적인' 정원을 만든 사람은 각각 한 사람이었다. 발레리나였던 가녀린 몸에 복고풍 드레스를 입은 타샤 튜더와 넉넉한 갈옷에 벙거지 모자를 걸친 성범영 원장님.

내가 생각하는 정원엘 들른 것은 일주일 전인 3월 1일로, 성범영 원장님을 직접 만나 여러 이야기를 들을 수 있는 행운의 날이었다. 성범영 원장님은 안쪽 정원과 회의 장소로 쓰는 내실까지 구경시켜주었는데 외국 정상들로부터 받은 기념품들을 설명하면서 기념관을 만들고 싶다는 소망도 말했다. 원장님에 대한 세상 사람들의 찬사, 그 온전한 의미가 내 안에도 가득 차올랐다. 원장님이 이룬 일, 하는 일의 부피와 내용을 보건데, 정치인의 대표 인물인 대통령보다도 더 많은 노동 시간에 강도도 클 것이어서 방문자가 원장님을 붙잡고 있을 수만은 없었음에도 그런 시간을 얻었다. 나는 그분께 아름다운 한 미국여인의 정원도 좀 알게 해드리고 싶어 전주에 가면 타샤 튜더의 책을 보내드리겠다는 말씀을 드렸다.

성범영 원장님에게 강하게 흐르는 것은 사람에 대한 관심과 사랑이라는 것을 나는 그날 크게 느꼈는데 『생각하는 정원』을 읽으면서 확실해졌다. 성범영 원장님은 정원사이면서 예술가였다. 내가 이해하기로 예술가는 영혼의 울림을 예술로 표현하는 사람들로, 왠지 나에게는 훌륭하다는 예술품들이 신적으로보다는 인간적으로 느껴지기만 했다. 『생각하는 정원』에도 언급된 안토니오 가우디의 구엘 공원과 가족 성당, 다른 건축물들을 보면 안토니오 가우디가 얼마나 인간적으로 사고하고 인간의 영혼을 소중히 여기는지 알 수 있다. (작년에 서울 예술의 전당에서 가우디 전시회가 열렸다. 전시회를 본 뒤 내가 딸들에게 하는 새 말이 생겼다. "엄마가 가고 싶은 데가 딱 한 군데 생겼어. 바르셀로나. 거기에서 가우디를 보면서 한 달 정도 살고 싶어.") 자연을 살리고 신의 나라를 묘사하는 지극히 사랑스러운 가우디의 영혼이다. 성범영 원장님의 창조물과 정신은 그러한 대가들과 참으로 흡사하다. 무엇보다 성 원장님은 어느 한 사람 소홀히 하지 않는 사람이었다.

내가 성범영 원장님을 통해 느낀 것은 그분은 교육자라는 것이었다. 또한 그분이 더욱 고달픈 것은 교육자의 마음 때문이라고. 몸 이상으로 정신은 움직이고, 일하며 느끼는 모든 것은 다시 의식과 정신으로 승화돼 언어의 구슬이 꿰어져야 한다. 나무 하나에 글 하나, 돌 하나에 생각 하나, 오름 하나에 사상 하나… 심고 캐고 옮기고 가꾸는 모든 일, 생각하는 정원 시공의 처음부터 끝, 앞에서 뒤, 아래에서 위, 그 모두에 그의 마음과 뜻과 각, 사상과 감정이 들어있는데, 성범영 원장님은 힘 있게도 그것을 사람들과 나누는 것을 과업으로 삼았다. 정원을 만드는 예술가로서의 그의 특성은 글을 쓰는 것에 굉장히 집중한다는 것, 또 바쁘다는 이유로 사람을 홀대하지 않는다는 것이었다.

"나무를 기르면서 나무에게 배운 철학을 사람들과 공유"하는 그런 일은 보통 정원사들이 하지 않는 일이다. 정원이 주는 기운, 영감은 다른 어떤 것과 정녕 비교가 되지 않는다. 내가 외국의 훌륭하다는 미술 작품을 보러 다닌 전시관과 내가 본 정원의 기억이 같지 않다. 그 작품들과 하늘 아래 푸르게푸르게 서 있는 나무 한 그루가 같지가 않다. 거기에 생각하는 정원은 살아있는 나무 가운데 아름다움의 극치를 이루고 있는 것들이니 더욱 그렇다. 그것을 어떻게 만들었는가가 『생각하는 정원』에 나와 있어 아는 만큼 보이는 그 황홀감이 더 커지기만 한다.

성범영 원장님에게 감사하는 마음이 참 크다. 우리에게 정원을 만들어 주었다. 천국의 동산을 지상에, 그것도 우리들이 사는 나라에 흠 하나 없는 모습으로 가꾸고 지키는 사람이다. 예수가 우리를 하늘나라로 오라오라 하고 부르고 있다는 찬송가가 있다. 완벽하게 조화로운 한 폭의 그림인 생각하는 정원에서 크리스천인 성범영 원장님은 간절한 손짓을 하고 있다는 것을 나는 보고 듣고 읽어 잘 안다. 사람들이 이곳에 와서 영혼을 쉬이고 기쁨을 얻고 정신적으로 채워지기를… 돌담을 쌓고 분재를 옮기고 물을 주고 잡초를 뽑으면서 말이다

나는 제주도를 참 좋아한다. 늘 마음속에 제주도가 있어, "언제 제주도에 가지?" 하는 생각과 말이 배어버렸을 정도다. 나는 제주도에 가면 잘 돌아다니지 않고 바닷가 옆 숙소에서 책 읽고 글쓰고, 근처 산책하면서 시간을 보내지만, 여기저기 좀 다녔던 초기에는 한림공원엘 자주 갔다. 정원이어서다.

나는 정원을 좋아한다. 정원이 있는 집에서 살았기 때문에 정원에 대한 향수가 더욱 큰지도 모른다. 아버지는 집에 꼭 정원을 직접 만들었다. 어렸을 적 살던 큰 집 마당에는 마운딩(이게 제주식으로 보면 '오름' 같다)을 만들어 금잔디를 심었고, 그 뒤 살았던 집에는 연못이 있는 정원을 만들었다. 나무는 향나무, 측백나무, 히말라야 시다 등 맨 상록수들이었는데, 내가 제일 좋아했던 나무는 '게라'라고 불리었던 주목이었다. 지금도 주목만 보면 내 나무처럼 마음이 뿌듯하고 한편 아리기도 한다.

생각하는 정원의 존재는 참 몰랐다. 대정에 있는 추사유배지에 다녀오는 길에 터미널에서 버스 기다리다가 관광 홍보물 게시대를 살펴보았다. 제일 먼저 내 눈에 띈 것은 '점심녹색뷔페'라는 글귀였다. '내일은 이 식당 가볼까?' 하여 집어 들고 보니, 생각하는 정원의 브로슈어였다. 내가 좋아

하는 '정원'에다가 더 좋아하는 말인 '생각'이 합성된 말, 생각하는 정원!
다음 날, 나는 물어물어 버스를 수차례 갈아타고서 생각하는 정원엘 찾아
갔다. 눈발이 휘날리는 속에서 관람로의 처음부터 끝까지 모든 설명문과
나무들을 다 보고 읽으며 시간 가는 줄 몰랐다. '점심녹색뷔페'에서 밥을
든든히 먹고, 또 중간쯤에 있는 전망대 카페에서는 이디오피아산 커피를
마시면서 발퀴레 에스프레소 잔도 하나 샀다.

제주도를 그렇게 좋아한다면서 누구보다 많이 다니는 사람이 생각하는
정원을 모르다니… 나도 좀 이상하기만 한다. 오래전에 분재예술원엘 갔
긴 하다. (분재예술원이 생각하는 정원으로 이름을 바꾸었다.) 1997년, 의회의원일 때
여서 의회 세미나 차 갔다가 관광한 것 같다. 그때 육송 분재 앞에서 찍은
사진을 나는 이번 제주도 다녀오자마자 찾아냈다. 가을 땡볕과 온실의 열
기가 기억이 난다. 어쩌면 분재예술원의 '분재'라는 이름에 그 정원의 규
모나 의미가 나의 의식 속에서 많이 축소되지 않았나 싶다.

제주도에서 돌아온 뒤, 『생각하는 정원』을 읽는데, 얼마나 다시 돌아
가고 싶은지… 나는 오래전, 여행에도 향수가 있다는 것을 알았다. 여행
지에서 돌아오는 그날 밤부터 내가 다닌 그곳이 눈물겹도록 그리워진다.
거리와 집들과 거대한 숲… 한동안은 내가 거기에 있는 것 같은 비몽사
몽 꿈들을 꾼다. 한국에서 나의 여행지는 제주도 한 곳인데, 집에 오면 다
시 가고 싶고, 또 어디에서 제주도 소리만 들리면 마치 고향 소식 듣는 것
같아 눈과 귀가 번쩍 뜨인다. 『생각하는 정원』의 사진을 보면서 나무들과
언덕, 연못, 돌다리, 돌담을 제대로 다시 보고 싶은 마음이 간절해졌다.

이번에는 이것이구나… 제주도는 이제까지 단 한번도 어기지 않고 나에게 무엇인가를 보여주는데, 나는 그때마다 "이번에는 이것이야"하는 감탄을 속으로 삭이면서 글을 쓰곤 했다. 이번에는, 생각하는 정원의 나무들이었다.

마음은 이미 제주도로 갈 계획을 세워놓은 것 같다. '봄의 생각하는 정원을 보고 싶다', 이것이 내 목표가 되어버렸다. 나는 하나하나 관람 포인트와 목록을 메모하기 시작했다. 나무 중의 왕자, 선비 중의 선비인 팽나무. 속이 썩은 매화. 너그럽고 여유 있고 부드러운 남성성의 모과. 밖에서 키우다 화분에 올린, 몸살 앓았던 대작 소사나무. 돌을 껴안고 사는 느릅나무. 감나무 밑 돌 웅덩이. 그 옆의 주목. 분재 대피소도 꼭 구경하고 싶고, '구사일생 소나무'도 보고 싶다. 시간 되면 그 옆 명월 마을 어디에 있는 팽나무 군락지도 가보고…

거기에 봄의 정원에서 더 눈여겨볼 것들을 나는 놓쳐서는 안 된다. 그게 내 마음속에서 이번 제주도행의 가장 큰 구실이기도 하니까 말이다. 애기 사과나무, 명자나무, 목련 잎사귀, 꽃 핀 으름 덩굴… 배나무, 소사나무, 때죽나무, 동백나무, 빗살나무 이파리들은 아직 어린잎들로 보일는지… 그러면 좋으련만… (그 두 달 후, 나는 제주도로 가 생각하는 정원에서 내가 책을 읽으며 메모했던 것들을 하나하나 확인하고 살펴보았다.)

『타샤의 정원』 저자는 인쇄소 다니는 이모로부터 자신이 어렸을 적에 받았던 타샤의 그림 편지지 세트를 잊지 못했다. 그 20년 후, 온실에 취직을 한 그는 그곳을 방문한 타샤를 만났다. 그때부터 이어진 그들의 사귐.

"오랜 세월 동안, 나는 타샤의 정원에 수없이 가봤지만, 아무리 가도 성에 차지 않는다."

추사관엘 다녀오면 또 가고 싶고, 김영갑 갤러리에 몇 번이고 가서 그 사진들을 다시 보고 싶고, 『생각하는 정원』 사진 속의 나무들을 볼 때마다 그곳으로 마음이 달려가는 나를 이 한 줄의 글이 잘 표현한다. 성에 차지 않는다… 나는 잘 느끼고 싶다. 그들의 마음을, 그들의 시간, 외롭고 고통스러웠고 힘들었던 그들의 현실을 수선화가 피어 있는 그 초당 앞에서, 오름들 사진 앞에서, 정원의 나무들 앞에서…

내 인생의 책들 - 그 곳으로부터 30센티

제주도에서 만난 루미

 서귀포에 잘 도착했다.

공항이 있는 군산터미널에는 강석종 선생님*이 진즉부터 기다리고 있다가 나를 은파 건너편 호반의 레스토랑으로 데리고 갔다. 이 레스토랑은 내가 제일 좋아하는 집이다. 작년 가을, 직원 단합대회 장소를 우리 과는 군산으로 정했다. 그때 우리들은 월명 공원을 산책한 뒤(이성당 앙금 빵을 하나씩 먹고 다니면서 보물찾기도 하였다. 보물찾기, 얼마 만에 해 본 놀이인지!) 이 레스토랑으로 와서 점심을 먹고 뮤직포유로 가서 독일 영화 《타인의 삶》을 보았다.

나는 무엇보다 강 선생님 말씀 듣는 것을 좋아한다. 그분의 표현 하나,

---

* 군산 문화카페 뮤직포유 카페지기, 팔순의 남자다. 나는 지난 10년 동안 매월 첫째 토요일에 뮤직포유에서 영화 해설을 했다. 나는 제주도에 갈 때마다 군산에서 강 선생님과 점심을 먹고 가슴 뭉클한 배웅을 받으며 비행기에 오르곤 한다. 돌아올 때는 그 반대 과정이 진행되는 것은 말할 것도 없다.

생각과 감정의 말들이 그토록 나에게 콕 박힐 수가 없다. 처음부터 그랬다. 그분의 진솔한 말투와 진정한 마음에 내가 훅 빠져들곤 하였다. 그것이 언젠가는 내 글 속에서 피어나는데, 처음부터 강석종 선생님은 나에게 강한 임팩트를 주었다.

"선생님, 희자 씨가 그러데요, 요즘 쉰 살 넘은 사람들은 끼니마다 약을 한 주먹씩 먹고 산데요. 선생님도 드시는 약 있는가요?"

레스토랑에서 나는 강 선생님께 물었다.

"아, 있다마다요. 진통제도 먹어야 덜 아프고… 근데 잊어먹어서 못 먹어요. 약 먹는다고 뭐가 더 좋아지겠나 싶기도 하고요. 이병철이나 박태준 보세요. 여든한 살까지밖에 못 살잖아요. 그 돈에 지금 의료기술 가지고도 안 되는 것이 수명 아닌가요? 우리도 살면 앞으로 5년이에요. 지금 어디 아프다고 약 먹고 수술해도 5년 살 것이고, 약 안 먹고 이렇게 살아도 5년일 거예요. 올 해 두 달 지났잖아요. 작년하고 지난 두 달 사이 내 기억력이 아주 달라졌어요. 휴대폰도 잊어먹고, 사람 이름 잊어먹고… 털고 잊어먹어 어찌해볼 도리가 없어요. 그러니까 죽는 것도 그런 식으로 두세 달 사이 결판이 나는 거잖아요."

두세 달 사이 결판이 나는 인생이라… 임철완 교수님 누님이 떠올랐다. 설을 앞 둔 며칠 전에 교수님을 만났다. 박지원의 『열하일기』를 밤마다 재미있게 읽다가 교수님도 읽으면 아주 좋아할 거라는 생각에 드리고자 연락을 드렸다. 버스 타고 내리는 데 지장 없도록 말만 유창하게 잘 할 수 있었으면 사학과에 갔을 거라는 임 교수님은 우리나라 독립기념일을 상해임시정부 수립일로 해야 된다고 오래전부터 주장해온 분이다. 90년대 상해임시정부기념관 건립에 헌금을 한 적도 있다는 말을 들을 때는 '기념관이 그렇게 만들어졌구나' 했고, 남산 안중근 기념관엘 의대 제자들을 데리고 갔다는 말을 들은 이후로는 나도 두어 번 가게 되었다. 막상 가보면 두 곳 다 사람이 없더라는 것이 임 교수님의 그 두 역사관에 대한 마지막 말씀이다.

임 교수님을 만난 자리에서 나는 별일 없으셨냐는 안부를 먼저 여쭈었다.

"그래, 별일이 있었어요."

임 교수님 음성에 기운이 없었다. 몇 년 동안 함께 살았던 누님이 전 주에 돌아가셨다고 한다. 밤에 누님이 방에 들어가는 것을 보았는데, 교수님이 아침에 들어가 보니 숨이 멎어가더라고. 임 교수님은 누님을 말할 때 꼭 "정박아 누나"라고 한다. 오래전, 교수님 댁에 들렀을 때 형님 댁에 있는 누나를 집으로 데려왔다고 하여 뵌 적이 있는데, 그 뒤 교수님이 댁으로 모셔 함께 산 것이 몇 년 된다. 내가 갔을 때마다 임 교수님 누님은 고운 한복 차림에 깨끗하고 편안한 얼굴로 방이나 주방에 앉아 계셨다.

누님은 낮에 색연필로 그림을 그려놓고 동생이 오기를 기다렸다. 지난 여름엔 임 교수님은 누님이 그렸다는 그림을 주방 벽에 가득 붙여놓고, "여기가 말이요, 우리 누나 전시회장이여" 하면서 그 그림들을 설명해주었다. 총을 든 사람 그림과, 누나 머릿속에는 6. 25 때가 남아있는 것 같다고 한 임 교수님 말씀도 기억난다. 임 교수님 누님을 생각하면 아웃사이더 아티스트가 떠오른다. 임 교수님이 미술애호가이고, 퇴임 후 그림을 그리는 것을 보면, 그 가족들 유전자에 예술가의 특질이 흐르고 있음이 분명하다.

임 교수님은 누님이 혼자 죽었다는 것에 크게 슬퍼하였다.

"그래서 사람은 한 집에서 사는 것이 중요한 것이 아니라 한방에서 살아야 해요."

임 교수님은 이 말씀을 유독 강조한다. 나는 교수님 누님이 그렇게 가신 모습에 오히려 위안을 받았다. '사람이 죽는 것, 그렇게 죽는 것이 가능하구나…' 나 또한 순간에 결판이 나고 싶다.

비행기 안에서 읽은 『루미의 지혜』에서 너무도 멋들어진 시를 만났다.

> 네가 여러 생을 살 수 있는 것은
> 여러 죽음을 겪었기 때문이다.
> 어째서 죽기를 걱정하는가?
> 그 모든 죽음들이 진짜 상실이었던가?
> 지금 네가 입고 있는 몸에
> 특별히 매달리는 까닭이 무엇인가?
> 모든 죽음이 너에게 더 나은 삶을 가져다주는데
> 어째서 연금술사를 신뢰하지 않는가?

여기에서 "연금술사"는 신, 하느님이며 알라다. 그 연금술이 뭔지 다른 시에서 찾아보겠다.

네가 존재하기 시작했을 때부터
연금술사는 너를 영구적으로 고정된
한 형태에 버려두지 않고
수천 가지 형상으로 끊임없이
너를 진화시켜 오늘에 이르렀다.
모든 변화가 연금술사의 선물이다.

    우리는 죽음을 통하여 수천 가지 형상으로 진화해왔으니 죽음을 두려워하고 슬퍼할 일이 없다는 말이다. 죽음의 비밀에 믿음이 더욱 커진다. 루미, 어린아이 같이 말하고, 코미디언처럼 웃기고, 투사처럼 찌르고, 교사처럼 훈계하고, 철학자처럼 반문하고, 친구처럼 따지고, 몽상가처럼 들어올리고, 연인처럼 요구하며, 신처럼 보여준다. 기발하고 웃기고 '대박'인 말들이 그 경계가 없으니, "아, 인간은 진즉 다 했구나, 4천 년 전에, 2천 년 전에, 천 년 전에! 그러니 무슨 새로운 지식이 필요하냐, 있는 것을 제대로 깨닫고 가야 할 것을…" 하는 탄식이 다시금 솟는다.

나가는 길은 어디에 있는가?
미친 사람처럼 그 비밀 통로를 찾아서
공간 없는 곳으로 들어가는 그 문을 찾아서
거칠게 달려라
(어떻게 왔는지 모르겠지만)

아무튼 너는 이리로 왔다
그러니 반드시 나갈 길이 있을 것이다.

아주 오래전에 내 가슴에 사무치는 회포를 쓴 것이 있다. '인생'이다.

간신히 여기까지 왔다
돌아보면 아득하고
앞을 보면 막막하다.

"휴우~". 아무튼 여기까지 왔으니 반드시 나갈 길이 있다고 단언하는
루미의 말이 어찌 내 것이 아니 될까.

마음과 몸이 그분의 다스림 아래 있다.
그분은 나를 한 순간에 열매로 만드시고
다음 순간에, 껍질로 만드신다.
내가 콩밭 되기를 그분이 원하시면
순식간에 나는 푸른색이다.
내가 거칠어지기를 그분이 원하시면
어느 새 나는 누렇게 시든 내 모습을 본다.
지금 나는 환한 달이지만
다음 순간에는 캄캄해질 것이다.

그분은 그런 분이시다.

비행기 안에서 이 기막힌 구절 앞에 눈물이 후드득 떨어졌다. 나는 나를 알아가는 세월 내내, '나는 이런 사람이다'라는 자포자기가 끊이질 않았더랬다. 최근에도 어떤 일이 있었다. 도의회의 교육청 행정사무감사가 있던 첫날, 교육위원들과 도의원들의 억지와 폭언에 얼마나 분노하며 치를 떨었는지 내 몸 속의 모든 뼈들이 솟아나는 듯한 고통을 맛보고 말았다. 나는 의원들에게 감정을 숨기지 않았고, 그로 인해 몇몇 위기를 초래하기도 하였다. 내가 결정적으로 본 것은 화의 재물이 된 나였다. 내 안의 사랑의 빛을 찾았다고 수없이 느끼면서도 본성이 격하고 가벼워 그렇게 되고 마는 나였다. 사흘의 행정사무감사 기간을 보내고 나는 그 사흘간의 일들을 쓰기 시작했는데, 마지막으로 깨달은 것은 "나는 아직도 멀었구나!"가 아니라, "불가능하구나!"였다. 그 긴 글의 마지막 부분이다.

"하느님, 나는 이런 사람입니다. 그러나 나는 사람한테 잘못했다는 생각은 하지 않을랍니다. 더 참아야했다고 후회하지도 않을 것입니다. 그럴 가치도 없고, 그렇게 애쓸 시간도 에너지도 없습니다. 인간에 대해 한 일, 인간 세상에서 한 행위에 대해서는 더 이상 자책하지 않으렵니다. 일부러 의식적으로 나를 돌아보지 않을 것입니다. 내가 잘못한 것은 당신과의 관계입니다. 그토록 나를 참아주셨건만, 나에게 사랑과 자비의 맛을 알게 해주셨건만, 나의 이런 꼴에 대해서는 당신께만 조금 안됐습니다. 당신도 나를 뭐라 하시지는 차마 못하실 것인데, 그래서 나는 죄송합니다. 제 문제는 당신과의 일만 남아 있습니다."

이젠 사람이 아니라 하느님하고 붙어서 끝내고 싶은 나였다. 그런데 "그분은 그런 분이시다"라고 루미가 말한다. 내가 이런 사람인 게 그분이 이렇게 만드시기 때문이라는 거다. 이 복음은 예수가 전파한 복음과 아주 다르다. 인간은 약하고 악한 존재, 천국에 들어갈 확률은 이런저런 사람 빼고 거의 제로 페센트, 진리의 길은 좁고, 그것도 자기 십자가를 등에 지지 않으면 외수없고… 인간을 처절하게 시험하면서 의지와 함께 시련을 준 사람이 예수라면 루미는 유머와 빛으로 인간의 본성을 동글동글하게 어루만지고, 아주 날개까지 달아준다.

여어, 너 뇌물에 맛들인 자야!
모르느냐? 네가 찾는 달콤한 것이 바로
영靈이라는 사실을.
그것이 달콤함의 정수精髓다.
달콤한 영a sweet Spirit 없이는
모든 게 쓴 맛이지

그렇다, 순교자들이 고통스럽게만 죽어갔을까 하는 것이다. 세파를 헤치고 자식을 키우는 부모들이 고통스럽기만 하느냐는 것이다. 루미의 시들은 사랑을, 사랑하는 사람을 더욱 사랑스러운 존재로 만들고 사랑의 마음, 사랑의 행위를 더욱 신성하게 만든다.

> 너는 짐승의 몸과
> 천사의 영을 지녔다. 그래서
> 땅 위를 걸을 수 있고
> 하늘 높이 날 수도 있다.

아주 척박한 땅의 가난한 나라에 살면서 하나님을 직접 만나 하늘로 땅으로 오르락내리락 하는 사람의 신비롭지만 참으로 현실이며 진실인 말들이다. 정신은 불변하고 진리는 영원하다는 것을, 그 정신과 진리의 휘광 속에서 절절히 깨닫는다.

밤을 새워 입술에 피가 마르도록 알라를 외쳐 부른 사람이 기진하고 절망하여 쓰러진다. 그의 꿈에 나타난 아브라함에게 그는, 알라의 이름을 부르고 또 불렀지만 "나 여기 있다"라는 말을 듣지 못했다고 하소연한다. 아브라함이 말한다.

> 알라께서 말씀하셨네. "네가 내 이름을 부르는, 그것이 내 대답이다.
> 나를 향한 너의 그리움, 그것이 너에게 주는 내 메시지다. 내게 와서
> 닿고자 하는 너의 모든 시도들은 실로, 너에게 가서 닿으려는 내 시

도들이다. 너의 두려움과 사랑은 나를 잡는 올무다. 알라를 부르는 모든 음성을 에워싼 침묵 속에, 나 여기 있다 라는 수천 마디 대답이 대기하고 있다."

이처럼 신의 실존이 나의 숨결과 의식에 밀착되어 있다는 것을 믿게 해 주는 말이 또 있을까. 그 먼 과거에, 광활한 사막의 한 구석에서 어떤 한 사람이 영적인 그리움, 처참한 절망과 무서운 고통에 대해서 말을 하고 있다. 나의 갈망과 의문, 그 자체가 신의 증거이며 나의 외침이 신의 대답 이라고. 흔들리고 약한 나의 의지와 의식을 느끼는 그것이 바로 신이 내 옆에 있는 표시라고. 나는 결코 혼자가 아니라고…

비행기 안에서 이 책을 읽는 동안 내 가슴은 사랑의 불을 지핀 듯 열이 오르며 그 열이 내 의식을 녹여 시로 터진다.

나는 더 높아지고 싶다
내로라 할 것 없는 사람들을 위하여
나는 더 아름다워지고 싶다
맑은 얼굴의 여인들을 위하여
나는 더 배우고 싶다
한가한 사람들을 위하여

나는 기쁨의 선물이 되리라

여인들은 나의 찬탄의 대상이 되고
한가한 사람들과 더불어
묻고 듣고 놀라고 끄덕이며
나는 시간 가는 줄 모르리라

『루미의 지혜』를 덮고서 눈을 감고 한참을 있었다. 조금 후 다시 펼쳤을 때 내 눈에 들어온 구절이라니… 석 달 전, 과 직원들과 월명산 자락을 거닐며 보물찾기했던 것을 떠올린 것이 언제인데.

보물찾기를 그만 두다니!
일상생활을 포기하지 말라.
거기에 보물이 숨겨져 있다.

그 앞 장 끝에 있는 그 시의 첫 구절은 이렇다.

너 지금 무슨 말을 하고 있느냐?
먹고 사는 일에 묶여서

전주에서부터 제주도까지 루미와 함께 사랑으로 돌아가는 먼 길을 왔다. 허기도 지고 기력도 떨어졌다. 이젠 전주에서 가져온 찰밥을 데워 먹고 해안 도로로 나갈 것이다. 바다를 마주한 찻집 투윅스에 가서 커피를 마시며 헤르만 헤세의 『황야의 이리』를 다시 읽을 것이다. 2년 전, 그 자리에서 카잔차키스에 빠져 시간 가는 줄 모르다가 기진맥진하여 숙소에 간신히 들어왔던 것을 대비하여 어제 호텔 베이커리에서 산 앙금빵과 집에서 가져온 들깨 강정, 그리고 제주도로 떠나는 나를 위해 한 사람이 정성스럽게 까서 담아 준 호두 몇 알도 가져갈 것이다.

내 인생의 책들 - 그 곳으로부터 30센티

헤세를 지배한 2류의 삶

 헤르만 헤세의 『황야의 이리』가 아닌 니논 헤세의 『헤세, 내 영혼의 작은 새』를 노트북 가방에 넣어 가지고 숙소를 나왔다. 앙금빵과 강정, 호두도 봉투에 담았다. 팔이 뻐근하도록 무겁던 가방을 양손에 번갈아 들고 걷다가 점차 지쳐갈 무렵이면 보목 항구와 함께 단조로운 해안길을 만난다. 그 바로 너머에 투웍스가 있다. 바람은 있지만 햇살은 찬란하고 물새 소리는 한가하다. 파도가 찰싹찰싹 귓전에서 일렁이듯 한데 몸이 지쳐가면서는 오히려 하염없이 걸을 수 있을 것 같은 상태로 들어간다.

길가, 가정집인지 점포인지 모를 허름한 집 앞에 놓인 나무 걸상에 노트북 가방을 내려놓고 앉았다. 조금 열린 문틈으로 온돌방의 한 이불에 발을 넣고 나누는 듯한 남자와 여자의 목소리가 좀 크게 들려온다. 집 밖으로 사람의 소리가 나가고 남의 집 안의 소리를 밖에서 듣게 되는 일은 얼마 만인지… 『열하일기』 속의 연암이 문득 떠오른다. 연암은 중국 대륙을 지나는 중, 마을에 당도하면 다른 일행처럼 고단하다고 숙소에 드러눕지 않고 상가와 인가를 헤집고 싸돌아다녔다. 여염집 부엌이나 방에서 들려오는 여자들의 소곤거리는 소리에 곧잘 귀를 기울이다가 끝내 안을 들여다보거나 기척을 하여 호기심을 채우는 연암이었다. 나는 팔다리와 몸을 토닥토닥 타공하듯 두드리다가 햇살을 향해 눈을 감았다. 남녀의 두런거리는 소리는 귓전에서 멀어지고 엉뚱한 영상이 어른어른 눈앞에 나타나는 것이 수면 상태로 들어간다. 이렇게 몇 분만 있어도 큰 휴식이 된다.

투윅스로 들어와 커피를 받아 들고 2층으로 올라갔다. 『헤세, 내 영혼의 작은 새』를 들고 나온 것은 니논을 읽고 싶어서였다. 그녀의 의지와 지성과 재능, 문장에 제대로 빠져보고 싶었다. 작년 가을, 이 책을 처음 읽으면서 나는 굉장히 놀랐다. 내가 온갖 시절을 겪고 마흔이 넘어 간신히 정리한 말들을 20대의 니논이 말하고 있었다. 훌륭한 교사나 멘토들이 할 것 같은 말을 고등학생인 니논이 말한다. 내가 조금 더 자유로워지고, 독자적이 되고, 의식이 강해지면서 주절주절 읊조릴 수 있었던 말투의 편지를 열네 살의 니논이 쓴다.

오스트리아의 조그마한 영지에 사는 열네 살의 니논이 이미 유명해져버린 작가 헤르만 헤세에게 그의 『페터 카멘친트』에 대해 보내는 첫 편지는 이렇게 시작한다.

선생님에게 이 글을 써 보내야 할지 아닐지, 오랫동안 곰곰이 생각했습니다. 이따금은 거의 이 편지를 쓰려고 생각했다가 중단하고 말았습니다. 두려워서였어요. 네, 어쩌면 선생님께서 답장을 보내주실지 몰라 두려웠답니다. 작가분들께서 얼굴을 모르는 어린 소녀들에게 써 보내주곤 하는 그저 다정하고 진부한 편지가 될까 두려웠습니다.

10대에 헤세를 흠모한 이후 결국 헤세의 세 번째 부인이 된 니논은 사람들이 흔히 알고 있듯 행운의 여성으로 결코 정리될 수 없는 여인이다. 이 편지글들은 그녀의 화려하고 풍부한 경험, 놀랍고 뛰어난 지성과 함께 의지와 정신이 조화를 이룬 그녀의 내면을 제대로 보여주는 것들이었다. 그녀의 편지글들은 그녀의 인생이 말하는 것이 얼마나 많은가를 일깨워 준다. 내가 간디를 여러 분야와 면모로 나누어 글을 쓰고 싶다고 오래전에 말하고 난 뒤로, 한 인간의 삶과 의식과 심리를 여러 카테고리로 나누어 제대로 음미해보고 싶다고 느낀 것은 처음이다. 니논의 청소년기와 유럽의 교육, 니논의 학문, 니논의 시, 니논과 여행… 그중의 하나가 이 편지들의 주인인 헤세와의 삶과 사랑이다. 충분히 어느 사람 못지않게 뛰어난 업적을 세울 수 있는 자신을 한 남자를 위해 '2류 인생'으로 물러나게 만든 니논의 사랑이었다.

그녀는 그것을 알았다. 자기만이 그렇게 할 수 있다는 것. 그녀는 그것을 소명으로 받아들였다. 누구보다 강한 의지와 고전적인 기질이 조화를 이루어 그 삶을 선택했고 끝까지 갔던 니논이다. 그녀는 유럽을 풍미하는 유명한 남자의 아내였지만 남편을 버리고 헤세를 선택한다. 그 과정의 어려움을 말하는 니논의 표현은 아주 정확하다. 그녀는 명망 있는, 소녀 적부터 흠모해 왔던 위대한 작가에게 현혹되어 기혼의 삶을 바꾼 것이 결코 아니다.

> 내가 헤세에게로 옮겨 갔을 때, 이 걸음을 내딛는 것이 무척 어렵다는 것을 나는 알고 있었다. 나는 이 같이 소리 없이 존재하며 사라져 있는 것, 다른 사람의 필요에 따라 항상 준비하고 있되 존재하고 있지 않는 것이 어렵다는 것을 배웠다.(…) 나는 나의 일과 나의 삶을 갖고 있었다. 그런데 소위 말해서 2류 인간이 되었다. 결코 언짢은 기분으로 하는 말이 아니다. 그러니까 자기 자신이 아닌 누군가 다른 사람을 위해 사는 인간이 된 것이다. 자기가 원하고 하고 싶은 모든 것을 다른 사람에게 의존하는 삶 말이다. 그리고 내가 그것이 아닌 다른 것을 원한 것이 아닌데도 그것을 배우는 일은 너무 끔찍할 만큼 힘들다.

그 후 그녀의 결혼생활은 어땠던가. 니논 편지의 편집자는 이렇게 정리한다.

"환희에 찼던 비약에 이어 죽도록 피로한 추락의 시간들이 찾아왔다."

여인의 사랑, 여인의 길이란 이렇다. 아니 사랑하는 자의 위치라는 것이 그렇다. 내가 아주 좋아하는 노래가 있다. "The wind beneath my wings". 베트 미들러의 영화 《두 여인》의 마지막에 나오는 이 노래를 여러 가수들이 부른 것은 이 가사의 특별한 깊이와 파워 때문일 것이다. 나는 그중에 코러스와 오케스트라의 드라마틱한 연주와 함께 특유의 정제된 음색으로 부르는 나나 무스쿠리의 노래를 제일 좋아한다. 오페라의 사랑의 아리아처럼 부드러우면서도 유장하고, 사랑의 에너지로 하늘까지 닿는 듯한 클라이맥스는 온몸에 전율이 일게 한다. 신을 향해 감사를 터뜨리는 피날레에서는 세상에 하나밖에 없는 영감을 주는 노래를 듣고 있다는 감격이 밀려온다.

나를 비춰주느라 내 그늘 밑에서 늘상 시립게, 언제나 멀찍이 뒤에 서서 따라오는 사람, 영광은 늘 내 차지였고 미소로 고통을 감추며 오랜 세월 이름 없이 살았던 그 사람… 당신은 내 날개 밑의 바람입니다. 왠지 처음부터 나는 이 노래를 배우자의 희생에 감격하는 한쪽 배우자의 찬가로 들었다. 특히, 아내가 부르는 남편의 노래로 말이다. 자기의 일과 삶을 가지고 있는 여자의 뒤에 분명 남자의 헌신과 희생이 있다. 그런 관계를 너무 잘 알고 있는 니논은 여인의 희생 쪽을 선택한다. 니논이 헤세에게 보낸 편지에 들어있는 말이다.

> 문학에서든 현실에서든 자신의 삶을 사랑하는 애인을 위해 희생하는 여성들이 있습니다. 아, 이런 여성들이 얼마나 부러운지, 또 제 삶을 당신을 위해 바칠 수 있기를 얼마나 갈구하는지 모릅니다.

니논이 가치관에서 상당히 보수적이어서인지 그녀가 사랑에서는 지극히 동양적이라는 것이 놀랍지만은 않다. 그 강한 태도가 오히려 여신적인 인상을 심어주는 것도 말이다. 헤세에 대한 열렬한 찬미와 관심을 끊지 않았던 니논은 헤세와 결혼을 하고 난 뒤에도 비너스나 헤라처럼 요지부동의 열정과 힘을 죽는 날까지 잃지 않는다. 심지어 그녀는 그녀가 매혹되었던 연극 속의 클레오파트라 같기도 하다.

그녀는 헤세 뒤에 숨은 2류 인간이 아니라 헤세를 지배한 여인이었다. 병이 잦고 늘 자살을 생각하고, 자신의 부인들마저 꺼리는 우울증 환자, 사람들과 가까이 있는 것을 두려워하고 싫어하지만 다른 사람 또한 그 사람을 며칠 이상 참아낼 수 없었던 너무도 정신적인 남자, 외롭기를 자처한 헤세와 아주 가까이에서 평생에 걸쳐 관계를 이어간 유일한 사람은 니논이었다. 니논이 포기하고 놓았다면 그들의 관계는 존재하지 않았을 것이다. 니논 자신도 느끼지 못했을 동일한 캐릭터는 바로 니논이 말한 클레오파트라다.

니논은 파리 여행 중 클레오파트라의 일화를 다룬 코르네유의 연극 〈로도권〉을 본다. 로도권은 클레오파트라의 원수이면서 며느리로 연극의 주인공이다. 니논이 '지리멸렬하고 가소롭게 여긴' 이 연극의 한복판에 갑자기 클레오파트라가 등장한다. 니논은 진지해졌고 긴장하며 그 연극의 위대함을 본다. 클레오파트라를 그녀는 이렇게 말한다.

클레오파트라라는 인물은 지배하고자 합니다. (…) 그녀의 법칙은 지배자가 되는 것이었습니다. 힘든 사람은 클레오파트라입니다. 자신의 법칙-저는 이렇게 부릅니다-을 따르기 위해서 사랑하는 여인이자 어머니로서의 본능을 스스로 억제하지 않으면 안 되기 때문이지요.

니논이야말로 자신이 클레오파트라를 묘사한 그것, "조그마한 여인이지만 여왕이자 암사자와 같은 여자"였다.

니논은 헤세의 죽음으로 인해 그와 헤어지기 전까지 써 보낸 편지에 '사랑하는 이여', '나의 사랑하는 새여', '사랑하는 헤르만'을 빼놓지 않는다. 50년이 넘은 세월 동안 변함없는 강도의 열정은 그녀를 진정 독보적인 존재로 만든다.

나는 니논의 편지를 읽으면서 많은 면에서 동질감과 공감을 크게 느낀다. 무엇보다 편지를 쓰는 행위이다. 그녀 역시 편지를 통해 자신을 확인하고 정리하는 사람이다. 그녀에게나 나에게 편지는 동일한 의미와 역할을 지녔다. 그녀 편지의 편집자인 기젤라 클라이네처럼 그러한 성격의 '편지'에 대해 잘 이해하여 표현한 사람은 없다.

그녀는 대화를 좋아하는 여성으로서 자신이 전하고자 하는 말을 쓰면서 늘 그 편지를 받을 상대방을 눈앞에 두고 쓰는 것처럼 생생하게 자신의 기대와 느낌, 과격하지 않은 항의나 동의해주기를 바라는 마음을 함께 담았다.

내가 한 소재나 주제로 글을 쓸 준비가 된 듯하면서도 책상에 앉아 상당히 긴 시간을 허비하는 것은 어떤 말투로 써야 할지를 선택하지 못해서다. 나의 글은 누군가를 향하고 있는데, 그러니까 누군가에게 말을 하는 것인데 그 사람을 고르는 것이 어렵기 때문이다. 한 대상이 설정되고 나서야 나는 비로소 나의 생각을 막힘없이 펼쳐갈 수가 있다. 나의 말투가 내 글의 문체가 되고 말투가 막히지 않아야 나를 제대로 글에 담아낸다. 나의 생각이나 상태, 심리를 말할 때는 상대의 동의를 구하기 위해 더욱 섬세해지면서 동시에 나의 모순을 발견하기도 한다. 그러한 심층적이며 복잡한 과정이 편지 속에는 그대로 들어간다. 대화는 나눔이자 수용이며 변화와 향상의 과정이기 때문이다. 어떤 때는 그렇게 편지글로 시작해놓고서 대상을 지우는 때도 있다. 기젤라 클라이네는 이런 상태를 아주 잘 이해하고 있다.

> 편지는 그녀의 성품에 잘 맞는 표현 방식이었다. 그녀는 자유로이 생각을 정리하기 위해서 마주하고 있을 상대가 필요했다. 자신의 한계를 설정하기 위해서는 상대방이 없어서는 안 되었다. 두 사람이 대화를 해나가는 동안에 자기 자신에 대해서 더 확실히 알 수 있었던 것이다.

니논 자신이 말하는 편지의 의도와 의미는 무엇이었을까.

쉬지 않고 당신께 편지를 띄우고 싶어요. 제 안에 일어나는 움직임

하나하나가 당신께 닿기를 바랍니다. 제가 그렇게 할 수 있다면, 그리고 당신이 그렇게 되신다면 그때 우리는 하나가 될 것입니다. (…) 저는 당신 곁에 있기 위해서 이 글을 쓰고 있습니다. (…)

저한테는 당신에게 편지를 쓴다는 것이 뭔가 엄한 명령 같은 것입니다. 저는 그렇게 할 수밖에 없으며, 스스로 선택할 수는 없습니다. 그렇게 하려고 의도하는 것도 아닙니다. 그것은 마치 포옹과 같아서, 그리움이 가득한 심정으로 제 말을 당신에게 띄워 보내는 것이며, 당신에게 편지를 쓰면 당신에게 더 가까이 있다고 믿게 됩니다. (…)

알고 계세요? 당신에게 편지를 써 보내는 일이 제게는 얼마나 아름다운 일인가를? (…) 저는 당신 가까이에 있게 되고 당신에게 이야기를 하며, 할 수 있는 만큼 저를 열어 보이지요. 저는 매번 저를 당신에게 선물로 드리고 있는 것입니다.

한편, 이 일들은 얼마나 힘 드는 일인지 모른다. 의식을 모아 자신의 경험에서 진수를 뽑아내고 그것을 사랑하는 사람에게 이해시키며-오해가 없이, 그를 피곤하게 하거나 걱정을 끼치지 않도록 아주 정확하게-, 혹여 고통스럽고 비애스러운 일은 그것이 그에게 털끝만한 감정의 동요를 불러일으킬까 조심하여 승화시켜서 보내야 한다. 왜? 그를 사랑하니까. 그는 너무도 섬세하고 소중하여 유리병 같고 금방 태어난 아이 같으니까. 그런 일을 할 수 있는 니논은 얼마나 강인하고 힘찬 여성인지. 니논의 힘은 자신을 인정하고 이해하는 것으로부터 나온다.

당신을 도와드리겠습니다. 그러나 적선을 받기 위해서가 아닙니다. 사람이란 당당하면서도 동시에 겸허해질 수 있지 않을까요? 겸허하게 자신을 당신 밑에 두면서도 당당하게 자신을 지키는 일 말이에요. 저는 오직 당당하고 자신 있을 때만 저를 당신에게 선물로 바칠 수 있습니다.

니논과 헤세의 삶에서 불가사의한 것이 얼핏 발견될 수 있다. 결혼하여 30여 년을 함께 산 부부가 어떻게 끝까지 편지를 주고받을 수 있을까 하는 것이다. 열쇠는 그들 사이의 거리다. 그들은 서로를 생각하며 편지를 쓸 수 있을 만큼의 공간과 시간을 남겨두었던 것이다. 사랑을 한다고 믿는 사람들은 그들 사이의 거리와 시간을 문제시하고 증오한다. 결국은 그것들을 없애버리려 하는데, 그때 없어지는 자아와 진정한 사랑이다.

니논은 매년, 십수 일에서 수 개월씩 여행을 다니면서 헤세를 떠났으며 그때마다 '사랑하는 나의 새'로 시작하는 편지를 헤세에게 보냈다. 그녀는 견문한 온갖 유적과 공연, 책, 그리고 만난 사람들에 대해 모두 썼다. 자신의 인생을 "2류"로, 그늘 속의 이름 없는 삶으로 만들면서까지 니논은 헤세의 연인이자 친구, 어머니의 역할에 전력을 다했지만 그녀 자신을 지키고자 하는 본능적인 자기방어의 힘은 그녀에게 자신의 시간이 필요하다는 것을 한시도 잊지 않게 해주었다. 기젤라 클라이네의 설명처럼, "이따금 그녀는 자신의 독자성을 보존하기 위해서 공간적으로 그에게서 멀리 떨어짐으로써 그의 세력으로부터 벗어나려고" 노력하였다. 그녀가 뛰어난 예술사가로서의 위치와 명성을 갖게 된 것은 그러한 여행과 연구의 산물이기도 하다.

니논은 고집스러운 사랑으로 헤세라는 위대한 작가를 인류에게 남겨주었다. 헤세가 고독에의 병적인 집착과 우울 속에서도 『황야의 이리』, 『유리알 유희』 등을 완성할 수 있었던 것은 니논이 헤세가 글에 전념하도록 완강한 울타리가 되어서였고, 헤세 사후에 시와 산문, 편지글들을 모아 출간한 것도 니논이었다.

니논은 결국 헤세를 잃는다. 자신보다 18살 연상인 '헤르만'이 먼저 세상을 떠날 거라고 가정은 했지만 상상해본 적은 없어 그저 "두 동강 난 것만 같다"고 말하는 니논. 그녀의 일기는 이렇게 끝난다.

> 최초의 뻐꾸기 울음소리, 그런데도 나는 H.에게로 달려가 그에게 그
> 소리를 전해줄 수가 없다.(…) 나는 그를 위해서 느꼈고, 책을 읽었으
> 며 체험하고 바깥소식을 들었다.(…) 그와 나는 하나였다. 그의 죽음
> 은 나를 갈기갈기 찢고 말았다. 나는 남아 있는 절반이었다. 피를 흘
> 리는 절반의 존재였다.

아, 이 말은 또 다른 놀라운 한 여성을 상기시킨다. 콘수엘로 드 생텍쥐페리. 생텍쥐페리의 유일한 부인. 신비롭고 고혹적이고 찬란한 아름다움과 화산과 같은 열정을 가진 뮤즈. 천진하고 단순하여 누구보다 강인하고 용감했던 여인. 어린 왕자 생텍쥐페리의 영원한 장미였던 콘수엘로 드 생

텍쥐페리는 생텍쥐페리가 실종 사망한 후에도 그에게 편지를 써 보낸다.

> 나는 몹시 현기증 나는 삶을 살았어. 이제 머리는 희끗희끗하고 입
> 안에는 평생 마시기에 충분한 눈물을 머금고 있지. 토니오, 나의 토
> 니오, 내 남편, 내 아픔, 내 하늘, 내 지옥, 당신은 왜 떠나가서 다시
> 돌아오지 않는 거지?

남편을 먼저 보낸 이 두 여인이 생각하는 죽음도 같다.

> 며칠 동안 결심했다. 헤르만이 세상을 뜬 지 1년하고 한 달이 되는 9
> 월에 내 생을 마감하기로… (니논 헤세)

> 내 물건을 정리하기 시작했어요. 그래서 어쩌면 내 작은 여행 가방을
> 들고 이 지구를 떠나 당신의 종려나무 숲으로 가려고 결심할지도 몰
> 라요. (콘수엘로 드 생텍쥐페리)

극적인 슬픔 속에서도 이 여인들은 남편의 명성을 지키고, 작품들을 편
집하여 자기들이 사랑했던 사람들이 얼마나 위대한 작가였는가를 세상에
알리는 것에 혼신의 힘을 다했다. 운명은 이들을 한참 후에나 그들의 연
인들에게 데려다주는데, 콘수엘로는 무려 35년의 세월을 홀로 살았다.
　그동안 제주도에 오면서 가져온 책들이 아주 성공적이지만은 않았다.

'번지수가 틀렸다' 라고 혼잣말을 할 만큼 의외의 책에 빠지기가 일쑤였다. 니논을 섭렵해버린 이 시간, 이 제주도는 아주 특별하다. 마치 당분간은 찾아올 수 없을 것처럼 마음속에서 포기하고 밀쳐둔 제주도를 1년 만에 찾아온 나에게 제주도는 놀라운 사랑을 베풀었다. 찬송가 한 구절이 입에서 터진다. "주 예수 복을 주시고 또 내려주시네." 채워주고 또 채워주는 제주도다.

후기

나는 요즘 잠자리 책으로 『헤르만 헤세의 사랑』을 읽고 있다. 헤세의 세 부인과 여자들의 관계가 편지와 증언, 서술들로 엮어져 있다. 헤세의 마지막 부인 니논에 관한 이야기도 상당 부분 차지하는데, 그 안에서 비춰지는 니논은 아주 배타적으로 헤세를 차지하고 다른 사람들로부터 차단시켜 버린, 완고하고 비사교적인 여인이다. 헤세도 보통 남자가 아니었다. 지독히 이기적이며 자기중심의 남편, 냉정한 아버지였다.

남자와 남편들에 대해 일관된 믿음을 지니고 있는 나는 너무도 충격을 받은 나머지 헤세를 '나쁜 남자'로 단정하고 '이중성이 있는 유명인'에 포함시킬 뻔 했지만 결국은 용서와 이해를 하고 말았다. 헤세니까… 그것은 내 인생에서 마지막 용서, 혹은 내 기질로서 최고의 이해에 가깝다고 느낄 정도로 헤세 쇼크는 컸다.

나는 처음으로 '작가'를 이해한 것 같기도 하다. 헤세 같은 작가는 없다. 헤세는 어떤 작가였나… 글을 쓰지 못하면 죽고만 싶은, 오로지 글을 쓰기 위해 태어난 사람이었다. 타고난 지성의 힘을 발휘하는 것과 시와 소설을 쓰는 것 이외 다른 어떤 것에도 관심을 두지 않은 외골수였다. 그가 전시에 쓴 글들을 보라, 얼마나 냉철하고 용감한가. 사람을 가장 멋있게 묘사하는 작가는 헤르만 헤세다. 고뇌하면서도 낭만적인 고상한 남자의 심성과 태도, 언어를 최상 최고로 그려내는 사람이 헤세며, 여인의 우아하고 아름다우며 슬프고도 고결한 심성과 자태를 헤세보다 더 잘 묘사한 것을 나는 보지 못했다. 절대적 순수함과 고귀함의 극치, 영혼이 도달할 수 있는 최고의 경지를 헤세만큼 문학적으로 표현한 사람은 없다. 그러면서도 거기에서 공허함과 우상화의 기미를 놓치지 않는 예지자적인 면모에는 그만 언어도단의 경외감마저 든다. 그러니 더 이상 무엇을 바라랴.

니논에 관한 비난들도 이면의 이야기, 혹은 관점과 입장의 차이 정도로 이해했다. 『내 영혼의 작은 새』에는 실로 니논의 최고의 것들이 들어 있다. 그런 이유로 『헤르만 헤세의 사랑』에 나오는 니논에 대한 주변 사람들의 불만과 시선은 여인의 사랑과 삶과 의식에 대해 깊이 생각하게 한다. 추종자가 쓴 전기 속 인물의 자의식과 주위 사람들의 인식이 그렇게 맞아 들어가지 않는 실제 인물이 또 있을까 싶다. 그러나 나는 그 누구보다 그녀의 삶과 의식에 대한 그녀 자신의 인식이 더 가치 있고 진실하리라고 정리 하였다. 니논은 헤세의 인생에서 일종의 악역이었다. 헤세가 글을 쓸 수 있었던 것은 사람들이 비난했던 니논의 바로 그런 완고함과 희생 덕분이었음이 분명하다.

니논에 대한 그 당시 헤세 주변 사람들의 뒷담을 재미있는 이야기로 몇 구절 옮긴다.

"헤세가 니논과 결혼한 게 잘못된 결정이라는 사실이 점점 더 분명해지는 것 같습니다. 지금 헤세는 남모르게 고통을 겪고 있을 거예요. 어떻게 하면 좋을까요? 그는 고집 세고 완고한 이 여인에게 맞설 힘이 없어 보입니다." (…)

"헤세 부인은 정말 마음에 들지 않는다. 그녀와 소통하는 게 여간 어렵지 않다." (…)

"사람들은 니논이 헌신적으로 헤세를 돌본다고 생각하지요. 희생을 감수하면서 말이지요. 하지만 그런 이유로 한 남자의 남성성이 완전히 유린되고 마는 겁니다. 그녀는 아침부터 저녁까지 헤세를 마치 어린아이처럼 다룬답니다."

나 여기 있어요

조용한 라운지나 호텔의 커피숍에서 혼자만의 짜릿한 순간을 맛보는 때가 있다.

'이 노래를 아는 사람은 이 안에 나 한 사람일 거야.'라는 속말이 터지는 때다. 들릴 듯 말 듯 틀어놓은 팝송들 중에는 라디오에서는 듣지 못한 것들이 섞여있다. 음반을 사서 듣는 사람만 알 것 같은 노래들.

오늘, 중문으로 가려던 계획을 바꿔 서귀포 시내로 방향을 잡고 스타벅스를 검색했다. 전주에서는 다니지 않았던 스타벅스였지만 노트북 가지고 있기에는 조그마한 독립 카페들보다 주변을 의식할 필요가 없는 스타벅스가 나을 것이다. 스타벅스는 동문 로터리의 한 코너에 크게 자리하고 있다. 커피를 받아 들고 널찍한 나무계단을 올라 2층으로 가니 우드슬랩 탁자와 목조의자들이 나무 바닥과 더불어 기분을 차분하게 만든다. 너른 실내가 고요함마저 풍기는데 대학생처럼 보이는 몇 명이 노트북과 함께

내 인생의 책들 - 그 곳으로부터 30센티

앉아 있다.

카페 안에 조용히 흐르는 노래는 아주 오래된 재즈다. 재즈는 처음엔 왈칵 귀에 들어오지 않는다. 어떤 반듯한 노래라도 몽환적으로 바꿔 놓는 녹슬고 투박한 목소리가 끊어질 듯 멜로디를 이어가기 때문이다.

'여기에서 이 노래를 아는 사람은 나밖에 없을 거야.'

오랜만에 이 말이 불쑥 피어오른다. 오늘의 선택이 행운으로 여겨진다. 재즈라… 제주도로 떠나면서 시디를 챙길 때 밤에 조용히 들으면 좋을 거라고 생각하면서 집었다가 왠지 다시 놓았던 시디가 재즈였다. 그 노래들을 서귀포의 스타벅스에서 들을 줄 어찌 알았겠는가. 그것도 어떤 책을 읽으려는 마당에… 헤르만 헤세의 『황야의 이리』. 『황야의 이리』에서는 재즈가 주인공 하리 할러의 구원의 과정에서 중요한 매개가 된다. 바흐와 헨델, 파헬벨과 하이든의 음악에만 심취하던 할러는 재즈를 혐오하면서도 점차 재즈에 도취되어 간다.

나는 이번에 일부러 헤세 책만 가지고 왔다. 『지와 사랑』, 『데미안』, 그리고 『황야의 이리』. 제주도 갈 날짜에 맞추느라 조금 조바심을 내면서 미국의 인하까지 동원해 주문했던 『노스바스의 추억』은 챙기지 않았다. 그때그때 마음 상태에 맞춰 읽기 위해 여러 책을 가져오던 이전과는 달리 헤세 책만 가져온 것은 이번에는 이것만으로 충분해보자 하는 각오가 있었다. 무엇보다 『황야의 이리』를 제대로 읽고 싶었다.

이젠 황야의 이리를 떠나보낼 때가 되지 않았는가… 다시 잘 읽으면 그때보다는 더 성숙해진 내가 좀 달관한 태도로 놓아줄 줄 알았다. 황야의 이리는 제주도의 추억과 함께 기억의 저편으로 사라질 것 같았다. 4년 동안 내 안 어디에선가 숨 쉬고 있던 황야의 이리를 조용히 떠나보낼 수 있을 정도로 나는 나이를 먹었다고 생각했다.

그러나 『황야의 이리』를 잡자마자 내 생각이 단순희망에 불과했다는 것이 바로 드러났다. 황야의 이리 〈하리 할러의 수기〉에 붙인 편집자 서문을 읽어 가는데, 내 안에서는 누가 자꾸 나를 부르는 것 같은 동요가 밀려왔다. 가슴속에 울컥 치밀어 오는 무엇이 있었다. 나 여기 있다고 손을 들어야 할 것 같은 조바심, 그와 눈을 맞추고 싶은 간절함. 그가 나를 보고 있는 것 같은 설렘, 뜨거움. 생판 모르는 사람이었지만 확인할 필요 없이 그냥 닮은 것.

자꾸, 그 사람이 나 같다라고 느끼는 것. 정말 이런 세상에서 못 살겠다라고 다시 외치게 만드는 어떤 것. 죽음-자살에 대한 인정과, 살아 있는 것에 대한 부끄러움 같은 것. 무엇보다 죽어도 좋을 것 같은 느낌으로 사랑하게 될 것 같은 한 인간. 그 사람과의 동질감을 회복하기 위하여 내 모든 것을 버려야 할 것 같은 의무감. 그것을 품고 있어야만 내가 진짜 인간인 것 같은 동경. 그래서 가장 아름다운 시대는 죽음으로 자신을 완성시킨 질풍노도의 시대이며 가장 아름다운 정신은 낭만주의라는 탄식을 터뜨리면서 이 시대에 대한 원망과 비난 같은 것을 고수하게 만드는 고집. 이 시대의 정신으로부터 더 고립되고 떨어져나가는 것이 나의 길 같다는 믿음. 그리고 마지막에는, "인생이라는 유희의 수십만 개의 장기말이 모두 내 주머니 속에 들어 있다는 것을" 깨달을 정도로 텅 비거나 가득 채워져야 한다는 것.

깊은 슬픔에 잠겨 있으면서도 의식은 맑게 깨어있는 얼굴, 늘 사색에
잠겨 있는 얼굴, 이지적이고 잘 다듬어진 얼굴. (…) 그의 얼굴에는
정신적인 인간의 풍모가 넘쳐흘렀고, 지나칠 만큼 부드럽고 활기찬
표정변화는 쉬 감동 받고, 지극히 까다로운 정신생활을 말해주고 있
었다. 그는 다른 사람보다 더 많이 생각했고, 정신적인 문제에 있어
서는 실로 정신적인 사람만이 지닐 수 있는 싸늘할 정도의 냉정함과
확고한 생각과 지식을 가지고 있었다.

이렇게 보이는 사람에게 어찌 혹하지 않을 수 있을까. 어찌 그와 이야
기를 나누고 교감하고 싶어 하지 않을 수 있을까. 그리고 나도 바로 그런
외모를 보여야 한다는 소녀적의 이상을 되찾아야 하지 않을까. 그것이 아
니라면 나는 과연 뭘 믿고 원하고 있는 것일까.

그를 처음 보았을 때, (…) 이 사내가 병들어 있다는 것, 어딘지 모르
게 정신장애거나 정서장애거나, 아니면 성격장애일 거라는 느낌이
었다.

그러면 나의 멀쩡한 듯 보이는 정신과 평범한 외모가 오히려 장애처럼,
속된 것처럼 여겨진다. 심리장애를 지니고 있는 자들만이 세상을 제대로

살고 있는지도 모른다는 사고의 변혁이 일어난다.

그가 세상을 보는 시선을 보자. 한 유명인사의 강연장에서 그가 아주 짧게 보여준 눈빛.

> 황야의 이리의 눈빛은 우리 시대 전체를, 바쁘게 돌아가는 모든 부질없는 짓거리들을, 모든 허망한 노력, 모든 허영을, 망상에 가득 찬 천박한 정신의 모든 표피적인 장난질을 꿰뚫어보고 있었다. (…) 어쩌면 이 세상을 이해하고 있는 한 사상가가 인간의 품격이라는 것에 대해 나아가 인생의 의미 자체에 대해 품고 있는 회의를 한 순간에 웅변적으로 드러내는 시선이었다. '보아라, 이런 원숭이들이 바로 우리의 모습이다. 보아라, 인간은 이런 것이다'라고 그 시선은 말하고 있었다. 명성도 지혜도 모든 정신적 업적도 숭고하고 위대하고 영원한 인간성을 향한 모든 노력이라는 것도 와르르 허물어져 부질없는 원숭이 놀음이 되어버리는 것이었다.

그러면 나는 세상에 대한 나의 어떠한 긍정도 이해도 만족도 부끄러워진다. 사람에 대한 따뜻함도 친밀감도 위선처럼 여겨지면서 나는 닳고 세뇌된 사람인 양 소스라치게 놀란다. 또한 나에 대한 사람들의 이해와 동의 공감을 바라지도 허전해하지도 않아야 한다. 사실, 세상과 사람은 이렇다는 것을 내가 모르는 것도 아니다. 인간에 대한 존경심을 잃은 것에 부족해 인간의 하찮음과 위험성에 몸서리를 치면서 그 속에서 벗어날 궁리만 했다.

자신을 황야의 이리라고 부른 사나이의 실존은 이랬다.

> 우리들 사이에서, 도시 한 가운데서, 군중들 속에서 길을 잃은 한 마
> 리 이리-다른 어떤 이미지도 그를, 그의 내향성과 고독, 야생성, 불
> 안, 향수, 고향상실을 더 잘 표현해낼 수는 없으리라.

그러면 나는 세상의 모든 외로운 사람들의 내면에서 황야의 이리를 찾
으려고 혈안이 될 것이었다. 그러면서 이상한 책무, 부채감으로 나 역시
방황하고 혼란스러운 듯 어리벙벙한 사회의 미숙아, 부적응아가 되어야
만 할 것이었다.

그렇다면 하리 할러는 마침내 자살을 했을까.

> 그러나 자살을 하지는 않았을 것이다. 왜냐하면 그는 가슴 속의 이
> 몹쓸 고뇌를 최후의 한 방울까지 맛 본 후에 이 고뇌에 의해 죽어야
> 마땅하다는 신념을 여전히 버리지 않았기 때문이다.

그러면 나는 순교정신을 새삼 환기할 것이다. 아니면 자신의 운명을 거
역하지 못하는 시지푸스를 이해할 것이다. 어떻게 인간이 스스로를 자유
롭게 할 수가 있다는 말인가. 나는 얼마나 하리 할러를 이해하는지 모른
다. 그래서 새삼 눈시울이 붉어진다. 나의 실존의 문제처럼, 이 시대정신

속에서, 100년 전, 전시 독일을 살았던 쉰 살의 남자에게 말이다. 할러의
말 속에서 내 평생에 따라다녔던 간단없는 고질적인 고뇌, 존재의 문제를
본다.

인간의 삶이 정말로 고통으로, 지옥으로 변하는 건 두 시대, 두 문화,
두 종교가 서로 교차할 때뿐입니다. 어떤 고대인이 중세에 살았어야
했다면, 그는 그것 때문에 애처로우리만치 숨막혀했을 겁니다. 그건
한 야만인이 우리의 문명 한 가운데에서 숨막혀하지 않을 수 없는
것과 꼭 같은 이치입니다. 지금은 한 세대 전체가 두 시대 사이에, 두
개의 생활양식 사이에 끼어, 어떠한 자명한 이치도, 도덕도, 어떠한
안정감이나 순수함도 상실해버린 시대입니다. 물론 너나 할 것 없이
이것을 똑같은 강도로 느끼는 건 아니겠지요. 가령 니체 같은 사람은
오늘 날의 고뇌를 한 세대 이상이나 앞서 체험해야 했지요.

인간적인 것, 정신적인 것, 조용한 것이 증발해버린 것 같은 이 시대,
나는 갈수록 안심의 상태, 안정의 의식, 단순한 삶과 순수한 정신에 집중
하고 있다. 그것이 나의 중심이며 행복이다. 조금 더 깊이 나를 들여다보
노라면 나는 이미 그런 것들을 상실했고 커다란 혼란, 블랙홀과 같은 압
력과 속도로 뒤섞여 녹아버리는 정신의 공황기를 겪었거나 그 속에 있다
는 것을 깨닫는다. 그럼에도 정신적 육체적인 사건들을 피할 수 없는 운
명으로 받아들여 꺾이지 않고, 자살하지 않고 살아내야 한다는 것도 안

다. 그래서 다시 안정과 순수함으로 돌아가야만 한다, 거듭나듯이.

하리 할러를 구절구절 이해하는 나는 어떤 사람인가. 전쟁의 광기를 용케 피했고, 교육 덕분에 미몽 상태는 벗어날 수 있었고, 마음만 먹으면 낙관론자가 될 수도 있고, 무엇보다 질풍노도의 시대를 벗어났다. 그런데 이렇게 다시 떨리고 곧추 서게 되고 울음이 참아지지 않는 것은, 그냥 기질인지 모르겠다. 이것은 교육의 영향도 지식의 작용도, 의지나 정신의 결과도 아니기 때문이다. 물론 아니고말고. 그 많은 비슷한 조건의 사람들의 그 다른 선택과 의식과 사고와 삶들을 보라. 그러니 여기저기 기웃거리고 이해하고 공감해주려 애쓸 것이 없이 나의 본질로 들어가야 하는데, 잘 되면 인간의 본성을 발견하지 않겠는가?

정말 어쩌다가 하리 할러가 황야의 이리가 되었는지, 이것 또한 내가 조금도 이해 못할 바가 없는 말들이었지만, 세상에서 가장 비극적인 한 인간의 영혼과 정신이 해부되고 분석이 되었다는 것에 인류는 더욱 완벽해졌다. 지금 내가 이 책을 잘 읽고, 그리고 카잔차키스의 책처럼 정리도 하고, 아주 놓아버리고 싶다는 것은 정말 얼마나 터무니없는 바람인지, 내가 할 수 있는 일은 〈황야의 이리론〉을 그대로 옮겨놓는 일 말고는 없을 것인데 말이다. 내가 어떻게 여기에 토를 달 수가 있다는 말인가.

새어나오듯 들렸던 재즈는 어느 순간 클래식으로 바뀌었다. 헨델의 폴로네이즈가 나의 귀를 사로잡는가 싶었는데 비발디의 〈사계〉 중 '여름'이 중후하면서도 큰 스케일의 관악기 협주로 흘러나온다. 이어지는 모차르트와 바흐의 음악들. 볼륨도 재즈보다 훨씬 커져있어 한참을 음악을 들으며 앉아 있었다.

　나는 지금 뭘 하고 있는가, 나는 왜 이렇게 하리 할러의 비극에만 빠져 있는지… 마술 극장에서 만난 헤르미네라는 여인이 천 년도 더 산 듯한 지혜로 하리 할러와 나누는 대화 옆에 "이 소설의 압권이다!"라고 내가 4년 전에 써놓은 메모도 보지 않았는가. 그리고 할러는 몰락하지 않고 모차르트에의 귀의로 구원을 얻는지도 모른다. 유머와 웃음의 천재. 나의 진지성, 혹은 기질은 그때나 지금이나 하리 할러의 고뇌밖에 이해하지 못한다는 것을 새삼 깨달았다. 마술극장에서 하리 할러에게 일어나는 일에는 나는 도통 관심이 없었다. 기실 나는 『황야의 이리』를 제대로 이해하지 못하고 있다.

　모차르트다, 내가 지금부터 알아야 할 사람은.

해를 더해 쌓이는 기쁨^{喜比壽}

 "어떻게 헤세를 읽지 않은 사람과 읽은 사람이 같을 수가 있는가!"

서울로 가는 고속버스 안, 내 가슴에서 외침이 솟았다. 어떻게 사람이 자신의 말초적인 의식과 격한 에너지를 표출할 수 있는가. 사람들이 걱정된다고, 미웁다고, 화난다고 어떻게 내 감정 그대로 풀고, 힘을 행사하고, 또 내 이익을 도모할 수가 있는가, 헤세를 읽은 사람이라면… 『페터 카멘친트』였다, 버스 안에서 내가 읽었던 책은.

조직 생활에 좀 지쳤나, 특별한 목적 없이 주말에 연가까지 붙여 서울 가는 길에 헤르만 헤세 책만 두 권을 넣었다. 『황야의 이리』와 『페터 카멘친트』. 재작년, 온 눈을 부릅뜨고 감정을 고르며 읽었던 『황야의 이리』를 다시 찬찬히 음미하면서 읽고 싶었고, 『페터 카멘친트』는 기실 아주 오랜 세월, 수십 년 동안 나에게서 떠나지 않은 책이었다. 이 책은 또한 나의 글쓰기에 관한 특이한 상념과 연결되어 있기도 하다. '내가 소설을 쓴다면 이런 소설을 쓰고 싶다'라는. "의사 지바고를 네 번 읽었다", "유리알 유희를 세 번 읽었다", "카잔차키스의 소설들은 다 세 번 이상 읽었다"라고 말했던 그 숫자들이 언제부터인가는 불명확해지고, 심지어 내가 가장 좋아하는 소설이라고 생각했던 이 『페터 카멘친트』조차 마지막으로 읽은 것이 언제인지 쉽게 떠오르지 않는다.

『페터 카멘친트』는 장년의 카멘친트가 자신의 인생을 회고하는 내용인 만큼 흥미로운 사건과 사람들이 등장하는데, 그 사건들이 내게 가물가물한 데 반해 신기하게도 아름다운 문장들은 마치 엊그제 읽은 듯 당시의 놀람과 감동이 그대로 선명하게 되살아난다.

대표적으로, 카멘친트가 우정을 가졌던 유일한 친구 리하르트다. 명랑하고 세련된 도회적인 음악가 리하르트가 허망한 죽음에 이르도록 그의 존재가 기억나지 않았다. 반면에 유부남을 사랑하는 이탈리아 화가가 호수 위에서 카멘친트에게 했던 말, "사랑은 행복을 주려고 있는 것은 아니다. 우리가 괴로워하면서도 얼마나 굳세게 참아나갈 수 있는가를 보여주기 위해 있다"는 구절은 생생히 되살아났다. 그리고 어떤 포도주가 따를 때 술잔 속에 별 모양의 거품이 그려진다는 대목도 미소와 함께 되살아났다. 어딘가의 술자리에서 젊은 우리들은 그 말을 인용하면서 술을 따르며 술잔을 들여다보았던 것도 같다.

무엇보다도 카멘친트의 마지막 연인 엘리자베트와 마지막 친구 꼽추 보피가 동물원에서 만나는 대목의 구절만큼 선명한 것은 없었다. 보피는 자신의 누이마저도 외면하는 불쌍한 불구자지만, 카멘친트로 하여금 지금 이 책에 훌륭한 점이 있다면 바로 그에게서 배우지 않은 것이 없다라고 말하게 만든, 카멘친트의 스승이자 친구가 된 사람이다.

보피는 자기를 보살펴주는 친구인 카멘친트가 가슴 깊이 사랑하는 여인 엘리자베트를 만나고 싶어한다. 카멘친트는 실연의 천재다. 이미 다른 사람의 아내가 된 엘리자베트는 카멘친트의 마음의 연인이자 친구다. 따뜻한 마음을 가진 엘리자베트가 보피의 부탁을 들어주어 두 사람이 동물원에서 만난다. 불구자에게 몸을 숙여 그의 손을 잡는 아름답고 우아한 엘리자베트와 기쁨에 빛나는 얼굴로 큼직하고 부드러운 시선을 그녀에게로 보내는 보피.

"이 순간 두 사람 중에서 어느 쪽이 더 아름답고 내 마음에 더 가까운지 나로서는 분간할 수 없을 정도였다."

이 대목이었다. 나는 그 대목을, "내 인생에서 가장 사랑하는 두 사람이 서로 마주보고 있다. 이 두 사람 중에서 어느 쪽이 더 아름답고…" 그렇게 기억하고 있었다. "사랑하는 두 사람"이라는 말은 그 다음 문장에 이어졌다.

"그 여자는 부드러운 말로 이야기를 건네고 불구자는 빛나는 시선을 여자에게로 던졌다. 나는 옆에 서서 내가 가장 사랑하는 두 사람이, 더구나 인생의 넓은 도랑으로 서로 떨어져 있는 그 두 사람이 잠시 손을 마주 잡는 것을 보고 이상한 느낌이 들었다"

나이 들어 쌓이는 기쁨 중에 책 읽는 것만 한 것이 없다. 이러한 기쁨은 젊은 시절이나, 혹은 단 몇 년이라도 전에 읽은 책을 다시 읽을 때 더욱 크게 다가온다. 그때는 읽고 싶은 문장만 읽고, 이해하고 싶은 것만 이해했으면서도 책을 다 읽은 것 같았다. 책이라는 것은 시처럼 결국 한 문장, 한 느낌만으로 요약되는 것인지도 모르겠다. 그러나 분명 아는 만큼 보이는 것이기에 나이 들어 책을 읽는 감동은 나의 경험과 의식의 지평이 넓어진 만큼 커진다. 옛날에는 분명 술렁술렁 지나가버렸을 구절들이 깊이 이해가 되고, 재미는 배가된다. 나는 그 책이 줄 수 있는 온갖 감정을 맛보면서 한 단어, 한 문장 읽어 나간다. 『페터 카멘친트』의 젊은 시절 이야기가 부쩍 그렇게 읽힌다.

어머니가 위중하다는 소식을 듣고 고향 집으로 돌아온 카멘친트는 어머니의 마지막을 지키다가 날이 새자 마을로 나가 어머니의 죽음을 사람들에게 알린다. 카멘친트로부터 말을 들은 마을 사람들마다 카멘친트에게 "도와주겠다"고 말한다. 어떤 사람은 말을 들은 즉시 신부를 데리러 수도원으로 달려간다. 이웃 여자는 카멘친트보다 더 일찍 그의 집으로 와 외양간에서 암소를 돌보고 있었다.

나는 옛날에는 이 구절이 무슨 말인지 전혀 몰랐다. 이 말이 왜 여기에 꼭 들어간 건지… 농가의 일 가운데 제일 중요한 한 가지가 바로 가축을 먹이는 일이라는 것을 나는 알 길이 없었다. 재미있게도 나는 바로 전날 지인 둘과 가졌던 만찬 자리에서, 근교에 큰 농장을 가지고 있는 자신의 오빠가 얼마간 농장에 가지 않아 개들이 굶어죽었다는 말을 들었다. 도시 사람들은 짐승들도 사람처럼 제때에 밥을 먹어야 한다는 것을 잊어먹는다.

과거처럼 후루룩 넘어가고 싶은 부분도 눈여겨보긴 한다. 그것은 장장

내 인생의 책들 - 그 곳으로부터 30센티

두 면에 걸쳐 쓴 주신酒神에 대한 이야기다.

"주신은 사람을 늙게 만들고, 죽이고, 그들 가운데 있는 정신의 불길은 꺼버린다"

충분히 이해할 만한 말이다. 지난 세월 동안 나 또한 경험하게 된 어떤 것도 있다. 포도주 자리.

> 좋은 포도주를 마시며, 정신적으로 총명한 사람들과 자리를 같이하
> 고, 내가 이야기를 시작하면 모두 탐내는 얼굴로 열심히 내 얼굴을
> 쳐다보는 것은 유쾌한 일이었다.

좋은 포도주를 마시는 자리라는 것이 거의 그런 분위기일 것으로, 사람들이 나를 쳐다보는 것으로 신나거나 그럴 나이는 이미 아닌 때에 포도주를 즐기게 되었다고 말할 수 있겠다. 분명 나는 이 카멘친트로 말미암아 술에 대한 아량이 생겼음은 분명하다. 한 외로운 시인이 자기를 바닥까지 갚이며을 듯이 마시는 순 말이다

와인에 대한 애호는 헤세 자신의 이야기이기도 하다. 헤세가 자신의 시적 재능, 문학에 대한 신뢰 등을 상실했을 때, 그 괴로움을 잊고 새로운 즐거움의 대상으로 찾은 것이 와인이었다. "한 병의 와인은 너무나 자주 나를 도와주었고, 그런 점에서 찬미 받을 만하다"고 헤세는 〈요약한 이력서〉에 썼다. 사람에게 도움을 주는 와인이란 이런 것일까? 다시 카멘친트의 와인 이야기다.

주신은 그가 사랑하는 사람들을 불러서 그들에게 행복의 섬으로 무지개의 다리를 놓아준다, 주신은 또한 어린아이이며, 길고 명주결 같은 굽은 머리와 가느다란 어깨와 부드러운 손발을 갖고 있다, 감미로운 주신은 깊숙이 살랑거리며 봄날 밤에 흐르는 강물 같기도 하다, 차가운 물결 위에 태양이나 폭풍우를 싣고 흔들거리는 넓은 바다와도 같다.

술에 대한 감상으로 가득한 이들 페이지는 그냥 훌렁훌렁 넘기지 않을 수 없었다. 아무래도 이해가 미치지 못한다. 어쩌면 몇 년 후 이 책을 다시 읽게 될 때 그 사이 그러한 술의 매력을 경험하고서 이 화려한 수사에 아주 감탄할지도 모른다는 생각을 한다. 그때 가면, 마지막으로 『페터 카멘친트』를 읽을 때 내가 이 부분을 어떻게 읽었는가 하는 것이 고스란히 떠오를지, 아님 과거의 심상들에 아무 느낌이 없을지 그것도 모르겠다.

갈수록 느껴지는 것은 흐릿하고 뒤엉켜진 기억들 뒤에 가려지는 것이 더 많아져간다는 것이다. 까맣게 가려진 것들을 헤집어 들추어내는 것에 나의 시간이 일각이라도 허비됨이 없이 그날그날 머물고 싶다. 그렇게 되는 그때 나는 내 삶 전체의 조각들이 다 들어찬 퍼즐 판 속에서 과거 현재 미래가 없이 유영하고 있을지도 모른다.

남자의 시선

 어젠 자코메티가 죽기 직전까지 몰두했던 한 남자의 초상화
작업을 내용으로 한 영화 《파이널 포트레이트》를 보았다.

나는 지난봄, 예술의 전당 한가람 미술관에서 열린 자코메티 전시회에
두 번을 갔더랬다. 자코메티의 작품을 보고 패널의 글을 읽으면서 큰 감
동이 일었다. 그 사람의 한 마디 한 마디가 여느 일처럼 그대로 부합되고
공감되었다.

인간이 걸어 다닐 때면 자신의 몸무게의 존재를 잃어버리고 가볍게
걷는다.
거리의 사람들을 보라. 그들은 무게가 없다. 어떤 경우든 죽은 사람
보다도, 의식이 없는 사람보다도 가볍다. 내가 보여주려는 건 바로
그것, 가벼움이다.

그 유명한 조각 〈걸어가는 사람〉은 이 같은 작가 자신의 말과 함께 곧바로 하나의 인간으로 스며든다. 아무 무게감도 없이 걷지만 "불안과 고독, 상처를 안고" "부스러질 것 같은 약한 형체"로 고집스럽게 걸어가야만 하는 인간의 모습이 절절이 느껴진다.

그날 밤, 나는 다른 도록과는 비교도 되지 않는 두께의, 일대기가 포함된 자코메티 도록을 새벽까지 다 읽었다. 말할 것도 없이 전시회장에 다시 가서 도록에서 읽은 것들을 확인하고 싶은 마음이 치솟았지만, 휴일 버스표 상황으로 그럴 시간을 내지 못하다가 몇 주 후 다시 갔다.

미술에 대해 전혀 모르고, 따라서 관심이 없던 내가 전시회 다니는 것이 큰 취미가 된 것은 10년이 조금 넘어간다. 보는 것보다 읽는 것을 더 잘 하는 사람인지라 전시회 다니면서 패널에 적힌 설명을 열심히 읽고, 또 다큐멘터리를 몇 번이고 관람하고 나면 작가와 작품을 좀 알 것 같은데, 감동과 함께다. 그것을 더 알고 싶은 당연한 바람에 평전 성격의 도록을 사서 꼼꼼히 읽고, 그 뒤로는 탁자 한 편에 쌓아놓고 수시로 읽는다. 한 예술가 인간의 내면을 이해하는 기쁨은 훌륭한 철학자, 소설가의 책을 읽은 것 이상이다.

한편, 나에게 미술은 오히려 음악이나 문학보다 더 쉽게 다가왔다. 미술은 가장 직접적인 표현이었다. 언어, 문자야말로 너무 추상적이고 복잡하고 부정확하다는 생각까지 든다. 가장 쉽고 편안한 수단이라 여겼던 그것들이. 또 '내 인생에 음악이 없었으면 어떻게 살아낼 수 있었을까?' 하고 감탄하면서 듣고 살았던 음악이 언제부터인가는 너무 어렵기만 하다.

위대한 작곡가들이 만들어 낸 한 줄 한 줄의 곡에서 그들의 인생이나 철학을 조금도 읽어낼 수가 없다. 분명, 그 음악들은 그들의 정신과 삶의 일부, 혹은 전부일 것인데, 그 안에서 나는 어떤 것도 찾지를 못한다. 눈물이 떨어지는지, 새가 울고 바람이 불고, 영혼이 하늘로 상승하는지… "모든 예술 중에 음악이 가장 높은 수준의 예술"이라 했던 쇼펜하우어의 말이 비로소 이해가 된다. "음악은 현상의 모사가 아니라 사물 자체"라는 말도 무슨 뜻인가 이해가 되기 때문에 그러한 음악을 제대로 이해할 수가 없다.

예술 작가의 세계, 그 영혼과 의식을 전시회와 도록, 평전들을 통해 조금씩이나마 알게 되면서 인류의 한 파트에 접해가는 기쁨이 크다. 인간에 대한 관심으로 가득 찬 내가 인류의 한 부분을 형성하고 있는 예술가라는 존재를 알아가는 것은 필연적인 일일 것이다. 인간의 동질성을 확인해가는 일이야말로 나에게는 가장 큰 위안과 힘이었으니까. 시대와 분야를 초월하여 '사람'을 만나는 것이 행복 중의 행복이다.

얼마 전, 심리학적인 통찰과 영적인 깨달음이 결코 분리된 것이 아니라는 말을 친구 리라*가 사진 찍어 보내 준 지면에서 읽고서 오랜 세월, 내가 막연히 믿고 있던 것을 확인했다. 명리학을 하는 사람들이 하는 말과 내가 느끼는 것이 큰 차이가 없었다. 심리적으로 사람을 알게 되면 그 삶의 전후 맥락과 궤도를 좀 알 것 같았다. 일견 어떤 공식처럼, 그들이 걷

---

* 이리라. 여고 친구. 스물두 살 내 생일을 축하한다며 그가 나에게 선물해 준 『그리스인 조르바』를 읽으면서 니코스 카잔차키스의 존재를 처음 알게 되었다. 분당의 한 중학교에서 학생들을 가르치고 있다.

는 트랙이 느껴져 왔다.

　'심리를 느끼는 마음'을 나는 조금은 타고난 것 같은데 그것이 어렸을 적부터 나를 조금이라도 사람답게 키워냈지 않았나 싶다. 역지사지의 마음. 내 마음이 그 마음인 것처럼, 내가 원하지 않는 것에 민감하고, 내가 원하는 것을 일반화시켜 사람을 헤아리는 것. 이 말은 내가 어느 정도 인간적 이해심을 지니고 살아왔다는 말이기도 한데, 최근 들어 부쩍 깨닫는 것은 내가 사람에 대해 모르는 게 많아도 너무 많다는 것이었다. 정말 아이처럼 놀란다. 어제, 자코메티도 그랬다.

　영화를 보면서도 그랬고, 집에 돌아와 자코메티 도록을 다시 읽으면서도 내가 이해하지 못하는 심리, 의식이 있다는 것을 돌아보았다. 처음부터 끝까지 조금도 이해되거나 공감할 수 없었던 것, 자코메티의 사랑이었다. 남자들이 사로잡히는 여자의 매력이라는 부분에서 정말로 이해가 되지 않았다. 자코메티가 사랑하는 여자가 도무지 사랑스럽지가 않은데, 그런 여자를 사랑하는 자코메티의 심리, 혹은 뇌구조는 뭘까, 얼떨떨할 따름이었다. 그런 한편, 어떤 심리와 의식을 전혀 이해하지 못하는 나는 어떤 사람일까, 그러한 관점을 만든 나의 무의식의 정체는 무엇일까 미치도록 궁금해졌다.

　자코메티가 죽을 때까지 사랑한 사람은 캐롤린이라는 파리 시내의 한 창녀였다. 캐롤린은 자코메티와의 관계에서 일반적인 관점으로 보면 막돼먹은 '매춘부'였다. 게다가 캐롤린 자신이 도덕불감증이 있고 보니 아주 쉽게 세상을 사는 '어린애'였다. 사기 혐의로 교도소엘 갇히기도 하고, 자코메티로부터는 돈을 '강탈수준으로' 빼앗아가곤 했다. 그러한 캐롤린에 대한 자코메티의 사랑은 시들거나 억제된 적이 한번도 없었을 뿐 아니라 질투심과 고통으로 그를 몰아갈 정도였다. 캐롤린이 다른 남자들과도 사귀는 걸 알게 된 자코메티가 그들을 미행하고, 술집 종업원들에게 그들에 대해 캐묻기도 하는 행태도 속출되었다. 캐롤린은 건달들을 불러들여 자코메티 작업실을 난장판을 만들고 또 포주를 직접 데리고 나타나 자코메티에게 돈을 요구하였다. 그런 여자가 자코메티에게는 여신으로 보였다.

> 길을 가다가 옷을 입은 여자를 보면 그저 평범한 여자로 보여요. 한데, 그 여자가 방 안에서 옷을 벗고 내 앞에 서 있으면 여자는 어디론가 사라지고 대신 여신이 내 앞에 서 있습니다. 어릴 적 나를 품어주던 어머니의 살 내음이 날 것 같은 모습이지요.

남자들의 내면에 숨 쉬고 있는 여자란 자코메티가 말하는 이런 존재인지 모르겠다. 현실을 초월한 시선이다. 내가 알기로 여자들은 남자로부터 삶의 조건을 추구하고 또 획득한다. 나와 동행할 수 있는가, 내가 믿을 수 있는가, 사회나 세상에서 좋은 역할을 할 수 있는가, 정신이 훌륭한가… 그런데 남자가 여자로부터 느끼는 것은 빛, 살, 내음… 여신적인 광휘, 그것인가? 그것이 전부인가?

어느 날, 젊은 소녀를 그리고 있는 동안 뭔가가 떠올랐다. 영원히 살아남을 수 있는 유일한 것이 '시선'이라는 깨달음을 얻었던 것이다.

결국 죽음과 살아있는 개인을 구별해주는 것은 시선이다.

젊은 소녀는 캐롤린이다. 캐롤린은 자코메티보다 마흔 살이 어렸다. 나는 앞에서 자코메티 말을 이해하기 위해 자코메티의 모습을 한참 그려보다가 '시선'이라는 말을 떠올렸는데, 자코메티도 같은 말을 했다. 시선만으로 영원히 신선하고 남을 수 있다는 말이 이해가 된다. 스스로 만들어내는 것, 강하고 치열한 주관적 의식 속에서는 시선의 순간이 영원으로 된다.

"꾸밈없는 외모 말고는 딱히 내세울 것 없는 어린애"

자코메티의 부인 아네트는 캐롤린에 대해 그렇게 생각했다. "아무리 생각해도 자기가 훨씬 캐롤린보다 모든 면에서 월등하다"고 믿었던 아네트의 생각은 나 같은 보통 여자들의 기준, 혹은 편견이었다. 괜찮은 남자들은 평범하거나 좀 갖춰진 여자를 원하거나 사랑할 것이라는.

정작 여자를 사랑하는 주체인 남자들은 시선이 너무 달랐다. 자코메티는 죽음 직전, 병실에서 아내인 아네트에게 캐롤린의 손을 잡은 채로 세상을 뜨고 싶으니 나가달라고 했다. 그 부탁을 들어주지 않을 수 없는 아네트는 둘만 남긴 채 병실을 뜨고, 캐롤린이 자코메티의 손을 잡은 채 그의 최후를 지켜보았다. 자코메티는 평소에도 아내에게 캐롤린을 못 만나게 하면 이혼하겠다는 협박을 서슴지 않았다.

돈에 그 어떤 가치도 부여하지 않는 자코메티는 캐롤린을 위해 아낌없이 돈을 썼다. 스포츠카를 사주는가 하면 막대한 돈을 주고 교도소에서 캐롤린을 빼낸 뒤로 걱정 없이 살 수 있도록 만들었다. 캐롤린을 만날 때 마다 언제나 여신 같다는 칭찬을 반복하고, 당신은 단순한 매춘부가 아니라고 추켜세웠다. 남자들의 눈이라니! 그 타오르는 열정과 집착이라니!

> 내가 드디어 작품에 생명을 불어넣을 수 있게 한 나의 소녀
> 나를 더욱 예술가로 만들어 준 신성한 여인
> 그녀는 마치 고향 스위스 산맥에서 흐르는 물과 같이 너무도 순수해
> 서 함부로 범할 수 없다.
> 그녀는 성처녀이고 여신, 오로지 찬미만 받아야 할 대상이기에 절대
> 로 더럽혀서는 안 된다.

이게 위대한 예술가 자코메티의 시선과 의식 속의 캐롤린이다. 죽는 순간, 그의 입에서 나온 마지막 한 마디는 그녀의 이름, "캐롤린"이었다.

나는 어제, 내가 정말 이해하거나 공감하지 못하는 것이 있다는 사실에 나의 시선을 계속 파헤쳐보았다. 해답은 나지 않았다. 그 정도로 나는 그런 쪽의 물리나 남자들의 심리를 모르기만 했다. 한 인간에게 운명적인 일을 내가 터럭만큼도 이해하지 못하고 있다는 것이 당혹스럽기도 했다. 아주 오랜만에, 내가 알고 싶은데도 끝까지 이해하지 못하는 절벽 같은 국면을 맞은 것이다.

이는 한편 남자의 성에 대한 관심이라기보다는 내 안에서 일어났던 크

고 작은 의구심들을 그냥 스치지 않고 파헤치면서 나를 알고 너를 알고 세상을 알아왔던 일환과 같은 것이기도 하다. 내 중심의 사고에서 벗어나 새로운 현상을 이해하거나 깨닫고, 나의 느낌-기준, 편견으로부터 해방되고 싶은 것. 그런데 이렇게 나를 지배하고 있는 무의식적 규범이 너무 두터워서 '아, 그거였구나', '그렇네!' 하고 확 열리지 않는 것이 있으니 참 답답하다.

어쩌면 여자인 나보다 남자들은 자코메티의 열정, 캐롤린과의 관계를 더 잘 이해할지 모른다. 한 남자의 사랑과 열정을 제대로 이해할 때, 나 또한 그 여인을 그렇게 바라볼 수 있을 것이다. 그런데 놀랍게도 지금 이 글을 쓰는 순간, 그 문제가 풀린다. (이게 글쓰기의 힘이다. 오늘 아침 이 글을 쓰기 시작한 것은 조금도 계획에 없던 것으로 아주 간단하게 내 생각만 기록해보기 위함이었다.)

여인의 빛, 살, 내음도 감각이지만, 여인의 교육, 문화, 규범도 껍데기다. 예술가만이 그 껍데기를 걷어내고 볼 수 있다. 아니, 남자라는 인간은 감각적 사랑을 완벽하게 할 수 있는 존재인지 모른다. 그런 면에서 사랑 그 자체의 사랑은 여자보다는 남자 쪽이 더 가능하다고 믿지 않을 수 없다.

나는 자코메티를 남자로 일반화시켜 말하였는데, 예술가와 남자는 순수성과 단순성에서 더 닮았다고 느끼는 이것 역시 나의 편견일까? 아무튼, 예술가의 시선이란!

일기, 동굴 속에서 빛나는 수정

 군산 뮤직포유의 뜨락음악회에 다녀와 밤 깊도록 글 하나 쓰면서 『소로우의 일기』를 서가에서 꺼냈다.

뮤직포유 카페지기 강석종 선생님 글로, 소로우*의 말을 확인할 것이 있었다.

『소로우의 일기』는 그것이 막 출간된 2003년 여름 한 철 잘 읽고 그 뒤 지금까지 손을 대지 않았는데, 이번에 처음으로 다시 들었다. 2001년, 의회를 그만 두는 과정에서 나에게 가장 큰 영향을 미친 책이라 할 수 있는 것이 소로우가 쓴 『월든』이었다.

상반기 정기의회를 마친 그날, 나는 남편과의 깊은 대화 끝에 다음 해에 있을 지방선거에 나가지 않겠다는 결정을 했다. 마음의 길을 찾은 것

---

* 얼마 전부터 소로라고 읽고 표기하기도 하지만, 책 제목 그대로 소로우라고 한다.

같이 평화로웠던 그해 여름, 오른 손목의 시큰거림을 시작으로 오십견이 찾아왔다. 오십견 통증은 가을을 넘어가면서 심해지더니 겨울에는 목에서 발목까지 애리고 저리고 쑤시지 않는 뼈가 없었다. 그 고통과 함께 드러난 것은 '의회를 그만 두고 나면 나는 뭘 하나, 어떤 존재로 살지?'하는 내면의 공포였다. '계속 의원생활을 하는 것은 자살행위다'라는 것을 나의 이성은 받아들였지만, 내 마음 깊은 곳에서는 '그러면 나는 앞으로 뭐하고 살지?' 하면서 앞이 보이지 않았던 것이다.

그때 내가 읽은 책이 『월든』이었다. 들 수도 내릴 수도 없는 팔을 가지고 날마다 집 앞 불가마 찜질방으로 가 『월든』을 읽으며 밤을 새웠다. 자신의 모든 행위와 생각의 깊이를 파고들어 의식과 개념으로 한 줄 한 줄 철학을 만든 소로우라는 사람은 퍽 경이롭고도 친근했다. 내가 원하는 소리, 들어서 마음이 펴지고 사는 것 같은 말을 하는 사람, 바로 그것일 수밖에 없는 의식만이 들어 있는 『월든』에서 나는 더 이상 갈등하고 있을 수만은 없는 길을 잡았다. 실천의 사람 소로우와 통한다는 것은, 자신의 이상을 관념으로 품고서만은 살지 못한다는 것을 말할 것이다. 그런 것이 철학 아닐까? 행위와 선택으로 가지 않으면 지독히도 공허해져서 살아도 사는 것처럼 느낄 수 없게 만드는 것.

겨울을 『월든』과 함께 보내고 다음 해 6월, 의회를 그만 두었을 때의 그 자연스럽고 평화로운 심정이란. "어깨 위의 무거운 짐을 다 벗어버린 것 같다"라는 남편의 말은 비유가 아니라 사실 그 자체였기에 더욱 기뻤다. 남편과 함께 먼 산을 오르면서 그말을 나누던 순간이 옛날 일과 함께 종종 떠오른다.

'내가 뭔 일을 했었나'… 지난 시간들이 아득하게 느껴질 정도로 평안한 나날을 보내던 어느 하루, 남편과 서점에 들러 책 사이를 걷다가『소로우의 일기』를 발견했다. 굉장하였다. 참으로 시원하고 날카롭고 힘 있고 또 명쾌하고 깊었다. 칼로 베듯 선연히, 한두 줄의 말로 사람들의 타성과 허위과 둔함을 쳐내는 사람. 사회와 세상을 어느 정도 겪고, 인간성을 알 만큼 알고, 싫은 것을 참지 못하고, 또 이상한 것을 질려하는 성격이 서로 닮은 것도 같아 깊이 이해도 되고 연민도 크게 일었다. 그의 글 한 줄마다 맞장구쳐 내 말이 얼마나 터져나오던지… 나는 그 직전까지 그 사람만큼이나 특정의 사람들을 혐오하고, 제도를 까대면서 살던 사람이었으니까 말이다.

『소로우의 일기』책 전반에 그 당시 내가 쓴 메모들이 빼곡하다. 내 안에서 또 다른 탄성이 나오는 것들, 그리고 공감되지 않는 것들을 여백에 써놓곤 했다. 그의 문체를 빌려 그의 사고와 언어의 이면, 고집과 주의주장, 단정, 그런 것들을 반격해보는 재미가 아주 컸다. (그러다가 피시를 열어 소로우 글을 베끼고 내 생각을 털어놓으면서『소로우의 일기』를 읽어나갔다. 그때 쓴 게 원고지 300장 정도 된다. 이 책 마지막 편에 그 일부를 싣는다.)

어젯밤, 네 시가 넘어『소로우의 일기』에서 마침내 찾은 구절은 그것이었다.

시인이 자신의 전기를 써야 할 의무라도 있을까? 훌륭한 일기면 충분하지 않겠는가? 우리는 그가 어떻게 상상의 영웅이 되었는가 알고 싶은 것이 아니라 그가 매일매일의 삶을 어떻게 실제적인 영웅으로 살았나 알고 싶은 것이다.

거기에 내가 써놓은 메모는 이렇다.

"주부들은 이런 의미에서 영웅이다. 자서전의 절반은 허구일 수밖에 없다. 자신의 경험과 의식을 떠올려 서로 맞추고 의미를 부여하다 보면 그렇게 된다. 과장하려는 의도가 없어도. 주부들만큼 하루하루의 삶을 영웅적으로 사는 사람은 세상에 없다. 1년 365일의 밥상을 차린다. 1년 365일의 새벽에 일어난다. 자식들의 소풍날 김밥 한 번을 빼먹지 않는다. 그들의 식기는 건재하다 (…)"

"매일매일의 삶"이라는 의미에서 나는 주부를 영웅이라고 여겼는데, 강석종 선생님의 모습에서 소로우의 영웅을 떠올렸던 것이다.

뼈를 바르듯 단어 하나 문장 한 줄 읽어 내렸던 『소로우의 일기』는 종이 뼈대만 남아 오랜 세월 서가에 꽂혀 있었다. 이 책은 그때 정말 질리도록 잘 읽어서 다시 펼쳐보고 싶지도 않았다. 언제부터인가는 그의 너무도 시니컬하게 인간비판적인(문명비판을 넘어) 사고가 나에게 잘 맞는 것 같지도 않았다. 그리고 진즉부터 그 사람보다 더 오래 살고 있는 나다. 인간성과 사람들에 대한 이해심도 커지고 이상하게 보이는 것도 많이 없어져가고,

참을성이 좀 생기는 것이 오히려 좋으면서 그 사람의 촌철살인의 개념들에 동요되고 싶지 않은 의식적인 마음도 있었다. 어젯밤, 갑자기 집어 들게 된 것은 다시 소로우에 젖어보라는 사인일 것이다. 나에게 어떤 일인들 좋지 아니할까?

더욱 편안한 마음으로 『소로우의 일기』 읽어보고 싶다는 생각이 들었다. 책들과 그렇게 거리를 유지하며, 또 갑자기 끌려 들어가며 사는 것이 책을 읽는 사람, 자기가 가지고 있는 책을 속속들이 아는 사람들이다.

오늘 아침, 『소로우의 일기』를 펼쳤다. 표지를 넘긴 첫 장에서부터 푹 끌려들어가 그 뒤의 글을 읽어 내지를 못했다. "글을 쓰는 일은 그에게 큰 격려가 되었다"는 이 말. 나에게 글은 바로 그런 것이었다. 밤을 새워가며 글을 쓰다시피 했지만, 요즘 들어 왜 이렇게 글로써 모든 것을 정리하고자 몸부림을 치는지 고통스럽기조차 했다. 이게 무슨 일인가… 내가 글을 쓰면서 하루하루 힘을 얻는 게 사실이지만 요즘은 마음에 병이 날 정도로 글쓰기에 집착을 하고 있었다.

왜 병이 나냐, 생각을 다 쓰지 못해서다. 내가 쓰고 싶은 것을 헤아리면 하루 24시간이 부족한데(하루의 모든 일마다, 혼자 있는 모든 시간마다 생각이 솟아나니까), 별 일도 아닌 것에 시간을 보내면서 아무 것도 쓰지 못하고 날아가는 하루하루다. 이런 내가 걸리고 맺히다가 이젠 엎힐 지경까지 이르러 인하한테, "엄마가 오늘 강 선생님 글을 쓰지 못하면 엄마 자신에게 정말 실망할 거야"라고 토로하기까지 했다. 실망하는 것이 문제가 아니라 자꾸 힘을 상실해가는 기분이다. 그로부터 얻을 힘, 격려를 받고, 지금이 침체기였을 따름이라는 것을 느끼게 해주는 한 편의 글이 나에게는 절실했다.

요즘 내가 밝고 모든 것이 좋아보인다는 소리를 들었지만 결코 그런 상태는 아니었다. 심리적으로 편치가 않았다. 나는 확신과 이해와 만족이 필요한 사람이다. 누가 이해해주고 칭찬해주는 그런 것이 아닌, 나의 삶과 시간을 깨닫고 싶고, 나 자신에 대한 이해와 동의, 만족을 얻고 싶다. 나 자신을 파악하고 정리를 해야 한다는 말이다. 이렇게 말하고 나니 참 눈물 난다.

아침, 『소로우의 일기』 편집자 서문에서 소로우가 자기를 밝혀내는 모습을 보았다. 그의 수단은 '일기'였다.

> 그래서 되도록 자주, 그리고 정성을 기울여 자신의 생각들을 기록으
> 로 남기려고 했다. 특히 일기는 생각을 담기에 가장 좋은 그릇이었다
> 고 그는 고백한다.

편집자가 이런 말도 했다. "때로는 자신이 일기를 쓰기 위해 살고 있는 것이 아닐까 하고 두려워했을 정도다." 내가 그러고 있다. 그런데 소로우는 "자신의 일기를 자신의 정신이 가장 진솔하게 드러난 일종의 전기"라고 굳게 믿었다. 일기란 한편 그런 거여서, 한번 쓰기 시작하면 중단할 수가 없으니 결국 전기가 되고 만다. 하여, 소로우가 말한 영웅적 삶은 어쩌면 나날이 일기를 쓰는 자신을 반추하여 떠올린 이미지일지 모른다.

내가 진실로 원하는 것은 진실한 나의 모습, 나의 생각이다. 고달픈 삶

속의 나의 선택과 사고가 아무리 뒤집어 봐도 그것 하나이기에 그것을 그냥 버리고 잊고 흘릴 수가 없다. 나를 살게 해준 바로 그런 것들-우리 아이들의 맑고 바른 생각과 말들, 남편의 철학, 사랑하는 친구들의 진지한 삶들, 그것들과 교감하고 뜨거워지는 나, 그 힘으로 하루하루 일하면서 살아나가는 나의 용기와 힘… 이 모두가 진실이기에 내가 그것들에 사로잡혀서 사는 것이다.

나의 일기에는 나의 모순과 함께, 분명히 달라지면서 성장하는 무언가가 있다. 일기는 내 안의 것을 발견하는 과정이다. 소로우도 그랬을 것이다. "유랑하는 집시들은 길 표시를 하기 위해 시든 풀이나 잎으로 흔적을 남긴다. 그의 일기에도 한걸음씩 그의 정신이 지나간 자취가 남아있다", 이 말처럼.

소로우가 자신의 생각에 매달릴 수 있었던 것은 고립자의 내면의 힘이기도 했겠지만 어쩌면 젊다는 것이 더 큰 이유가 아닐까 나는 생각한다. 마흔 다섯 살까지 살았던 그 사람이니 생각과 사상이 힘이 있었을 것이다. 내가 처음 『소로우의 일기』를 지독히도 잘 읽은 뒤로 오랫동안 다시 떠들어 보지 않은 것은 젊은 그로부터 나온 글의 한계 같은 것을 깨달아서였던 것도 같다. "정돈된 것이든 무질서한 것이든 관계없이 일기장에 적힌 생각들을 소중하게 여긴" 소로우처럼 나 역시 그런 면이 컸지만, 언제부터인가는 내 글을 재미있게 읽고 넘어갈 뿐이지 내 생각에 매달리지는 않는다. 아무리 그럴듯한 것이어도 정말 조금도 비중이 두어지지 않는다. 변하지 않기란 더욱 어렵다.

전혀 예상치 못했던 일로, 지금 이 순간 소로우가 나에게 큰 위안과 힘을 준다.

그가 일기를 쓴 유일한 목적은 물 밖으로 나오면 곧 아름다움을 잃는 황새치의 색조처럼 '순간'이 사라져 없어지기 전에 아름다움을 붙잡아 고정시키는 데 있었다. 소로우는 달아나는 한때를 영원한 것으로 바꾸어 놓기 위해 '순간'에 대한 관심을 잠시도 게을리 한 적이 없었다.

소로우는 자연을 탐구하고 자신의 의식에 대해 천착하였고, 나는 사람을 느끼는 순간의 의식을 포착하여 글을 쓰고자 하는 바람이 숨처럼 떠나지를 않는다. 일기든 저작이든 세간에 사는 사람으로 내가 쓴 글은 분량으로는 소로우보다 많을 것이다. 이 글의 마지막 말을 소로우의 말로 대신한다.

"내 생각을 담기에 일기만큼 좋은 그릇은 없는 것 같다. 수정은 동굴 속에서 빛난다."

소로우를 베끼고 나를 쓰다

어떤 사람의 말은 가시처럼 악착 같아서 한번 몸에 달라붙으면 절대로 떨어지려 하지 않는다. ― 악담도 그렇고 칭찬도 그렇다. 하여 다른 사람의 말은 잊어야 한다.

연민을 가장 중시하라. 슬픔을 질식시키지 말라. 슬픔을 소중히 여기고 돌보아주어서 슬픔 그 자체가 절대적으로 중요한 것이 될 수 있게 하라. 깊이 애도하는 게 바로 새롭게 사는 것이다. ― "내 가슴의 슬픔을 저 많은 사람들의 기쁨과 바꾸지 않으리." (칼릴 지브란)

진정한 여가를 즐기는 이는 영혼의 밭을 갈 시간을 갖는다. ― 세상에 한가한 사람이 없는데, 갈아진 영혼이 없다는 말이지.

인간이 지닌 의무는 단 한 마디로 말로 요약할 수 있다. 스스로 완전한 몸이 되는 것. ― 몇 종류의 사람이 있다. 지식을 위하여는 투자하나 몸을 위하여는 투자하지 않는 사람. 정력을 위하여는 투자하나 정신을 위하여는 투자하지 않는 사람. 자기를 위하여는 투자하나 타인을 위하여는 투자하지 않는 사람.

달콤하나 들리지 않는 음악에 발맞춘 당당한 행진 같은 인생을 살아야 한다. ― 특히, 아이들이 이런 행진을 할 수 있도록 부모들은 가르쳐야 한다.

한 사람의 인생을 특징짓는 것은 천성에 대한 순종이 아니라 반항이다. ― 진정한 교사라면 반항하는 학생을 더 고마워해야 하고, 참다운 부모라면 대드는 자식을 더 사랑해야 한다. 그 아이들이야말로 자기를 강하게 의식하면서 살고 있기 때문이다. 그리고 그러한 저항으로부터 교사와 부모는 자신의 위치를 확인하게 된다.

하버드에서 사람을 만나는 일이 기쁜 일이었으면 좋겠다. 사람을 만나는 일이 순록이나 큰 사슴을 만나는 일과 같았으면 좋겠다. ― 사람을 만나는 일이 기쁘지 않다니!

나의 내면에 어떤 창도 뚫을 수 없는 방패를 세운다. ─ 나는 나의 내면에서 모순을 발견하는 것이 좋다. 서로 창과 방패가 돼 공격하고 방어하는 것은 굉장한 구경거리다. 그 모순이 다른 무엇도 아니고 바로 나인데⋯

어떤 모임의 위트가 균형 잡힌 문장 한 줄을 만드는 데에 도움이 되는 경우는 드물다. ─ 똑똑한 것처럼 보였던 사람들의 무미건조함을 확인하는 재미도 크다.

목수는 지붕마루를 잇기 위해 망치를 두들기면서도 틈만 나면 정치에 관한 이야기를 한다. ─ 대한민국 사람들만 정치 이야기를 좋아하는 것이 아니었다. 정치 이야기를 할 수 있다는 것은 사람에게 큰 자긍심을 준다. 그들이 어떤 수준에서 이야기를 하든. 오늘 아침, 산에서 몇몇 남자들이 크게 떠들어대는 이야기를 들었다. 미국이 북한도 쳐버려야 한다는.

나는 자연과 영혼을 곁눈질하며 나의 우둔함을 즐거워한다. 신들이 조용히 묵상하는 신사들에게만 계시를 내린다고 생각하기 쉬우나 틀린 생각이다. 어릿광대 중의 어릿광대가 아무도 보지 못한 신들의 모습을 본다. ─ 약간 둔한 아내는 성실한 남편의 관심을 끈다.

이 경험(소로우는 눈 덮인 산에서 종일 여우 뒤를 추격했다)이 여우에게 유용하기를 바라면서 나는 강가로 난 지름길을 통해 마을로 돌아왔다. ― 나는 가끔은 사람들의 어려움에 깊은 동정을 삼간다. 그에게 좋은 경험이 됐으리라 믿기에.

우리는 양날의 칼이다. 칼을 밀어 미덕의 날을 갈고 칼을 당겨 악의 날을 간다. ― 나는 평생토록 내 인생을 칼날 위의 평화로 보았다.

우리가 성년 시절에 긴 시간을 방황하며 떠도는 이유는 어린 시절의 꿈들을 이야기하기 위해서다. ― 작년 가을, 친구에게 보낸 편지. "인생은 자기를 짜 맞추어 가는 퍼즐이야. 어느 시기까지 인생은 퍼즐 조각처럼 단편적이고 또 마구 섞여 있어 전혀 윤곽이 보이지 않고 전체의 형상도 파악할 수 없지. 그러다 하나씩 떨어진 그 기억의 조각들을 이어가게 되는 것이야. 한번 그렇게 되기 시작하면 조각들을 이어 붙이는 속도는 가속이 붙어. 그러면서 자신의 인생을 보는 것 같은 느낌이 비로소 들고, '나의 인생'이라고 말할 수 있을 만큼 나이를 먹은 것도 알게 돼."

글에는 어떠한 속임수도 용납되지 않는다. ― 글을 열심히 쓴 사람은 글의 진실을 깨닫게 된다.

"하지만 무언가를 사랑하는 나의 정신에 의지하자." 그점에서 나는 아주 긍정적인 사람이다. 그점에서 나는 하느님의 지지를 받는 사람이다. — 자기 가슴속에 피어나는 사랑을 느끼는 것이 착각이나 망상일 리 없다. 사랑을 느끼는 순간 하느님을 생각하지 않을 수 없게 되는데 그래서 사랑은 신성하다.

인생이란 결국 혼자가 아닌가? 인생의 먼 여정을 끝까지 함께할 수 있는 사람은 아무도 없기 때문이다. — 그래도 내 옆에 그런 사람이 있다고 믿고 사는 인생이 있다. 얼마나 대단한가, 인간의 신의를 누릴 수 있는 인생은.

우리가 끝이 없을 심연 속을 내려다본다면 그 역시 둥글 것이다. — 나에게 심연은 둥글게 느껴질 정도로 결코 부드럽지 않다.

인간의 마음이란 자연처럼 평온해야 한다. — 인간을 자연의 일부라고 확신하는 사람이라면 그렇게 될 것이다.

나에게 주어진 소명을 무시한 채 나의 오전과 오후를 모두 사회에 바쳐야 한다면 도대체 나의 삶에 무슨 가치가 있겠는가. — '멸사봉공'이라는 가르침이 평범한 사회인을 괴물로 만든다. "당신은 계백장군이 아니야!" 의회에 있을 때, 남편이 밤낮없이 일만 하는 나를 향해 이렇게 외친 적이 있다.

나는 가장 중요한 물음은 우리가 어떻게 생계를 꾸려가야 올바른 생을 살아가는 것인가에 대한 물음이라고 생각한다. — 본질적으로 부도덕한 직업이 있다.

악마는 아주 부지런하다. 우리가 악을 존경하도록 만들기 위해 악마는 피곤을 위해 부지런히 일을 한다. 악마는 적어도 근면의 미덕은 갖추었다. 내가 열정적으로 좋은 일을 한번 해보려고 마음먹으면 악마가 먼저 소매를 걷어붙이고 나보다 다 빨리 나의 일터에 도착한다. 악마의 성실하고 진지한 모습을 보면 나 자신의 선한 의도마저 부끄러운 정도다. 악마는 선한 일이라면 그 일이 자기 자신의 일이라도 되는 양 기꺼이 팔을 걷어붙이고 나서는 게 공평하기조차 하다. 덕을 행하는 나의 능력이 악마의 재빠름을 능가한 적은 한번도 없었다. 오히려 반대로 악은 한번도 나를 놓치지 않았다. 악은 빠르게 뛰어오르더라도 숨을 헐떡거리지 않는다. 악은 늘 머리를 곱게 빗질하는 냉정한 신사 같다. — 나는 의회와 정당에서 이런 사람들을 보았다. 그러면서도 그들을 악마라고 차마 단정할 수 없었던 것은 그들의 재빠름과 부지런함이 모든 것을 정당화시켜주는 듯했기 때문이다. 나는 그들은 자기를 위하는 일에서만 그렇게 재빠르고 부지런하다는 것을 알았지만, 하늘은 스스로 돕는 자를 돕는다니 더욱 할 말이 없었다. 집단무의식이 가장 팽배한 곳이었다.

나의 일기는 추수가 끝난 들판의 이삭줍기다. 일기를 쓰지 않았더라면 들에 남아서 썩고 말았을 것이다. ― 인하의 어느 날 일기. "일기는 추억과 같다. 그래서 나는 일기를 열심히 써야겠다."

사람들이 창 밖에서 땅의 소유권을 가르기 위해 말뚝을 박느라 분주한 모습을 재미있게 지켜본다. 하느님도 땅 여기저기에 서 있는 작은 울타리들을 보고 웃고 계실 것이다. ― 자식들이 다투는 모습은 부모를 슬프게 한다. 그러나 진정한 사랑을 아는 부모는 자식들이 다투는 소리를 귀담아들으며 미소를 짓는다.

끝없는 불안, 긴장, 근심은 가장 고치기 어려운 질병에 속한다. ― 그럼에도 사람들은 이런 것들이 인생의 조건이라고 생각하며, 이것들이 없어지면 또 인생이 너무 가벼울까봐 죄의식을 갖는다.

하느님은 범죄 집단의 우두머리라 하더라도 회개가 아닌 사색을 통해 자신에게 다가오기를 원하신다. — 하느님은 벌벌 떨며 울고불고 잘못했다고 비는 인간들을 보면 신경질이 날 것이다. 부모는, 자신의 용서와 사랑을 무조건 믿는 밝은 자식이 고맙고 사랑스럽다.

지금의 내 경험은 그다지 값어치가 없다고 생각한다. 오늘 겪은 체험은 소년의 체험에 비하면 정말 하찮은 것이다. — 경험은 의미를 부여하기 나름이다. 소년이 청년보다 낫고 노인이 소년보다 낫다는 보장이 없다.

최상의 소리를 들으려면 천천히 걸어야 한다. 몸은 극도로 평정한 상태여야 한다. 땀을 흘려서는 안 된다. — 목적은 다르지만, 나는 한 여름에 산을 오를 때에도 땀 한 방울 나지 않을 정도로 걷는다.

인간을 창조한 모든 신들을 사랑하는 것 이상으로 나 자신을 사랑하고 존경했으면 하는 바람이 있다. — 신을 사랑하면 자연히 신의 총아인 자신을 발견하고, 자신을 사랑하지 않을 수 없게 된다.

진리의 자각이란 결국 유사점의 발견이다. — 진리의 자각은 공감이고 받아들임이다.

우리는 우리의 인생이 차고 넘칠 듯하나 아무런 출구도 찾지 못하는 경우를 경험하곤 한다. 우리는 고무되기는 하지만 무슨 일로 고무된 것인지 알지 못한다. 아주 드물게 나는 문학작품을 쓸 준비가 되어있음을 느낄 때가 있다. 그러나 무슨 작품을 써야 할지는 알 수가 없다. ― 출구를 못 찾아도 좋다. 고무된 정신이 효과적인 표현으로 결실을 맺지 않아도 좋다. 자신이 무엇인가를 해 놓고, 혹은 아무 것도 하지 않았어도 평안히 있을 수만 있다면 그것이 최상이다.

소로우는 혼자 있어도 혼자 있는 것이 아니었고 아무 일을 하지 않아도 하지 않는 것이 아니었다. 인간의 욕망을 알고 있는 소로우는 자신도 욕망에 빠질 수 있다는 것을 늘 느끼고 있었다. 그래서, 그는 겉으로는 아닌 것 같지만(그렇게 노력하는 모습이 역력하다) 업적과 성과, 타인과 밖의 세상에 늘 촉각이 곤두서 있다.

우리는 사람을 총체적으로 보려는 습관이 있기 때문에 사람들의 삶에 대해 그다지 큰 흥미를 느끼지 못하는 수가 많다. ― 의회에서 본회의장은 물론 상임위원회의에서 단 한번도 발언을 하지 않은 노 의원이 있었다. 그 사람의 지역 주민이 참 불쌍하다는 생각이 그에 대한 인상 전부였다. 언젠가, 열흘 동안 연수를 함께 다녔는데 그 나이 든 의원은 재치와 해학으로 우리 모두를 첫날부터 끝날까지 즐겁게 해주었다. 그 뒤로는 그런 그의 그 모습만 기억난다.

사람들은 법의 본질이 강요라는 사실을 인식하지 못하고 스스로 낮춰 법에 복종한다. 그러나 자신이 법보다 우위에 있음을 느끼면 그 즉시 조심스럽게 법을 개정하여 다시 그 법에 복종한다. ─ 법을 만들려고 하고 법을 개정하려 하는 사람은 현대에 그래도 가장 주체적인 국민이다. 법은 이상을 현실로 만드는 통로였다, 내 경험상. 의원으로 내가 했던 여러 일들 가운데 가장 좋았던 일은 조례를 창안하고 또 개정하는 일이었다.

그녀는 내가 아는 여성 중에서 여성이라는 것을 의식하지 않고 대화를 나눌 수 있는 유일한 여성이다. 그녀에게는 시와 철학에 대한 남성적 이해력이 있다. 나는 이제까지 여성과 시적 경험을 허심탄회하게 이야기해 본 적이 한번도 없다. ─ 그러면서도 시끄럽지 않고, 누구를 비난하거나 조롱하지 않고, 우기거나 가르치려 하지 않는 그런 여성과 대화를 하고 싶다.

그들은 자신들이 하느님을 사랑한다고 생각한다. ─ 기독교인들은 자신들만 하느님을 사랑한다고 생각한다. 그리고 하느님도 자기들만을 사랑하는 줄로 믿는다. 그래서 교회를 다니지 않는 주변의 사람을 사랑하거나 행여 존경하게 될까봐 두려워 그와 거리감을 유지하려고 애쓴다.

기독교인의 세계에서는 "이 불쌍한 죄인을 용서하소서"라고 외치지 않는 한 절대로 진리에 정당한 인식에 도달할 수가 없다. — 자기를 죄인이라고 생각하며 겸손한 척이라도 하지 않는 사람을 기독교인은 '완악하고 교만하다'라고 말한다.

아침저녁으로 샘물처럼 솟아나던 내 생각 속의 노래로 다시 돌아가고 싶다. 그러나 이제 나는 다시는 그 노래의 물을 마실 수 없게 되었다. — 작년 3월, 친구에게 쓴 편지. "내 머리 속에 들어 있어 말로 풀 수 있는 것이 보이지가 않았다. 나의 내면을 돌아보니 사회인의 상식이나 지식이라는 것이 하나도 남아 있지 않았다. 일 하나, 사건 하나에 줄줄이 솟아나던 해석과 감상의 샘이 더 이상 고이지 않고 다 말라붙어 버린 것을 보았다. 사람들이 말을 하면 그 말들이 있었을 그들 두뇌의 역량이 부럽기조차 했다. 지적이고 전문적인 대화나 발언을 말하는 것이 아니다. 등산 중에 스치는 평범한 일단의 주부들 사이에서 나오는 수다에조차 나는 아득한 거리를 가졌다. 그 말을 할 수 있는 삶의 경험, 생각의 저력, 에너지의 구존함… 그런 것들이 한없이 부러웠다. 어느 상황에서건 내 영혼을 비추던 빛, 나만의 소리를 내게 하던 그 빛이 사라졌기 때문이었다."
나는 그때 말과 생각만 끊어진 것이 아니라 목소리가 나오지 않았었다. 지나놓고 보니 그때가 가장 힘든 때였다. 의회에 다시 출마하지 않겠다는 것이 마음으로부터도 받아들여졌을 때 심신의 고통이 사라졌다.

내 생각을 담기에 일기만큼 좋은 그릇이 없다. (…) 누구의 생활도 매일매일 일기로 적을 만큼 그렇게 풍부하지는 않았던 것 같다. — 지난 1년 6개월

사이 쓴 글이 원고지로 5천 매 정도 된다. 그중에 일기는 2천 5백 매가 넘을 것이다.

너무 자주 여행을 한다거나 명소를 드나드는 것이 나의 정신을 완전히 고갈시키지 않을까 두렵다. ― 사람들이 여행에서 무엇을 보고 느끼고 왔는지는 모르지만 아무튼 여행 그 자체로 자랑이 되는 것만은 분명하다.

우리는 무한히 상대방을 신뢰하여야 한다. 신뢰를 갖지 못한다면 갖지 못했다는 것을 누설하지 말아야 한다. ― 그렇다고 아무 사람 앞에서 아무 사람을 대며 그를 신뢰한다고 말해서도 안 된다. 누구를 좋다고 말하는 순간 그의 수준이 곧바로 드러나고 마니까.

성인 남자나 여자가, "전에는 인간을 믿었지만 지금은 인간을 믿지 않아"라고 말하는 소리를 들을 때마다 나는 "당신이 누구길래 세상에 실망했는가? 오히려 당신이 세상을 실망시킨 게 아닌가? 과거에 믿을 근거가 있었다면 현재에도 믿을 근거가 있는 것이다. 불평하는 당신 안에 작은 사랑만 있다면 믿음은 충분히 그 작은 사랑 위에 세워질 수 있다."라고 말해주고픈 충동에 사로잡힌다. ― 나는 인간을 믿지 못한다, 그 약함 때문에. 나는 나의 약함을 알기 때문에 인간을 믿지 못하는 것이다. 반면에 나는 한 인간이 얼마나 순수하게 이타적일 수 있는가도 절대적으로 믿는다. 내 마음이 그런 열정으로 차기도 하기 때문에.

마음속이 뜨거울 때 글을 써라. ― 마음속이 밝아지면 글은 절로 나온다.

영향력 있는 주역들은 도대체 어떤 사람들이며 그들의 숫자는 얼마나 되는가? ― 정치인, 학자, 관료, 장교, 기업가들이 어떤 사람들인가를 잘 꿰뚫으면 사람들은 결코 자신이 하찮거나 초라한 존재가 아니라는 것을 바로 알게 되어 평범하게 산다고 하더라도 큰 힘이 날 것이다.

책을 출간하라고 충고해 주는 사람은 얼마나 많은가! 반면에 내적인 인생을 살라고 충고해 주는 사람은 또 얼마나 적은가! ― 나에게 다음 선거에 출마하라고 권한 사람은 얼마나 많은가! 반면에 이제 집에 들어가 아이들과 함께 있으라고 충고한 사람은 얼마나 적은가!

젊은이는 지구와 달을 이을 다리를 세우기 위해, 아니면 지상에 왕궁이나 사원을 짓기 위해 부지런히 자재를 모은다. 그리하여 마침내 중년의 사내는 그 자재로 장작 두는 헛간을 짓는다. ― 지난 5월의 어느 날 쓴 글. 제목이 '인생'이다. "지금 흐르는 시간의 저편에는 완성된 건축물이 있을 것이라고 믿고 있다. 그러나 정작 그들이 지어서 그 안에 들고자 하는 건축물은 과연 어떤 양식일까. 가끔은 자기가 건축을 다한 것 같은 안심에 빠져들기는 한다. (…) 어느 한 순간 자기가 다 이루었다고 생각을 하지만 사람들은 결국 그 어느 것도 자기가 원하는 건축물이 아니었다는 것을 깨닫게 된다. 여전히 자기는 누구인지 모르겠고 또 뭐가 될 수 있을지 모르는 것은 아이 때와 똑같다. 그리고 아직도 인생이 시작되지 아니한 것처럼 기다림은 계속된다. 그러다가 자신 앞에 죽음이 놓여 있는 것을 본다. 인생은 시작도 하지 않은 것 같은데… 결국 우리의 이승은 미몽이고 우리의 정신은 미망 속을 헤매다 간다. (…) 인생은 지금 나와 함께 있다. 나와 사랑하는 사람들, 그리고 그들을 위해 내가 할 수 있는 일. 그것이 인생이다. 인생은 사랑하고 나눔으로 성취된다. 모든 장소에서 모든 순간… "

만일 산책 중에 친구 집을 방문한다면 그것은 자연과의 친밀한 교제를 의도적으로 포기한 것이나 마찬가지라고 나는 확신한다. 그 산책은 분명 진부해질 것이다. ─ 그럴 것이다. 이미 마음이 친구에게 가 있으니. 그러나 마음이 산책보다 친구에게 끌렸음인데 친구가 자연보다 그렇게 떨어지는 존재인가? 소로우는 인간과 사회를 너무도 민감하게 의식하며 그리워했던 사람 같다. 자연 속을 헤매면서도 그리운 어떤 사람의 영상에 씌워있었을지도…

사람들의 의견을 들어보거나 삶을 관찰해보면 십중팔구 그들이 음악을 들어왔다는 증거를 전혀 찾을 수가 없다. 음악을 들어왔다면 그렇게 속이 좁고 편협한 인물이 되지는 않았을 것이다. ― 사람들이 그들이 말하는 만큼만 읽었다면 그렇게 행동하지는 않을 것이다. 헤세나 소로우의 책(『월든』)이 오랜 세월 그렇게 많이 읽히는데 왜 세상이 이러는지 모르겠다. 하물며 성서 같은 책도 있을진대 더 말할 것이 없다.

침묵만이 들을 만한 가치가 있다. ― "벙어리만이 수다쟁이를 부러워한다." (칼릴 지브란)

사람은 시대의 지혜로 인해 지혜로워지고 시대의 어리석음으로 인해 어리석어진다. ― 시대와 민족을 뛰어넘는 '밝은 영혼'이 있더라. 『대륙의 딸들』에 나오는 '샤 노인' 같은.

사회적 지위나 성별에 관계없이 인생이란 용기를 보여주어야 하는 전쟁터이다. ― 세상에 비전을 가져서가 아니라 인간으로 절망할 수가 없어서 이기고 살아야 한다.

나는 누군가가 나의 생각을 알려 할 때 기쁘기도 하거니와 놀랍기도 하다. 익숙하게 다룰 수 있는 연장을 쓰듯이 그렇게 나를 쓰려는 사람은 아주 드물기 때문이다.― "어떻게 지내십니까?" 하는 질문을 진심으로 궁금해서 묻는 사람을 보지 못했다. 그들은 나에 대해 조금도 궁금한 것이 없다. 그들은 내가 일을 하는가 안 하는가, 누구를 만나는가, 다음에는 출마를 하는가, 누구의 캠프로 들어갈 것인가 그런 것들만 궁금하다. 나는 나에 대해 말할 것이 많다고 생각하고 있는데 말이다. 내가 말하고 싶은 것을 나는 사람들에게 묻는다. 사람들에게 그렇게 묻는 사람은 또 나밖에 없다.

어떤 경우에는 여름의 작용이 하찮게 보일 때도 있다. 몹시 바쁘게 윙윙거리며 지나가는 꿀벌을 붙잡고 나는 네가 무슨 일을 하는지 아느냐고 묻고 싶다. (…) 여름은 시류에 편승하는 것들을 위한 것이다. — 왜, 여름을? 자기의 영혼을 들여다볼 틈을 주지 않는 여름의 찬란한 열기가 놀랍지 않은가? 가을 초입에서 친구에게 보낸 편지. "여름의 에너지와 충만함을 그 계절 안에서 제대로 누리고 감사하지 못한 것이 어둔 새벽, 살갗에 닿는 냉랭한 기운과 함께 아쉬움 이상의 회한 같은 것을 몰고 오곤 해. 그때는 정말 울고 싶은 마음마저 들어. 그토록 허황하고 서글픈 느낌도 내 살면서 더 없는데 울지 않고 버티고 있는 내가 더 이상해. 가을이라는 계절도 얼마나 놀라운지. 여름에는 말할 것도 없고 겨울이나 봄에는 그 계절에 대해 깊이 생각하지 않지, 그리고 영혼에 대해서도. 근데 가을은 왜 이렇게 크고 넓고 깊고 텅 비었는지 정말 가을에 빠져 죽을 수도 있을 것 같다는 생각도 들어. 내 에너지가 가을을 버티기에 얼마나 남아 있을까 궁금하기만 한 것도 가을에 갖는 두려움이기도 하지."

뉴잉글랜드의 종교와 로마인의 종교 사이에 그다지 큰 차이는 없다. 둘

다 죄의 그림자를 숭배한다. ― 대한민국의 교회와 신도를 보면서, 지금이 개화된 문명사회라고 결코 생각하지 않는다.

그는 침묵에 잠긴 어두운 방에서 조용히 눈을 감고 낮에 그 자리에서 만난 사람들 가운데 자신이 진정으로 사랑한 사람이 있었는가를 물어보아야 할 것이다. ― 늦은 밤 자리에 누웠는데 내 차가 얼결에 지나버린 횡단보도를 건너던 어린 소년이 불현듯 떠오른다. "미안하다. 많이 놀랐지? 그 차의 주인이 정말 미웠을 거야."

눈앞의 꽃이 아름답거나 감동을 주는 이유는 그 꽃이 그의 사고의 한 상징이기 때문이다. ― 내가 자연 속에 있을 때 간절하게 바라는 것은 사고가 아닌 단순한 기쁨이다.

사람은 나이가 들면서 얼마나 천박해지는가? ― 나이 먹는다고 사람이 너그러워지고 참을성이 많아지고 이타적이 되는 것이 아니라는 것을 안 것은 내 나이 서른 살 때였다. 인생의 큰 비밀 중 하나를 그때 깨쳤다.

술에 절어 살면서 여러 차례 감화원을 들락거린 단순한 부랑자가 거리에서 여전히 고개를 들고 다닐 수 있는 이유는 그의 단순성 때문이고 또 단순성이 주는 활기 때문이다. ― 우리도 나름대로의 단순성, 혹은 무지함으로 세상을 버티고 있을 것이다. 그렇지 않으면 저 나사렛의 사람처럼 죽어 없어졌을 것이다.

그의 거래는 태양의 운행처럼 아무런 비밀이 없다. ― 오늘 우리 아파트의 관리소장이 나에게 말했다. "나는 가슴을 터놓고 말하는 사람이라 아무하고나 말할 수는 없다"라고. 나는 그분을 선비로 인식한다.

만일 우리 마음속에 자유와 평화가 없다면 우리가 가진 권리에 무슨 가치가 있겠는가? ― 헌법이 보장하는 '기본권'을 가진 사람들이 하는 짓을 보면 자유도 평등도 없다.

세상과 많은 관계를 맺었으나 시련을 잘 견디지 못한 사람들이 나의 적대세력이 되어 나에게 영향을 미친다. ― 단련되거나 용감하지 못한 '시민활동가'와 '정치꾼'들이 나의 말과 활동을 비난한다.

빵을 얻는 과정에서 순결을 잃기보다는 굶어죽는 편이 차라리 낫다. ― 어

내 인생의 책들 - 그곳으로부터 30센티

려운 일이 아니다, 결코.

나는 인생에 대해 불만을 느끼고 더 나은 인생을 열망한다. ― 나는 인생을, 그리고 사람을 사랑하지만 어떤 순간, 어떤 사람에 적응하지 못하는 나 자신을 본다. 나는 너무도 인간과 사회로부터 자유로워, 그것이 없으면 살지 못할 사람들에게 돌 맞아 죽을 것이라는 생각을 가끔 한다.

나는 내가 지금 무엇을 위해 글을 쓰고 있는지, 즉 내 노동의 결과가 어떤지 알 수 있다. ― 나는 그것이 뭔지 알 때도 있고 잊어먹을 때도 있다. 명성, 자기만족, 표현의 의지, 자신의 발견 등등이다.

나는 모든 동물이 살아가면서 끊임없이 겪는 비극에 대해 생각할 때마다 그 동물들의 비극이 우리를 하찮은 삶에서 벗어나게 해주는, 우주의 하프가 연주하는 슬픈 노래가 아닌가 생각하곤 한다. ― 동물의 비극과 같은 것을 얼마나 많은 인간들이 겪고 있는가. 오히려 그 이상의 비극이다. 동물은 동물적인 삶을 살아갈 뿐이지만 '인간적인 삶'에 대한 꿈은 어떤 인간에게도 없지 않기 때문이다.

잘 살 수 있는 방법을 다른 사람들보다 더 잘 알지 못하는 사람을 어떻게 현자라고 할 수 있겠는가? ─ 처자식을 먹여 살리지 못하는 정치인, 사회운동가들을 '온달족'이라 말한다.

우리는 죽을 때까지 높은 데 있음으로써 낮은 지대에서 일어날지 모르는 모든 재난을 피할 수 있다. ─ 이것은 의식의 차원이 달라짐으로써 가능한데, 의식은 예수나 부처, 성자들로 말미암아, 혹은 자신을 뒤집음으로써 상승할 것이다.

그들은 크게 실망에 빠지지 않았기 때문에 그다지 한탄하지도 않는다. ─ 기대, 혹은 슬픔의 차이가 인간의 차이를 만든다.

네가 얼마나 먼 곳을 여행하는가는 중요하지 않다. 네가 얼마나 민감한가 가 중요하다. ─ 알프스의 몽블랑에 올라보았고, 로마, 피렌체, 밀라노, 그리고 모스크 바와 성페테르부르크에서 몇 날을 머물렀으면서도 나는 그 도시들의 생김새나 역사를 말하 라고 하면 할 말이 없다. 다만 내가 모스크바에서 성페테르부르크로 가는 비행기 안에서 내 려다 본 끝없이 이어지는 숲을 보며 무슨 생각을 했고, 독일 하이델베르크의 숲을 걸으며 무 엇을 그리워했고, 로마의 밤에 무슨 노래를 불렀고, 독일에서 로마로 가는 십수 시간의 차 안에서 읽은 『의사 지바고』의 끝 부분에 나오는 '슬픔'이라는 단어에 얼마나 울었던가 하는 것들은 기억하고 있다.

시인이 불모의 사막에서 태어났다 하더라도 별 대수로운 일이 아니다. ─
"아름다움을 노래한다면 비록 사막 한 가운데 있더라도 듣는 이가 있을 것이다." (칼릴 지브란)

우리는 철도와 같은 단순한 물질적 자본을 평가절하할 여유가 있어야 한
다. ─ 단체장, 공무원들과 이야기를 하면 할수록 월드컵 경기장 건설이나 경전철 도입은
경제의 문제가 아니라 철학의 문제인 것을 알게 되었다.

메사추세츠 주라는 정치적 단체가 도덕적인 암재와 화산 분석으로 나를
뒤집어 씌웠다. ─ 거짓말을 밥 먹듯이 하는 부도덕한 단체장이 있는 이 도시의 주민이
라는 것이 어떤 때는 그렇게 자존심이 상할 수가 없다.

아무 일도 없었다는 듯이 자신의 사업에 열중하는 사람들을 보고 나는 놀
라지 않을 수 없었다. ─ 경전철 도입. 전주시의 계산 4000억 원이 언제 1조 원이 될
지 모르고 내가 신문이야 방송이야 그 문제를 그렇게 지적하는 데도 사람들이 아무런 관심
이 없는 것을 보고 나는 너무 놀랐다. 특히 시민단체들은 내가 고군분투 하는 것을 익히 알

고 있으면서도 자신들이 제기한 이슈도 아닌 데다가 통 큰 물주인 시장이 죽기살기 원하는 정책을 반대할 의사가 없었다. 내가 의회를 그만 둔 1년 후, 시민단체들은 내가 주장했던 모든 논리들을 가지고 경전철 예산 승인을 반대하는 시위를 하였지만 예산은 통과되었다.

며칠 전에 나는 온순하고 단정한 악마인 어떤 감독이 하는 말을 들었다. 그는 번즈(주 법원에 의해 노예주에게 되돌려진 노예)를 버린 법과 질서를 칭찬했다. ─ 국회의원이 되고 싶은 '착한' 변호사와, '합리적이고 인간적인' 방송사 보도국장과, '진지하고 성실한' 보도국 기자와 '즐거운' 자리를 함께했다. 어느 순간 그들은 KBS가 빨갱이가 되었다고 성토를 하고 있었다. 나는 웃지도 않고 장단을 맞추지도 않았지만. 그렇다고 "노무현 대통령이 유일하게 잘한 일이 정연주 사장 앉힌 것"이라는 내 지론을 펴지도 못했다.

이제부터 나는 일찍 일어나련다. ─ 새벽에 일어나는 것은 나의 영원한 숙제다. 어쩌면 하루도 빠짐없이 '새벽'이라는 말이 나의 정신을 자극한다. 자극만 한다.

내가 굳건한 고독을 구하는 것은 나의 무한한 열망과 동경 때문이다. ─ 덕유산을 종일 걷고 내려와 쓴 글. "산이라는 우주 속에 파묻힌 듯 인간의 흔적은 전혀 느끼지 않은 채 산 위에서 산을 내려다보며 걸었다. 덕유산 향적봉에서 남덕유산을 향해 능선을 타고 하염없이 걷는 중에 기쁨과 함께 크나큰 자부심으로 가슴이 채워진다. 대자연과 오롯한 관

　　　　내 인생의 책들 - 그 곳으로부터 30센티

계를 맺은 유일한 인간이라는 느낌은 이렇듯 깊은 자부심인가. 인간들을 그리워하고 홀로 외로움을 느낄 만큼 사람을 사랑하면서도 그들과 함께 있을 때 느끼지 못하는 희열이 내 가슴에 가득하다. 그것이 자연이 주는 순수한 기쁨이며 충만함인가보다. 중봉(1594m)에서 칠연계곡으로 이어지는 덕유평전(1480m) 위를 걸을 때는 모세가 지팡이 하나 들고 양몰이를 하던 미디안 광야의 그림 속으로 혈혈단신 내 몸이 스며드는 듯했다."

사람들이 격찬하는 나의 작은 성공이 나의 악덕에 기인한다고 생각될 때가 있다. ― 물처럼 흐르듯이 바람처럼 성기게 살면 '성공'이라는 사건을 만들지 못하리라. '격찬'에 관한 러셀의 기막힌 고백이 있다. "누구든 악해지지 않고 존경받을 수 없다는 것이 나의 지론이었는데, 나의 도덕 감각이 얼마나 무뎌졌던지 내가 도대체 어떤 부분에서 죄를 지었는지조차 알 수 없었다."

가장 진솔한 강연자는 단지 자신과 같은 부류의 사람에게만 말을 할 수 있다는 것이다. ― 내가 여성 단체나 특정 모임에서 '출마와 선거'에 관해 내 사례를 말해달라는 강연 요청을 거절하는 것은 나의 경우가 일반적인 사례가 아니라는 것을 알기 때문이다. 내 말을 곧이곧대로 믿는다면 그들은 아무 준비도 아무 걱정도 하지 않아야 할 것이다. 나에게 할 일이 있으니까 나는 선거에 당선될 것이고 그래서 나는 출마하는 거라는 것 이외 다른 생각을 하지 못했다. 그런 말을 하면, 그런 데 한두 명씩 있을 똑똑한 여성에게 욕이나 엄청 얻어먹을 것이다.

자연의 어느 부분이 우리의 동정을 자아낸다면 그것은 우리를 위한 것일 뿐이다. 자연은 영원한 건강과 아름다움을 지니고 있기 때문이다. ― 인간도 그렇다. 어떤 인간은 아무리 비참한 환경에서도 자신이 동정 받을 거라고 상상도 하지 않는다. 인간 그 자체로 건재할 뿐이다.

나를 황홀경에 빠뜨리는 풍경 안에 무엇이 들어있나 알아보고 싶다. 내가 무슨 속성 때문에 이렇게 놀라움을 느끼고 매료되는가조차도 알 수 없는데 (…) ― 자연에서 오래 머물고 깊이 들어가면 들어갈수록 나의 감탄의 실체가 궁금해진다.

나는 불평의 가치를 인정하지 않거니와 설명의 가치도 인정하지 않기 때문이다. ― No complain, no explain.

나는 여행을 하고, 사교관계를 맺고, 지적인 사치를 즐기는 것이 제아무리 최선의 일이라 하더라도, 그것이 함축하는 것은 결국 낭비라고 느낀다. ― 그런 일이 쉽지를 않고, 돈을 쓰고, 또 재미도 주기 때문에 사람들은 자신이 최선의 삶에 다다른 것처럼 생각한다. 지금 거의 모든 사람들이 골프를 하면서 느끼는 만족처럼.

이런 의미에서 나는 야망이 없다. ― 정당이나 행사장에 나가는 것이 눈도장을 찍는 일이라는 것을 알고, 그 자리에 가는 것이 갈수록 싫어지면서 나는 내가 이 세상과 어울리는 사람이 아니라는 것을 다시 확인했다.

어떤 친구를 제대로 보려면 뿔보다 더 두껍고 투명한 외관을 관통하여 그 안을 볼 수 있는 능력을 갖춰야 한다. ― "그대가 내 마음속에 숨는다면 그대를 찾기란 어렵지 않다. 그러나 그대의 껍질 뒤에 숨는다면 아무도 그대를 찾을 수 없을 것이다."
(칼린 지브란)

시인은 한눈팔기로 의도적인 방향으로는 확보될 수 없는 통찰력을 얻는다. ― 사람들의 모임에 가면 얻어 오는 것이 더 많다. 사람이란 어떤 것인가… 변호사, 기자들과 함께 있었던 날 나는 최고로 늦게 귀가했는데 내 발걸음은 최고로 가벼웠다. 남편에게 들려줄 재미있는 이야기가 가득한 것에.

단순하고, 겸손하고 조용하고, 다소 수줍어하는 사람은 장군이든 학자든 아니면 농부든 얼마나 믿음직한가! ― 이런 사람들을 나도 각계에서 보았다. 내 의정생활의 큰 낙은 좋은 사람을 만나는 것이었다.

그는 내가 그를 보트에 태우는 게 바로 나의 마음에 그를 태우는 것임을 깨닫지 못하고 있는 것이다. 내 마음에는 그가 자리 잡을 여유 공간이 없다. — 나는 이제는, 바람이 투과되듯 흔적 없이 사람을 만나기를 원한다. 그리고 나의 마음을 봐주라는 큰 기대나 요구도 하지 않을 것이다. 나에게 넘치는 사랑을 나눌 뿐.

단순하고 수수한 일 — 내 일 가운데 가장 단순하고 수수한 일은 '걷기'이다.

그런 식이라면 나의 삶은 매우 하찮고 나의 즐거움도 대단히 값싼 것이다. 기쁨과 슬픔, 성공과 실패, 고귀함과 천함 같은 대부분의 단어들이 나에게는 이웃 사람들과 다른 의미를 지닌다. — 사람들의 가치와 나의 그것을 자꾸 가르고 비교할 것이 없다. "성공에 대한 윤리관이 달라져야 한다." (칼 포퍼)

우리는 사람의 됨됨이보다 공언하는 신조가 무엇이냐를 더 중요시하는 어리석음을 범하곤 한다. — 역시, 아무리 안목과 통찰이 있어도 그 사람이 하는 말만 가지고는 그를 알 수는 없었다. 영리하고 목적이 분명한 사람은 상대방의 마음에 드는 말을 골라 할 줄 알았다. 자기는 믿지도 않는 말을. 그리고 나는 그 말에 넘어갔다.

나는 혼자 있을 때 가장 잘 자란다. — 나의 모순 : 내 가장 좋은 시간은 혼자 있는 때다. 그리고 나는 나의 가장 좋은 때를 사람들과 나누고 싶다.

나 또한 사람들이 고립된 삶이 나를 곤궁하게 만들 것이라고 말할 때 웃지 않을 수 없다. ― 나는 외롭지만 누구도 부럽지 않다.

세 끼 밥을 먹는 것과 우체국에 가는 것이 중요한 일과인 사람들이 얼마나 많은가! ― 나는 늘 사람들이 누군가와 점심을 함께 먹는다는 것이 너무도 신기했다. 세상에 혼자 밥을 먹는 사람이 없다면 그들은 모든 끼니를 누구와 먹는단 말인가?

나는 강연 여행을 통해 돈 이외에 어떤 많은 가치를 얻을 수 있다고는 생각하지 않는다. (…) 나의 경험을 말하고 있을 여유가 없다. 특히 나의 경험에 아무 흥미도 느끼지 못하는 사람들에게는 더더욱 말할 필요도 없다. ― 그런데도 내 말을 열심히 듣는 평범한 사람들(여성)의 수더분함이 큰 미덕으로 여겨지며, 나는 그들에게 진심으로 감사한다.

사람들이 여럿 모인 사회에서는, 소위 성공했다는 사람들 사이에서는 나의 인생은 아무런 가치도 찾을 수 없고 나의 영혼은 급격하게 몰락한다. 나는 열왕의 칭찬으로 인해 저주받기보다는 차라리 묵히고 있는 불모의 초지가 되겠다. ― 사람들을 자신이 뽐내는 대로 인정하고 봐주는 아량도 필요하다. 특별한 아량이 없어도 된다. 어린아이들이 부모 앞에서 혹은 교사 앞에서 자랑하는 마음이라고 이해하면 된다. 그렇다고 나를 너그러운 부모, 잘난 교사라고 생각할 것도 없다. 그리고 사람들의 칭찬이 한 인간을 흩트릴 수 없는 것은 그 자신만이 안다.

소로우는 외골수에 집요하고 외롭다. 자신의 영혼의 깊은 호수에 잠겨 어떤 물살도 일으키지 않을 때 그는 안정된다. 그 호수는 그가 깊이 모르게 파고 들어가는 관념의 뜰이기도 하다.

자신 안에 있는 신성을 보기 위해 누구에게도 가까이 가지 않은 사람만이 진실로 혼자일 수 있다. ― 의식 속에서 어떤 것도 경험할 수 있는 소로우는 홀로 만족하는 것밖에 방법이 없는 사람이다.

나는 마음속으로 한때 친구였던 이웃에게 말한다. "너에게 진실을 말해도 아무 쓸모가 없다. 너는 그 말에 귀 기울이지 않을 것이다. 이런 형편에서 내가 무슨 말을 할 수가 있겠는가?" ― 내 영혼은 늘 나의 친구에게 묻는다. "너는 나에게 집중하느냐. 내 말에 진심으로 동의하고, 그렇다면 너의 생각을 변화시키느냐, 내가 너의 말에 그러는 것처럼?" 그러나 또 한편 나 또한 그처럼 그의 말을 다 받아들이지는 않는다. 나는 나의 사고 속에 산다. 그러면서도 친구가 자신의 사고 속에 사는 것이 외로워 이별하려 한다.

내가 두려워하는 것은 우정의 부패이다. ― 우정은 부패하지 않는다, 사랑처럼. 우정은 지키는 만큼 유지한다.

내 인생의 책들 - 그 곳으로부터 30센티

우리 인생의 자산이자 부동산은 우리가 애써 생각해 내서 얻은 사고의 총량이다. ― 부와 권력에 만족하는 사람 앞에서 다른 무슨 자산을 논할 수 있으랴.

실내에 있거나 오후 산책을 나갈 때 옆에 있었으면 좋을 친구나 친지가

나에게는 여러 사람이 있다. 그러나 긴 여행을 떠날 때 내가 그들과 동행하고 싶어할지는 의문이다. ― 아무리 친한, 깊은 대화를 하는 친구라도, 나는 산에는 혼자 가고 싶다. 가끔은 그들의 말에 흔쾌히 동행시키기는 하지만.

나는 오랫동안 걸을 수 없는 사람을 어떻게 하면 즐겁게 해줄 수 있을지 모르겠다. ― '오랫동안 혼자 걷기'를 못하는 사람을 왜 구태여 즐겁게 해주어야 하지?

기분 전환과 휴양, 건설적인 제안과 교육과 체력단련을 위해서 무진장하게(알맞게 몰입을 하기만 한다면 무진장하게) 제공될 수 있는 오락이 바로 생계를 꾸려갈 수 있는 일이다. ― 의회에서 소위 운동권 출신 의원들을 내가 싫어하지 않을 수 없었던 것은 그들이 가족을 위해 어떤 일도 하지 않는 것처럼 보였기 때문이다. 그들은 임기 내내 술자리에서 밤늦게나 새벽에 귀가했다. 그렇다고 번듯한 시정질문 하나 하지 않았다. 그들의 부인은 의원 부인이라는 허울 속에 온갖 일로 생계를 꾸려야 했다. 그들이 너무 착해서 나는 크리스마스에 그들에게 카드를 보내곤 했다.

그는 옮겨심기가 가장 어려운 사람이다. ─ 잘 옮겨진다고 진보가 아니고, 쉽게 옮겨지지 않는다고 보수가 아니다. 보수가 아니다. 본질과 중심에 붙어 함께 다니는 것이 진보이고 발전이다.

어떤 집과 뜰이 흥미 있고 그림같이 되려면 사치품이라는 개념이 아니라 건축가의 헌신적인 애정을 증명하는 필수품이라는 개념이 제시되어야 할 것이다. 우리는 정직하고 꾸밈없는 인생을 볼 필요가 있다. ─ 내가 우리 집에 가구를 더 들이면서 복잡하게 꾸미지 못하는 것은, 집에 놀러오는 그 많은 사람들이 그 가구들을 보면서 나를 부러워하거나(우리 집에 오는 사람 중에 그럴 사람은 한 명도 없지만, 행여라도) 또 외로워질까봐이다.

인간의 가장 치욕적이고 비판적인 측면은 인간의 군집성에 이다. 양 떼처럼 앞사람을 무작정 따라가는 모습을 보라. ─ 그래서 인간인지 아님, 그러고도 인간이라 할 수 있냐고 해야 하는지… 어려운 문제다.

종교란 무엇인가? 종교란 공공연히 떠들 것이 아니지 않은가? ─ 믿는다는 사람들에게도 오락거리가 있어야 할 것 아닌가?

나는 첫눈이 내리면 다시 클리프까지 산보를 나가고(…) — 나는 눈이 잔뜩 내린 날에는 높은 산에를 간다. 그리고 몇 시간씩 걷는다.

여러 세대가 지나면 사람들이 당신이 그들이 하자는 대로 하지 않은 것에 대해 용서해줄 것이다. — 고독한 소로우여! 150년이 지나서 나는 당신을 구구절절 읽으며 나를 당신에게 보내고 있다. 그러니 행복하시라!

아무리 게으른 시인일지라도 아주 강한 습기와 냉기를 접할 만큼 충분히 일찍 일어날 것이다. — 노래할 줄 아는 영혼을 가진 사람들은 이렇게 어떤 일로든 칭송을 받는다.

동정조라기보다는 경멸조로 인디언들에게는 종교가 없었다고 말하는 역사가가 있다. (…) 그 역사가는 도대체 무엇을 종교라고 생각하고 있는 것인가? — 지인 한 사람이 나더러 "하느님과의 관계가 회복되기를 바란다"고 했다. 나는 그에게 물었다. "내가 하느님과의 관계가 회복되어야 하는 사람이라는 증거는 내가 교회를 다니지 않는다는 것, 그 때문 아니냐?" 그리고 나를 위해 기도한다는 그의 말에는 불같이 화를 냈다.

홀륭한 생각이 떠오르는 이유는 우리가 그 생각에 어울리는 분위기 속에 있고, 아울러 우리가 좋은 말을 하고 좋은 행동을 의식하지도 알지도 못했기 때문이다. — 산을 걸을 때 떠오르는 것은 아이디어이고 기쁜 생각이고 감추인 비밀이었다.

야만인은 오직 악령만을 두려워하고 숭배하는 것이다. 그러나 우리도 이 점에서 그들과 하등 다를 바가 없다. — 기독교가 교인에게 심어준 신앙이라는 것이 '겁'과 '두려움' 아닌가? 그런 것도 신앙인가? 하느님이 그런 존재인가, 인간을 겁주면서 희열을 느끼고, 인간의 두려움 같은 것이나 받아먹고 사는?

아이들은 나비의 아름다움에 매료되지만 부모와 입법가들은 아이들의 태도를 게으름의 일종이라고 생각한다. 나는 부모들을 보면 악이 생각나지만 아이들을 보면 하느님이 생각난다. — "부모들이 아이들을 진정으로 사랑한다면 세상이 이렇게 되지는 않았을 것이다." (크리슈나무르티)

흔히 말하는 교육(사람들이 생계를 꾸려가기 위해 또는 특정한 지위에 적응시키기 위해 고안된 상업과 직업에 관련된 지식)은 '노예'의 교육이다. — 나는 내 아이들이 자유롭게 살면서 온갖 정신의 풍요를 누리는 사람이 되기만을 바란다. 그들이 행복하다고 말하면 그

내 인생의 책들 - 그 곳으로부터 30센티

들을 위한 걱정을 하지 않을 것이다.

인간이 위해당하는 일을 막기 위해 치안에 상당한 노력을 기울이지 않으면 안 된다는 것은 우리 사회가 토대부터 썩었음을 가리키는 것이다. ─ 인간이 못할 짓이 어디에 있는가. 그럼에도 내가 온갖 말을 다 (신문과 방송에) 퍼붓고 살았으면서도 테러를 당하거나 또 대놓고 상스러운 말 한마디 듣지 않았던 것에서 사람들의 선한 본성, 우주에 가득한 평화의 힘을 느낀다.

우리는 우리가 얼마쯤 알고 있는 것만을 듣고 이해한다. (…) 사람은 누구나 살아가는 동안 자신이 보고 듣고 읽고 관찰하고 여행하는 것을 통해 자신의 뒤를 쫓는다. 관심들이 모여 사슬을 이룬다. ─ 인간의 삶은 변화가 아니라 자기 확인의 과정이다. 나는 이것을 퍼즐 맞추기로 본다. 죽을 때서야 그 퍼즐을 보고. '아, 나는 이런 사람이었어' 하고 생각할 것이다.

너는 늘 인간의 우둔함과 싸워야 한다. ─ 싸우지 않고 내버려두어도 된다. '우둔함 자체가 하느님의 징벌'(잠언)이므로.

사고는 사고를 낳는다. ― '천착': 깊이 모를 우물을 파는 것. '사고': 그 우물에 고이는 물.

사색가가 맺는 열매는 문장, 그리고 진술과 의견이다. (…) 그러한 진술들은 그 어떤 것보다 더 놀랍고 신기하고 나 자신과 합치된다. 마치 우리는 우주의 정신과의 조화 속에서만 사고하는 것 같다. ― 글처럼 진실한 것이 없다. 글로써 도무지 악한 생각을 구현할 수가 없다. 내 생활이 복잡하고 내 정신이 시끄러워 입에서는 가시 같은 말만 나와도 일기를 앞에 하고 나는 그것들을 정화해내고 걸러내지 않을 수 없었다.

시인과 철학자들에게 그러한 허튼 공상은 결코 존재하지 않는다. 그들은 영구적인 가치가 있는 것들을 다루기 때문에 그들에게는 어려운 시대나 실패가 있을 수 없다. ― 진실은 기만이나 실수가 없다.

노예제도는 인간을 사고팔 수 있는 곳, 인간이 자신을 단지 사물이나 도구처럼 여기는 곳, 이성과 양심이라는 불가침의 권리를 포기한 곳이면 어디서나 존재하는 제도이다. ― 타 종교인을 사람 취급하지 않는 기독교인들, 돈만 받으면 누구의 변호도 마다 않는 변호사들, 권력으로 사람을 잡는 검사들, 써먹지도 못할 지식으로 권위를 휘두르는 교수들, 며느리를 물주나 자기 아들 밥 해주는 사람으로 여기는 시

어머니들, 아내를 가구처럼 여기는 남편들 역시 노예제도의 산물이다.

한쪽으로는 모으고 한쪽으로는 버린다. — 대량생산 시대의 가장 독특한 면은 쓰레기에 관련한 사업이 갈수록 번창한다는 점일 것이다.

한 잔의 럼주에 그것(자연)을 팔 사람도 적지 않을 것이다. — 당근이지! 실리는 럼주 한 잔을 마시는 일이고, 자연은 아무 데나 존재하는 것이니.

그 이야기가 흥미 있느냐 없느냐는 주로 작가나 역사가의 능력에 달려 있다. — 훌륭한 정치가라면 사람들의 입맛에 맞는 사업에만 돈을 들일 것이 아니라, 아주 새로운 정책을 고안하고 거기에 예산을 쓰며 그 일의 중요성을 국민들에게 설파해야 한다. 예를 들면, 고문서를 현대어로 번역하는 일들인데 이런 일들은 투자할 가치가 얼마나 크며 중요한가!

(2003. 8.)

서평

영혼으로의 길

임철완 교수님은 추천의 글에 "내 지인 중에서 남자 재천이 있고 여자 재천이 있다. 전자는 완전히 땅에서 살고 있고 후자는 통상 구름 속에서 살고 있다."라고 쓰셨다. 임 교수님 말씀처럼 在天은 땅에서 살면서 자기 영혼의 고향인 하늘을 끊임없이 동경하는 사람이다. 이슬람 수피 루미의 지혜서를 빌려 표현한다면 재천은 신神인 '연금술사의 선물'이다.

이신구[*]

(독문학자. 전북대학교 명예교수.
전 헤세학회 회장)

> 너는 짐승의 몸과
>
> 천사의 영을 지녔다. 그래서
>
> 땅 위를 걸을 수 있고,
>
> 하늘 높이 날 수도 있다.

---

[*] 문화공간 알마 마테르에서 괴테의 『파우스트』와 말러의 〈천인교향곡〉" 강의를 하는 이신구 교수님.

재천은 자신의 영적 고향을 찾기 위해 수많은 책이 필요했다. 프롤로그를 보면 그녀가 얼마나 많은 책을 읽었는가를 확인할 수 있다.

> 나는 책장 정리를 종종 한다. 몇 달 동안 책상, 거실탁자, 침대 옆 협탁 등에 있던 책들을 책장에 넣고 앞으로 읽을 것 같지 않은 책 몇 권을 뽑아 내다 버린다. 책을 버리기 시작한 초기에는 말 그대로 한 수레씩 을 버렸다. 내가 계속 책을 사고, 또 우리 집 책장이 눈높이 정도 크기로 많은 책을 꽂을 수는 없음에도 책장이 넘치지 않을 뿐만 아니라, 칸마다 여백까지 있는 것은 내가 책을 솔솔 버리기 때문이다. 책장 속의 여백을 보는 것이 꽂아진 책을 보는 것보다 더 좋아서 나는 여백 만들기에 상당히 주력한다.

재천의 책 읽기는 취미를 넘어 그녀의 운명이다. 재천은 『월든』의 작가 소로우의 일기를 소개하면서 "글쓰기는 내 인생의 과제이며 운명이다"라고 스스로 이야기 했다. 무의식 속까지 천착한 재천의 글은 "동굴 속에서 빛나는 수정"인 것이다.

재천의 글쓰기의 많은 부분은 제주도에서 구상되거나 이루어졌다. 재천에게 제주도는 '신'을 만나는 곳이다. 그러므로 제주도는 '놀라운 은총'을 받는 성지이다.

이 제주도는 아주 특별하다. 마치 당분간은 찾아올 수 없을 것처럼 마음속에서 포기하 밀쳐둔 제주도를 1년 만에 찾아온 나에게 제주도는 놀라운 사랑을 베풀었다. 찬송가 한 구절이 입에서 터진다. "주 예수 복을 주시고 또 내려주시네." 채워주고 또 채워주는 제주도다.

재천에게 제주도는 마치 마법처럼 "새롭고 강렬한 힘으로 충만히 채워주는" 아주 특별한 성지로, 영혼의 고향이며 글쓰기의 산실이다. 이 책 총 28편 가운데 여덟 편은 제주도 순례의 산물이다. 카잔차키스를 다시 만난 곳도 제주도이다. 사회운동과 의정활동을 하면서 싸우고 결단을 내려야 할 때 카잔차키스와 동지애를 느끼면서 힘을 얻었다고 했다. 융과 융의 제자 로버트 존슨 박사와의 만남도 제주도에서다. 재천은 융을 통해 인간의 영혼 속에서 신의 형상을 발견하게 된다. 자신의 영혼 속에서 "신이 죽었다가 다시 살아나기를 수 없이 반복"하는 그녀는 융의 심층심리학에 심취하게 되니 "나의 그림자가 통곡한다"라고 말할 수밖에.

재천은 「제주도에서 만난 루미」에서 자신이 "짐승의 몸과 천사의 영"을 가졌다는 것을 받아들인다. 이 분리된 몸과 영혼은, 헤세의 『황야의 이리』에서 야성적인 이리의 본성과 문명을 추구하는 인간의 본성으로 분열된 '이리인간' 하리 할러로 변용된다. 재천은 디오니소스처럼 영혼이 분열되어 지옥의 고통을 맛보는, 니체와 같은 고뇌의 천재 하리 할러에 매혹된다. 마침내 재천은 제주도에서 영적 고향을 발견하고 자신의 정체성을 찾는다.

재천은 영혼의 정원사이다. 인간은 왜 아름다운 정원을 만들려고 할까? 인간이 정원을 만드는 것은 잃어버린 낙원을 다시 찾으려는 근원적 소망에서 비롯된다. 헤세는 정원을 '작은 천국'이라고 했다. 헤세는 꽃과 나무들을 가꾸듯이 시와 소설을 쓴 정원사였다. 여기에 소개된 타샤 튜더는 미국에서 가장 아름다운 '타샤의 정원'을 만들었고, "천국의 동산을 지상에, 그것도 우리나라에 흠 하나 없는 모습으로 가꾸고 지키고 계시는 분"으로 소개한 예술가 성범영 원장은 제주도에 '생각하는 정원'을 만들었다. 재천은 『내 인생의 책들』이라는 영혼의 정원을 가꾸었다. 이 책은 재천이 책 읽기를 통해 일생동안 끊임없이 가꾼 영혼의 아름다운 스토리텔링이다.

재천은 연암의 모든 것을 닮고 싶은 정도로 연암을 좋아한다. 재천은 연암의 작품을 읽을 때마다 "눈물이 쏟아지고 새로운 감상에 사무친다"라고 말할 정도로 연암에 푹 빠졌다. 재천은 연암에 빠져 글쓰고 책 읽는 하루하루가 "내 인생의 가장 행복한 순간"이고, 마침내는 "오늘처럼 이렇게 나 죽는 그 순간까지 행복하리라"하는 결의를 한다. 이 결의의 기도는 〈책 읽는 아침〉이라는 프롤로그의 송시頌詩로 꽃이 핀다.

(…)
내일은 더욱 아득해지며
오늘을 돋음 발로 종종대게 만드는.
행복의 처음에
그리고 마지막 기쁨에
머무는 순간 같은.
처음처럼
또 마지막처럼 나는

내 자리를 돌아보고 있다.

재천의 아침의 노래는 "영광이 (…) 처음과 같이 이제와 항상 영원히 아멘"이라고 읊조리는 가톨릭의 〈영광송〉이기도 하다. 「깊은 만족」, 「천 년의 벗」, 「연암 따라 하기」는 연암을 통해 만들어진 연암의 숲이다. 재천은 연암을 통하여, 김희자 장로님과 임철완 교수님, 그리고 친구들이 '9층 깊이의 심연'에서 만난 사람들이라는 것을 더욱 더 절실히 깨달음이 분명하다.

재천은 순례지인 제주도로 가는 비행기 안에서 루미의 지혜서를 읽으면서 "나는 더 높아지고 싶다"로 시작하는 시를 쓴다. 그녀가 좋아하는 나나 무스쿠리의 노래 〈You are the wind beneath my wings〉처럼, 마법과 같은 사랑의 힘으로 재천이 자유롭게 날아가 존재해야 할 곳은 하늘이다. 종교의 길을 험준한 산행이라고 할 때, 오르는 순례의 길은 달라도 정상에서 서로 만난다. 재천이 언급한 기독교, 이슬람교, 불교, 유교, 도교의 길은 전혀 다르지만 정상에서는 서로 만난다. 모든 종교가 '신비롭게 합일$^{unio\ mystica}$'이 되는, 하늘과 맞닿은 정상은 재천의 영적 고향이다. 임철완 교수님은 재천이 도달한 영적인 정상을 "써미트^{summit}"라고 했다.

재천은 가장 높은 곳에서, 거꾸로 보면 영혼의 심층에서 신과 만난다. '위로부터'와 '아래로부터'는 종교적으로 같은 개념이다. 다시 말해, 신이 인간이 되는 것이나, 인간이 신이 되는 것은 동일하다. "영혼 속에서 신이 탄생된다"는 에크하르트의 설교나, 비천한 인간도 부처가 될 수 있다는 부처님의 가르침은 같다. 쇼펜하우어도 에크하르트와 부처는 본질적으로 같은 것을 가르치고 있다고 했다. 재천은 노자뿐만 아니라 니체, 헤세, 카잔차키스, 오쇼, 특히 융도 궁극적으로는 같은 것을 가르치고 있다는 것을 깨닫고 감격의 눈물을 쏟는다. 재천은 "조용한 토요일 아침에" 융의 『레드북』을 읽으면서 그것을 깨달았다. 각자 고유의 신앙을 가지고 자신의 길을 찾으면, "그 길이 공동체 안에서 상호 사랑을 낳게 될 것이라는 것"을.

프롤로그 끝에 있는 헤세의 시 「단계」는 노벨문학상을 수상한 대작 『유리알 유희』에 실려 있는 시로, 독일사람 뿐만 아니라 전 세계 사람들이 좋아하는 시이다. 『유리알 유희』의 주인공 크네히트가 자신의 총체적인 음악적 삶을 마법으로 응축하였다. 인간은 삶의 여러 공간을 지나면서 영혼이 한 단계 한 단계 높아지고 넓어진다.

재천은 삶의 중요한 공간을 지날 때마다 책을 출간했다. 마법이 흐르는 음악공간인 뮤직포유-여기에서 이 공간의 카페지기인 '노인소년' 강석종 선생님을 만난다-에서는 2권의 영화 에세이를 출간했다. 재천은 새로운 공간으로 들어설 때마다 '영혼의 9층 깊이'에서 벗들을 만난다. 아마도 언젠가 재천은 '9층 깊이에서 만난 벗들'이라는 책을 출간할 것이다.

재천의 궁극적인 꿈은 자신이 좋아하는 영화 《바베트의 만찬》에서처럼 벗들을 위해 사랑과 감사의 만찬을 아낌없이 베푸는 것이다. 그리고 친구들은 재천이 그 꿈을 하루하루 이루며 살고 있다는 것을 안다.

책 속의 책들